Beschützende Brausedrops
Schlossknacker-Kekse
Laber-Lakritze
Klebefinger-Karamell
Lichtmacher-Lollipops
Schmeichelndes Schokowunder
Zack-und-weg-Zuckerstange

Tanja Voosen

Die Zuckermeister
Der magische Pakt

Tanja Voosen arbeitet Vollzeit als Dosenöffnerin für ihren Kater Tiger und nutzt ihre freien Stunden, um Kinder- und Jugendbücher zu schreiben. Sie wurde 1989 in Köln geboren, floh aber kurz darauf in die Eifel, wo sie bis heute auf der Suche nach einem magischen Abenteuer durch die Wälder irrt. Trotz ihres »süßen Talents« überlässt sie lieber ihren Romanfiguren das Herstellen von magischen Süßigkeiten, da ihre Kreationen immer auf seltsame Weise gleich wieder verschwinden. Wie jeder richtige Autor hat sie unzählige Regale voller Bücher und findet ihre Ideen natürlich stets durch völlig absurde Träume.

Mehr von Viktoria Gavrilenko findet man unter *https://viccolatte.artstation.com/*.

Tanja Voosen

Die Zuckermeister

Der magische Pakt

Mit Illustrationen von
Viktoria Gavrilenko

Arena

FSC
www.fsc.org
MIX
Papier aus verantwortungsvollen Quellen
FSC® C110508

2. Auflage 2020

Rottendorfer Straße 16, 97074 Würzburg

Dieses Werk wurde vermittelt durch die
Michael Meller Literary Agency GmbH, München
Cover- und Innenillustrationen: Viktoria Gavrilenko
Lektorat: Laura Held
Umschlaggestaltung: Juliane Lindemann
Layout und Satz: Malte Ritter, Berlin
Gesamtherstellung: Westermann Druck Zwickau GmbH
ISBN 978-3-401-60533-3

Besuche den Arena Verlag im Netz:
www.arena-verlag.de

Für die Menschen, die Zucker und Zauber in mein Leben bringen: meine Mutter, Steffi und Tim, Fabian und Carina. Und für Laura H., ohne die es dieses Buch niemals gegeben hätte.

Kapitel 1

Regen klopfte gegen das Fenster und Elinas Spiegelbild sah traurig zurück.

»Wieso muss es auch ausgerechnet heute regnen«, murmelte sie.

Elina hatte sich so auf das Feldhockeyspiel gefreut, doch vor einigen Stunden war es über die Telefonkette ihres Teams abgesagt worden. Auf matschigem Rasen und bei starkem Wind nützte die coolste Schusstechnik nichts. Seufzend lehnte sie sich zurück in den Kissenberg, den sie an ihrem Lieblingsplatz, vor dem breiten Erkerfenster, aufgetürmt hatte.

Ob sie mal gucken sollte, was Opa und Piet so trieben? Neee!

Doch im selben Moment brüllte ihr Bruder: »Elina, wir machen Kakao!«

»Mit Marshmallows!«, rief Opa Alfred hinterher. »Komm zu uns!«

Na gut! Was Süßes vertrieb das traurige Gefühl in ihrem Bauch bestimmt.

Draußen rollte ein lautes Donnergrollen über

den Himmel und Elina lief rasch in die Küche. Gesellschaft war bei Gewitter sowieso schöner! Sie musste sofort grinsen, als sie sah, wie Piet mit der Sahnesprühflasche kämpfte und Opa ihm half, damit die Wände keinen neuen Anstrich bekamen. Elina trat zu den beiden an den Tisch.

»Wer möchte Marshmallows?«, fragte ihr Opa fröhlich.

Was für eine Frage! Elina und Piet liebten Marshmallows!

»Ich will mindestens zehn!«, schoss es aus Piets Mund.

Er war acht und glaubte, wenn er alle mit seinen großen blauen Augen flehend ansah, würde sich jeder seiner Wünsche erfüllen. Mama durchschaute diesen Trick immer, aber es würde nicht lange dauern, bis Opa einknickte.

»Es ist Tradition im Hause Pfeffer, dass wir die Marshmallows abzählen«, sagte ihr Opa mit einem Oberlehrerblick. »Die richtige Zahl entscheidet über den Geschmack.«

Elina verkniff sich ein Lachen. Opa war manchmal echt komisch!

»Sechs ist Opas Glückszahl, das weißt du doch«, sagte Elina zu Piet.

»Meine Glückszahl wäre die zehn!«, erwiderte ihr Bruder. »Oder zwanzig!«

Mit amüsiertem Blick bedachte ihr Opa Piet, doch als er Elina ansah, wirkte er plötzlich nachdenklich. »Wir machen jetzt den Kakao fertig und dann zeige ich euch was Besonderes. Das bringt euch auf schöne Gedanken.«

»Einen neuen Zaubertrick?«, fragte Piet.

Die Antwort war ein verschwörerisches Zwinkern. »Was Besseres!«

Elina und Piet setzten sich im Wohnzimmer nebeneinander aufs Sofa und tranken ihre heiße Schokolade. Sie war unheimlich lecker und ein echtes Trostpflaster für Elina, denn sie wärmte von innen heraus. Inzwischen war ihr Opa kurz im Keller verschwunden und kam nun mit einer Holztruhe in den Händen wieder. Er legte sie auf dem Tisch ab und machte es sich im Ohrensessel gemütlich. »Möchtet ihr raten, was drin ist?«

Piet beugte sich neugierig vor. »Ein geheimer Schatz?«

»Erinnerungsstücke«, riet Elina mit.

»Damit liegt ihr beide goldrichtig!«

Elina war insgeheim froh, dass ihr Opa nicht irgendeinen Zaubertrick vorführen wollte. Für sie war bei seinem magischen Hobby die Luft raus, seitdem sie vor Jahren herausgefunden hatte, dass hinter jeder Magie Logik steckte. Feldhockey fand sie außerdem inzwischen viel spannender als hinterm Ohr hervorgezauberte Bonbons oder Blumen, die aus einem Hut kamen.

Ihr Opa überließ es Piet und Elina, die Kiste zu öffnen. Darin befanden sich ein zerlesenes Buch, mehrere vergilbte Fotos, einige Edelsteine und anderer Krimskrams.

»Die Sachen sehen echt alt aus«, meinte Elina.

»Sind die besonders?«, fragte Piet.

»An jeder davon hängen kostbare Erinnerungen. Für mich sind sie besonders und sogar magischer als alle Zaubertricks der Welt. Denn man trägt sie immer im Herzen.«

Elina nahm eines der Fotos heraus, für das Piet sich eher weniger interessierte. Es zeigte zwei Jungs in ihrem Alter. Sie standen nebeneinander, die Arme freundschaftlich über die Schulter des jeweils anderen gelegt, und strahlten um die Wette.

»Das war ein wundervoller Tag damals. Wir waren am

See, bis es dunkel wurde, und haben so viel gelacht, dass uns die Bäuche wehtaten. Ich wollte abends gar nicht nach Hause fahren«, erzählte ihr Opa, während Piet seine Tasse leer schlürfte.

»Opa!«, quengelte ihr Bruder sofort los. »Ich möchte noch was!«

Elina verdrehte die Augen. Dass Piet immer dazwischenquatschte, wenn er das Interesse an etwas verlor, nervte. Sie wollte gerne den Rest der Geschichte hören. Für einen Moment hatte sie nämlich nicht an das abgesagte Feldhockeyspiel gedacht.

Opa legte seine Hände aneinander und pustete hinein. Als er sie wieder öffnete, kam ein Karamellbonbon zum Vorschein, das er Piet hinhielt. »Hier.«

»Danke!« Piet stopfte es sich begeistert in den Mund und schmatzte los.

Und schon war ihr Opa eingeknickt … Elina musste sich ein Grinsen verkneifen.

»Zu Regenwetter und Kakao gehört eine Geschichte«, erklärte Opa nun weiter. »Ich kannte mal einen Jungen. Seine Familie lebte, soweit sie zurückdenken konnte, in Belony. Sie hatten nicht besonders viel Geld und er träumte davon, eines Tages aus der Stadt zu kommen, an einen Ort, wo es ihm besser gehen würde. Doch in dem Sommer, als er zwölf war, genauso alt wie du jetzt Elina, hörte er von einer Legende.«

»Über Piraten?«, schlug Piet vor.

»Nein«, meinte Elina. »In Belony gibt es nur eine Legende. Mama hat sie uns früher manchmal als Gutenachtgeschichte erzählt, aber du bist immer eingeschlafen.«

Piet streckte ihr die Zunge raus. »Gar nicht!«

»Oh, doch. Es geht um die Legende von Madame Picot.«

Von ihrem Opa kam ein Nicken. »Madame Picot zog über Nacht in die Stadt und zuerst blieb sie unbemerkt«, setzte er die Geschichte fort. »Die Menschen wurden zu dieser Zeit von kleinen und großen Problemen geplagt. Viele waren sehr unglücklich. Madame Picot eröffnete damals einen kleinen Laden namens *Bittersüß*. Dort stellte sie Schokolade her und verzauberte mit ihren Köstlichkeiten ganz Belony. Sehr schnell sprach sich herum, dass ein Besuch in ihrer Schokoladenstube wahre Wunder bewirkte. Wer einmal ihre Kreationen gekostet hatte, war bald darauf Probleme und Sorgen los. Es war wie … verzaubert!«

Obwohl Elina die Geschichte über Madame Picot schon kannte, hing sie genauso gebannt wie Piet an den Lippen ihres Opas. Zwar glaubte Elina nicht an wahre Magie, aber ihr gefiel der Gedanke, dass es eine süße Hilfe für jedes Problem gab. Zum Beispiel, um schwere Hausaufgaben zu lösen oder sich in doofen Situationen unsichtbar zu machen.

»Der Junge konnte allerdings nicht ins *Bittersüß* spazieren, um Hilfe zu suchen. Er lebte lange nach Madame Picots Zeit und ihr Laden war inzwischen eine Touristenattraktion, ohne Zauber.«

Elina dachte an den letzten Sommer, als ihre Schulklasse einige der historischen Sehenswürdigkeiten in Belony besucht hatte. Darunter auch das *Bittersüß*. Ihre Geschichtslehrerin Frau Schneider war ganz aus dem Häuschen gewesen. Ihre schrillen »Ohs!« und »Ahs!« hatten durch die altmodische Schokoladenstube gehallt, als gäbe es nichts Schöneres auf der Welt als von Spinnweben überzogene Kessel und Werkzeuge.

Aber Frau Schneider war nicht die Einzige, die bei Erzählungen über Madame Picot in Verzückung geriet. Die Menschen in Belony *liebten* die Legende.

Elina verstand das ganze Theater um die jahrhundertealte Geschichte einfach nicht. Als Märchen war sie ja ganz schön, aber es gab schließlich keine Beweise, dass Madame Picots Süßigkeiten wirklich irgendwelche magischen Wunder bewirkt hatten.

»Wie ging es mit dem Jungen weiter?«, fragte sie neugierig.

»Ihm blieb noch der Wunschbaum!«

»Oh, den kenne ich!«, murmelte Piet schläfrig. »Der steht im Park.«

»Das ist richtig!«, sagte ihr Opa. »Der Wunschbaum ist das Überbleibsel von Madame Picots Erben. Wer dort einen Wunsch hinterlässt, hat vielleicht Glück und er wird einem erfüllt. Der Junge wünschte sich, er wäre nicht mehr so arm und sein Leben in Belony dadurch schöner und aufregender. Er schrieb seine Bitte auf einen Zettel und knüpfte diesen an einen Zweig des Wunschbaumes.«

»Hat sich sein Wunsch erfüllt?«, wollte Elina wissen.

»Oh, ja! Er fand in jenem Sommer einen wahren Freund, mit dem dieser und auch alle Sommer darauf zur schönsten Zeit seines Lebens wurden. Der Junge erkannte durch diesen Freund, dass es Dinge gab, die unbezahlbar waren, und sein Herzenswunsch eigentlich darin bestanden hatte, jemanden zu finden, mit dem die langweiligen Momente zu abenteuerlichen Erlebnissen wurden. Denn es sind nicht Orte oder Geld, die uns glücklich machen, sondern wundervolle Freundschaften und Augenblicke.«

Ihr Opa lächelte und wirkte für einen Moment ganz in

Gedanken versunken. Auch Elina schwieg. Ein drückendes Gefühl drehte ihr förmlich einen Knoten in den Magen.

Freundschaften … in der Schule verstand sie sich zwar mit einigen Leuten, aber so was hatte sie nicht. Wahre Freunde.

Dabei wünschte Elina sich diese am sehnlichsten.

»Würde das mit den Wünschen nur so funktionieren«, murmelte sie.

Sie spürte eine sanfte Hand auf ihrem Arm und schaute zu ihrem Opa auf.

»Ein bisschen Vertrauen in Magie hat noch niemandem geschadet.«

Ehe Elina etwas antworten konnte, klingelte es an der Tür.

Piet war auf einen Schlag hellwach und sprang vom Sofa. »Mama und Papa!«

»Warte!«, sagte ihr Opa sofort. »Du sollst nicht allein …«

Schon verschwanden beide im Flur. Von dort erklangen auch die fröhlichen Stimmen ihrer Eltern. Elina blickte betrübt in ihre Tasse. Opas Geschichten haben immer ein Happy End, dachte sie. Aber Happy Ends waren nur etwas für Träumer. Und sie war ganz bestimmt keine hoffnungslose Träumerin.

Kapitel 2

Frühstücken glich in ihrer Familie einer chaotischen Zirkusnummer. Elinas Vater hetzte jeden Morgen durchs Haus, um noch dies und jenes zu suchen, und ihre Mutter ging am Küchentisch irgendwelche Dokumente von der Arbeit durch, weshalb sie meist hinter Papierstapeln und Ordnern verschwand. Piet war ein Morgenmuffel und kleckerte im Halbschlaf ständig mit seinem Müsli oder der Marmelade. Elina kam sich zu dieser Zeit manchmal wie der Kleber vor, der das Chaos zusammenhielt, denn sie selbst war nach dem Aufstehen putzmunter.

»Wer fährt die Kinder zur Schule?«, fragte ihr Vater beim Durch-den-Raum-Rauschen-und-Käsetoasthappen-Abbeißen. »Wo ist denn nur meine Brille?«

Schwups, war er wieder fort! Ihre Mutter brummte nur.

»Wir fliegen wie immer mit unserem Ufo zur Schule«, antwortete Elina.

»Papa ist eben verplant!«, sagte der Papierstapel alias ihre Mutter und seufzte.

Elina runzelte die Stirn. »Wie kann Papa denn vergessen, dass wir immer den Bus nehmen?«

»Stress!«, sagte ihre Mutter. »Der macht Erwachsene ganz verrückt.«

»Dann bin ich auch verrückt. Ich rede jeden Morgen mit einem Papierstapel«, murmelte Elina und löffelte ein paar Cornflakes. Sie knuffte Piet, der neben ihr saß, in die Seite, da er beim Milcheinschütten fast eingedöst wäre. »Wach bleiben.«

Piet schreckte hoch und kippte die Milch mit so viel Schwung in seine Schale, dass sie nur so in alle Richtungen spritzte und auch Elinas Shirt erwischte.

»Mensch, Piet!«, stieß sie verärgert aus. »Nicht schon wieder!«

Ihr Bruder ignorierte sie und schlürfte lautstark sein Frühstück, als gäbe es nichts Köstlicheres auf der Welt.

Genervt stand Elina auf und wurde auf dem Weg zum Badezimmer fast von ihrem Vater umgerannt, der nun seine Brille auf der Nase sitzen hatte, aber trotzdem keinen Gang runterzuschalten schien. »Ich muss da leider vor dir rein!«, sagte er.

Wusch!, knallte die Tür zu und Elina hämmerte dagegen.

»Papa, ich muss gleich zur Schule!«

»Elina, sagst du Papa, dass ich schon los bin?«, rief ihre Mutter. »Ich muss für den gestrigen Verkauf einer Immobilie noch einen Vertrag im Büro aufsetzen.«

»Mama, warte!«, erwiderte sie. Doch als Elina in die Küche kam, waren der Papierstapel und auch ihre Mutter verschwunden. Seufzend ließ sie die Schultern hängen. Jetzt hatte sie gar nicht fragen können, wann sie gemeinsam ihre Geburtstagseinladungen erstellen und drucken würden. Wie blöd!

Und Zeit, sich umzuziehen, hatte sie jetzt auch nicht mehr, denn ihr Papa schmiss im Bad eine schrille Gesangseinlage und schien da nicht so bald herauszukommen, und Piet saß immer noch am Tisch und machte keine Anstalten, sich fertig zu machen.

Fünf Minuten später hatte Elina ihn dazu gebracht, sich Jacke und Schuhe anzuziehen, und die beiden verließen das Haus. Manchmal nervte ihre Chaosfamilie so sehr! Ohne Opa würde hier echt noch die Apokalypse ausbrechen!

Gedankenverloren schloss sie die Haustür, da hörte sie die fröhliche Stimme ihrer Nachbarin. »Morgen! Sollen wir euch mitnehmen? Ida und Pauline haben heute später Schule und in der Garage ist noch ein Kindersitz.«

Elina blickte zu Frau Sommerfeld, die hinter dem Gartenzaun stand und mit dem sonnenblumengelben Kleid, der weißen Strickjacke und den glänzenden Haaren wie eine Katalogmutter aussah. Das war die Sache mit den Sommerfelds – jeder aus der Familie sah *immer* wie aus dem Ei gepellt aus. Als würden sie ohne große Mühe bereits glamourös aus dem Bett rollen. Und sie? Tja, sie schaffte es nicht mal ohne einen blöden Fleck auf dem Shirt aus dem Haus …

»Das ist nett, aber wir nehmen lieber den Bus.«

Piet packte Elina am Ärmel ihrer Jeansjacke. »Was? Wieso denn?«

Elina zögerte. Es lag ganz und gar nicht an Frau Sommerfeld. Diese war mit ihrer Mutter befreundet und echt okay. Es lag an …

»Habe mein Mathebuch gefunden, wir können fahren!«, sagte Charlie, die aus der Tür des Nachbarhauses trat, als habe sie einen siebten Sinn für Leute, die sie auf einen anderen Planeten wünschten. Elina bemühte sich, keine Miene zu verziehen. Irgendwann, vermutlich in der Steinzeit, hatten Charlie und Elina mal zusammen im Sandkasten gespielt, doch Charlie lebte, wie auch ihre Schwestern, in ihrer eigenen Glitzerwelt und zu der gehörte Elina nicht dazu. Sie hatte Piet und Elina natürlich schon ins Visier genommen. »Was machen die hier?«

Hier wohnen! Atmen! Existieren!

Elina zwang sich zu einem höflichen »Hey«, auch wenn sie lieber in der ersten Reihe beim Seniorenbingo gesessen hätte – und da spuckte Frau Fischer, eine Freundin ihres Opas, beim Vorlesen jeder Zahl, als wäre sie bei einem Wettbewerb für Lamas.

Für den skeptischen Blick, mit dem Charlie sie musterte, hätte Elina sie auch mal gerne an einen Stuhl dort festgebunden. Was gab es denn an einem geflochtenen Zopf und ihrer alten Jeansjacke mit den vielen Aufnähern oder dem roten Shirt darunter nun wieder auszusetzen? Ja, gut … der Milchfleck, aber trotzdem!

»Na, wir nehmen die beiden mit«, verkündete Frau Sommerfeld.

Charlie und Elina konnten nichts mehr sagen, denn Piet lief begeistert zum Gartentor. Widerwillig folgte Elina ihm.

Als alle im Wagen saßen und angeschnallt waren, fuhr

Frau Sommerfeld los. Elina war froh, dass Charlie sich nach vorne gesetzt hatte. So hatte sie wenigstens ihre Ruhe.

»Deine Mutter meinte, du hast ausgezeichnete Noten, Elina!«, begann Frau Sommerfeld ein Gespräch. »Ich finde es toll, dass du immer so fleißig lernst.«

Oder doch nicht ... was sollte sie dazu sagen? Ihr war es unangenehm, vor Charlie gelobt zu werden. Die erzählte bestimmt in der Schule rum, dass Elina sich bei ihrer Mutter eingeschleimt hatte. Viele hielten sie eh schon für eine Streberin.

Piet machte sich im Kindersitz kleiner. Frau Sommerfeld bedachte ihn im Rückspiegel mit einem Lächeln. Sein Hundebabyblick rettete ihn vor dem Elternquiz, der Glückliche!

Elina kam nicht so leicht davon, denn Frau Sommerfeld plapperte unbeschwert weiter. »Ihr schreibt doch bald diesen wichtigen Deutschtest. Könntest du Charlotte nicht ein wenig Nachhilfe geben?«

»Mama!«, rief Charlie empört. »Ich brauche keine Hilfe!«

»Oh, ich denke schon«, erwiderte Frau Sommerfeld. »Ist doch nichts dabei, sich gegenseitig unter die Arme zu greifen. Ihr geht doch in dieselbe Klasse.«

Elina schwieg. Charlie bekam echt alles in den falschen Hals. Vielleicht ließ Frau Sommerfeld das Thema ja fallen, wenn sie sich da raushielt. Sie schaute nach draußen und wünschte sich weit weg. Vielleicht sollte sie sich einfach einem Wanderzirkus anschließen, dann musste sie zwar ein albernes Kostüm tragen, aber Charlie nicht mehr jeden Tag sehen. Elinas Blick blieb am Außenspiegel des Wagens hängen. Bildete sie sich das ein oder sah Charlie geknickt aus? Groß darüber nachdenken konnte sie nicht, denn da verfinsterte sich Charlies Miene und sie grummelte: »Ich will *ihre* Hilfe nicht.«

Und ich will *dir* gar nicht helfen, dachte Elina verärgert.

Frau Sommerfeld seufzte. Sie schien verstanden zu haben, dass sie aus Charlie und Elina keine Freundinnen machte, auch wenn sie es immer mal wieder versuchte. Sie wechselte das Thema und plapperte über allerlei anderen Kram: den gestrigen Sturm, der ihre Petunien geköpft hatte oder den unfreundlichen neuen Postboten. Elina war das allemal lieber, als weiter ausgequetscht oder freundschaftsverkuppelt zu werden.

Sie setzten Piet an seiner Schule ab, dann ging es weiter zu der von Elina und Charlie.

»Habt einen schönen Tag!«, rief Frau Sommerfeld, doch Charlie war bereits aus dem Wagen gesprungen und verschwunden. Natürlich, Charlie wurde sicher von ihrem Hofstaat erwartet … Elina ignorierte den Stich, den ihr der Gedanke versetzte, dass niemand auf dem Pausenhof sie erwartete, und zwang sich zu einem Lächeln. »Danke fürs Mitnehmen!«

Als sie im Schulgebäude mit dem weißen Anstrich und dem roten Dach verschwand und durch die Flure lief, fühlte sich sie sofort einsam, auch wenn das Gefühl nicht neu war.

Alle waren in Grüppchen unterwegs, nur sie nicht. Jeder hier hatte beste Freunde oder hing in den Pausen gemeinsam ab. Elina hatte echt versucht dazuzugehören, aber nie so wirklich Anschluss gefunden. Eine Verabredung fürs Kino? Ihr Bus kam zu spät und die anderen waren ohne sie in den Saal. Die Mädchen ihrer Klasse trafen sich zum

Rollschuhfahren? Elina wurde zur Lachnummer, weil sie sich kaum vom Rand wegbewegte. Chillen im Schwimmbad? Elina konnte bei den Gesprächen über den neusten Tratsch, Pferde und Computerspiele nie richtig mitreden. Sogar beim Hockeytraining, wo sie sich mit allen ganz gut verstand, hatte es nie richtig Klick zwischen ihr und den anderen gemacht. Dabei brauchte Elina doch nur eine Chance zu zeigen, was in ihr steckte! Wie eine Geburtstagsparty mit spaßigem Motto, wo alle die wahre Elina kennenlernen konnten.

Jemand rempelte sie unsanft an und riss sie aus ihren Gedanken. Ehe sie das Gleichgewicht verlor, fasste ein älteres schwarzhaariges Mädchen sie am Arm.

»So ein Idiot!«, schimpfte das Mädchen. »Alles okay?«

»Ja, danke.« Verlegen betrachtete Elina ihre Retterin. »Du bist Juna Zuckerhut, oder?«

Elina hatte sie schon öfter im Flur gesehen. Sie ging in die Oberstufe.

»Oh, hast du etwa die schaurig-schlimmen Gerüchte über meine Familie und mich gehört? Angeblich sind wir alle durchgeknallt!«, sagte Juna amüsiert.

»Ein paar kenne ich schon«, sagte Elina verlegen. »Aber ich halte die für Blödsinn!«

»Ich weiß gar nicht, welches ich unsinniger finde«, meinte Juna und tat so, als würde sie angestrengt nachdenken. »Die über meine Mutter, die Spielzeuge baut, welche die Leute heimlich ausspionieren, oder über meinen Vater, der mysteriöse Samen in der Stadt verteilt, um illegale Pflanzen zu züchten, oder die über mich?« Sie senkte die Stimme. »In meinen Kunstwerken verstecke ich angeblich geheime Botschaften, um Kinder zu uns zu locken! So wie der Rattenfänger mit seiner Flöte.«

Elina verkniff sich ein Grinsen. »Und ich dachte, ihr tragt nur selbst gestrickte Klamotten, tanzt nachts durch euren Garten und betet dabei den Mond an.«

Nun grinste auch Juna. »Das natürlich auch. Du bist etwas blass, ist alles okay?«

»Oh, echt?« Elina runzelte die Stirn. »Vielleicht wegen dem Schreck gerade.«

Elina fühlte sich tatsächlich ein klitzekleines bisschen zittrig auf den Beinen, aber vielmehr vor Freude darüber, dass ein Mädchen aus der Oberstufe mit ihr sprach!

»Ich weiß, was da hilft.« Juna zauberte ein Karamellbonbon aus ihrer Hosentasche. »Hier, für dich.«

Zögerlich nahm Elina das Bonbon an. »Danke.«

Juna zwinkerte ihr zu. »Ich muss los. Wir sehen uns!«

Elina sah ihr verdutzt nach. Sie hatte sich immer gefragt, wie die Zuckerhuts wirklich waren. Juna jedenfalls war ein klein wenig seltsam, aber auch richtig nett!

Sie betrachtete die Süßigkeit und wickelte sie aus. Ihr Opa verschenkte auch immer Karamellbonbons bei seinen Tricks. Dieses schmeckte jedoch anders. Sahnig und cremig wie Pudding und nach … Glück. Ein aufgeregtes Flattern breitete sich in ihrer Brust aus und angenehme Wärme hüllte sie ein. Ja, sie war *glücklich.*

Es klingelte zur ersten Stunde, doch statt hektisch loszulaufen, um nicht zu spät zu kommen, lief Elina mit einem Lächeln gemütlich zu ihrem Klassenraum.

Heute würde ein fantastischer Tag werden!

Kapitel 3

Gegen Ende der vierten Stunde bekam die Klasse ihren Geografietest wieder. Elina war furchtbar nervös.

Hoffentlich hatte sich das viele Pauken gelohnt!

Hinter ihr stöhnte Jonas auf. »Schon wieder eine Fünf!«

»Du musst dich mehr anstrengen, Jonas!«, sagte Herr Ziegel prompt, den Jonas und ein paar andere Jungs immer Herr Ziegenbock nannten, weil er so streng war. »Ein paar von euch könnten mit ihren Noten den ›Club der hoffnungslosen Fälle‹ gründen.«

»Voll unfair!«, rief Jonas. »Das Zeug kann sich niemand merken!«

Herr Ziegel blieb neben Elinas Tisch stehen. Ihre Sitznachbarin Anna war heute krank und deshalb überreichte er nur ihr den Test. »Anscheinend schon, denn Elina hat eine Eins geschafft!« Hastig schob Elina das Blatt in ihren Hefter. Musste er denn ihre Note durch die ganze Klasse posaunen?

»Du solltest besser Elina Streber statt Pfeffer heißen!«, zischte

Charlie, die sie von der anderen Seite des Raums finster anstarrte. Klar, dass sie sich einen Kommentar nicht verkneifen konnte.

»Danke für das Kompliment!«, erwiderte Elina cool. Sie wunderte sich kurz, dass ihr der Spruch nicht so viel ausmachte wie sonst. Aber Charlies Sprüche waren eben nichts Neues. Elina konnte das karamellige Glücksgefühl noch auf der Zunge schmecken und es ließ Charlies Worte einfach verpuffen wie heiße Luft.

Charlie und Juliane steckten prompt die Köpfe zusammen und begannen zu tuscheln. Sollten sie doch! Nichts konnte Elina den Tag verderben!

Das Klingeln zur großen Pause ertönte und Elina holte ihre Brotbox und ihr Getränk heraus. Auf dem Weg nach draußen nahm sie den Umweg am Sekretariat vorbei. Vielleicht hatte ihre Trainerin etwas wegen eines neuen Hockeyspiels am Schwarzen Brett angepinnt. Leider nicht.

Plötzlich hörte sie ein Schluchzen. Es kam aus einem der offenen Klassenräume, nur ein paar Meter entfernt. Besorgt trat sie näher.

»Das wird schon wieder«, hörte sie jemanden sagen.

Elina hatte die Stimme erst vor ein paar Stunden gehört … Juna?

Was sie noch sagte, konnte Elina nicht verstehen. Aber das Schluchzen ebbte langsam ab. Elinas Neugier zog sie zu dem Klassenzimmer.

Juna reichte gerade einem Jungen aus der Unterstufe, den Elina vom Sehen aus dem Bus kannte, ein Bonbon.

»Hier, nimm«, sagte Juna. »Die wirken Wunder.«

Er rieb sich über die roten Augen. »Danke.«

Der Arme! Ob es in seiner Klasse auch eine Charlie gab?

Elina sah fasziniert zu, wie der Junge auf dem Bonbon herumkaute und sich sein Gesicht schlagartig aufhellte.

»Mir geht's schon besser!«, sagte er.

Juna tätschelte seine Schulter. »Na, siehst du.«

Die beiden standen auf und gingen Richtung Tür. Schnell huschte Elina um die Ecke. Der Junge verabschiedete sich überschwänglich von Juna, dann wurde es still.

»Whaaa!« Erschrocken stolperte sie rückwärts.

Wie ein Ninja war Juna neben ihr im Gang aufgetaucht. Mensch, die war vielleicht gut im Anschleichen!

»Wir kennen uns doch«, bemerkte Juna.

Elina spürte, wie ihre Wangen heiß wurden. »Es tut mir leid! Ich wollte nicht …«

»Heimlich zuhören? Ich drücke mal beide Augen zu. Verbotene Dinge sind eben verlockend.« Juna strahlte sie an. »Ich weiß noch gar nicht, wie du heißt.«

»Oh, sorry … ich bin, ähm, Elina Pfeffer. Also nur Elina.«

Juna schmunzelte. »Ah, *nur Elina,* schön, dich wiederzusehen!«

»Sag mal … dieses Bonbon, das du mir gegeben hast, das war echt … lecker. Woher hast du das?«, fragte Elina. Verflixt auch! Fiel ihr denn nichts Besseres ein? Das klang ja fast so, als hätte ihr das Karamellbonbon heute Morgen nicht nur die Zähne verklebt, sondern auch das Hirn verknotet! Dabei war das die Chance, vielleicht eine Freundin zu finden!

In Junas Augen trat ein seltsames Funkeln. »Ich denke, für einen Tag war das genug magischer Zucker.«

Magischer Zucker? Was hieß das denn?

»Ahh, Elinaaaaa! Da bist du jaaaaa!«

Plötzlich war Charlie neben ihr und hakte sich bei ihr ein.
»Die anderen warten schon. Du trödelst immer so.«
Ohne Juna zu beachten, zerrte Charlie Elina mit sich.
Elina war so verdattert, dass sie gar nicht reagierte. Etwas hilflos drehte sie den Kopf nach Juna um. Deren Miene nach zu urteilen, war sie völlig verwirrt über die Aktion – da waren sie schon zwei. Wieso spazierte Charlotte Sommerfeld öffentlich Arm in Arm mit *ihr* durch die Schule? Hatten Aliens sie in der Pause gegen eine nettere Version ausgetauscht? Pah, als ob! Elina riss sich los. »Was sollte das?!«
»Ich habe dich nur vor einer aus der Freak-Familie gerettet.« Charlie verdrehte die Augen. »Ich wollte nur nett sein, wo dein Ruf doch eh schon ziemlich im Eimer ist.«
»Gerettet? Nett sein? Total unhöflich war das!«
»Pauline geht mit der in eine Klasse und sagt, die würde ständig nur vor sich hin träumen und seltsames Zeug faseln«, erwiderte Charlie hochnäsig.
Elina war fassungslos. »Ich finde sie echt cool! Versprüh dein Gift einfach woanders!«
Charlie schob sich ein paar ihrer braunen Locken hinters Ohr. »Kein Wunder, dass du keine richtigen Freunde hast, wenn du solche Leute cool findest! Spaß verstehst du auch keinen!«
Elina umklammerte ihre Brotbox und Flasche vor Wut so fest, dass ihr die Finger wehtaten. Charlie war kein Stück besser als die Leute, die komische Gerüchte über die Zuckerhuts in der Schule erzählten!
»Auf solche Art von Spaß verzichte ich!«, erwiderte Elina.
Sie funkelte Charlie böse an, drehte sich um und stampfte davon.

Kapitel 4

Auf dem Heimweg nahm Elina nicht den Bus, sondern ging zu Fuß. Von der Schule war es zwar ein Stück bis zu ihr, aber ihre Wut über Charlie war noch nicht ganz verpufft und beim Spazieren bekam sie gut den Kopf frei. Die Runde entlang des kleinen Wäldchens vorbei an den Schrebergärten war perfekt dafür. Ihr Magen grummelte ein bisschen vor Hunger und beim Gedanken an Essen kam Elina wieder Junas komische Aussage in den Kopf: *»Für einen Tag war das genug magischer Zucker.«*

Es ärgerte sie noch immer, dass Charlie ihr keine Gelegenheit gegeben hatte, Juna nach der Bedeutung dieser Worte zu fragen oder sie besser kennenzulernen. Ein paar der Zuckerhut-Kinder hatte Elina hin und wieder mal in den Schulfluren oder bei Veranstaltungen in der Aula gesehen. Wenn sie genau darüber nachdachte, ließen die sich aber sonst echt nicht viel blicken. Am meisten wurde über den Bruder ein paar Stufen über Elina geredet, weil einige Mädchen ihn »sooooo süß« fanden.

Doch auch außerhalb der Schule redeten die Leute über die Zuckerhuts. Es war kaum zwei Wochen her, da hatte Elina sonntags mit ihrem Opa Brötchen geholt und mitbekommen, wie zwei ältere Frauen lautstark über die Familie getratscht hatten.

»Jaja! Die kennt man! Seltsame Leute sind das.«

»Die haben eine ganze Bande an Kindern!«

Opa hatte die Augen verdreht und auch Elina hatte nicht verstanden, was daran so schlimm sein sollte. Das Gerede in der Schlange beim Bäcker hatte kein Ende gefunden.

»Hast du gewusst, dass die in der alten Mühle leben? Unfassbar!«

»Das ist doch kein Ort für Kinder! Was denken sich die Eltern nur?«

Elina stellte es sich aufregend und abenteuerlich vor, in einer Mühle zu leben! Ob sie sich das Zuckerhut-Haus mal ansehen sollte? Sie blieb an der Kreuzung stehen. Geradeaus ging es Richtung Altstadt und nach Hause. Rechts von ihr reihten sich einige Häuser entlang der Waldstraße auf beiden Seiten aneinander und irgendwo hinter dem Kornfeld am Ende lag die alte Mühle. Elina spähte die Straße hinunter und spürte, wie ihre Neugier immer größer wurde. Charlie mochte alle verurteilen, aber Elina machte sich lieber ihr eigenes Bild. Also los!

Sie ging einige Minuten, bis Nummer neunzehn hinter dem Feld auftauchte. Hier gab es sonst nur noch die weiterführende Landstraße, die sich durch den umliegenden Wald aus Belony bis zur Nachbarstadt schlängelte.

Doch eine alte Mühle? Von wegen! So was hatte Elina noch nie gesehen!

In der Mitte des Grundstücks thronte ein großes Haus, mit mehreren Stockwerken, das ein bisschen schief aussah. Es erinnerte Elina an eine gigantische Torte mit vielen Schichten, die verrutscht waren. Jedes Stockwerk war in einer anderen Farbe gestrichen, die Fensterläden waren alle knallrot und das Dach glich mit seinen runden grauen Schindeln dem Rücken einer Schildkröte. Links davon schloss ein kleiner Turm an das Haus an, in den man über eine Wendeltreppe gelangte, die sich um ihn herumschlängelte. Davor lag das alte Mühlenrad im Wasser eines moosbewachsenen Teiches. Rechts ging der Anbau noch weiter und in ein kleines Nebengebäude voller Zinnen über, mit einem Schornstein, der wie ein krummer Hut darauf saß.

Und der Rest erst! Kunterbunte Steine führten quer durch den Garten. Zwischen hohen Gräsern wuchsen unzählige Blumenarten, die Elina noch nie zuvor gesehen hatte – Blüten mit seltsamen Tupfen oder Pflanzen mit ungewöhnlich kringeligen Blättern. Es duftete herrlich und sie bekam unheimlich Lust auf etwas Süßes. Sahen die Gewächse nicht sogar ein wenig wie Lutscher und Zimtschnecken aus?

Neugierig trat Elina näher an den Zaun heran.

»Ich würde an deiner Stelle lieber wegbleiben!«, krächzte jemand.

Ertappt fuhr sie herum. Ein alter Mann, mit Hund an der Leine, hinkte mit einem Gehstock auf sie zu. Sein griesgrämiger Gesichtsausdruck gab Elina das Gefühl, Unkraut zu sein, das ihm lästig war. Wieso guckte er sie so finster an?

»Ähm … guten Tag«, sagte sie.

»Gut!«, brummte er. »Kein Tag ist gut, solange diese absonderliche Truppe weiter in meiner Straße lebt! Weg da vom Zaun, Kindchen.«

Elina blieb, wo sie war. »Wieso das denn?«

»Die lungern ständig irgendwo herum und verteilen ihre Süßigkeiten, aber ich durchschaue sie! Pass auf, ehe sie dich kriegen«, sagte der alte Mann aufgebracht.

Sie glotzte den Mann ungläubig an. »Ehe sie mich kriegen? Wovon reden Sie?«

Er machte eine kreisende Handbewegung neben seinem Kopf, als wolle er andeuten, dass die Zuckerhuts nicht mehr alle Tassen im Schrank hatten. »Die stellen komische Dinge mit den Leuten an. Meine Nachbarin Frau Kloß ist nicht mehr dieselbe, nachdem diese zwei Zuckerhut-Mädchen mit irgendwelchen Keksen bei ihr waren!«

»Wie meinen Sie das?«, hakte Elina skeptisch nach.

»Sie kann gar nicht mehr aufhören zu lachen, es ist wie ein Fluch!«

»Aber man lacht doch, wenn man glücklich ist …«

Rums! Der alte Herr ließ seinen Gehstock auf den Boden knallen. Seine Miene wurde noch finsterer.

Elina stolperte vor Schreck rückwärts.

»Wenn ich es doch sage! Das ist Hexenwerk!«, brauste er auf. »Die tun so nett und vergiften die Leute dann mit ihren Süßigkeiten!«

Sie dachte an das Glücksgefühl nach Junas Karamellbonbon. Es war so schön und bestärkend gewesen … Elina hatte sogar Charlies blödem Spruch standgehalten. Wie konnte das etwas Schlechtes sein? Nein, wenn hier etwas – oder jemand – unheimlich war, dann dieser Mann, der fast schon bedrohlich näher kam. Elina ging weiter zurück, als das Gartentor unerwartet aufschwang und sie reichlich unelegant auf ihren Hintern plumpste. Autsch!

Der alte Mann riss plötzlich die Augen weit auf und erstarrte regelrecht zur Salzsäule. Elina hatte die Schritte nicht gehört, aber jemand war aus dem Haus gekommen! Nach all dem Geflüster in der Schule über sein süßes Wuschelhaar und die eisblauen faszinierenden Augen war Elina sich sicher: Das musste Junas Bruder sein!

Er reichte ihr eine Hand und zog sie hoch. »Alles in Ordnung?«

»Ja, danke«, antwortete sie.

»Herr Schnotter, wie schön, dass Sie vorbeischauen«, wandte sich Junas Bruder an den Mann. »Wollen Sie auf eine Tasse Tee hereinkommen? Wir haben auch Kekse.«

»Und riskieren, dass ich nach einem Keks nicht mehr ganz richtig ticke? Das glaubst auch nur du, Junge!«

»Ach, Herr Schnotter. Jetzt haben Sie sich nicht so.«

»Komm mir bloß nicht zu nahe, du Bengel!«, drohte Herr Schnotter und hinkte mit seinem Hund weiter.

»Der war vielleicht unheimlich«, murmelte Elina.

»Sind wir schon gewohnt«, meinte der Junge schulterzuckend. »Der steht regelmäßig vor unserer Tür und erzählt Unsinn. Vielleicht ist er ja nur einsam und will Gesellschaft.«

»Mhm«, machte Elina und sah ihn prüfend an. »Er war aber nicht zum Kaffeekränzchen hier, er schien es sehr ernst zu meinen.«

Der Junge lachte laut. »Denkst du echt, wir verzaubern Süßigkeiten?«

Elina schnaufte. »Immerhin gibt es die Legende über Madame Picots wundersame Süßigkeiten und viele Leute in der Stadt glauben an sie.«

»Du also auch?«, fragte er.

»Nein!«, sagte Elina entschieden.

»Gut, dass ich dich durchs Fenster gesehen habe«, meinte er gönnerhaft. »Ich rette gerne Mädchen vor unheimlichen alten Menschen.«

»Ich kann mich selbst retten, danke.« Elina konnte nicht glauben, wie arrogant dieser Typ war. Den hatten scheinbar ein paar Mädchen zu viel angehimmelt!

»Bist du hier, um mir einen Liebesbrief zu geben?«, plapperte er weiter, als hätte Elina gar nichts gesagt, und bestätigte ihre Vermutung damit. Selbstverliebter Blödmann! »Es trauen sich eher selten Leute an den Zaun ran.«

Elina fühlte sich ertappt. Ja, sie hatte einen Blick aufs Haus werfen wollen, aber sie war bestimmt nicht wegen ihm gekommen! Sie reckte das Kinn. »Wieso? Bist du das Monster, das im Turm haust? Ich bin hier nur zufällig vorbeigekommen!«

Der Junge lachte. »Hey! Sehe ich etwa aus wie ein Monster, das man in einem Turm verstecken muss?«

»Das kannst du bestimmt besser beurteilen als ich, du schaust doch bestimmt zehnmal am Tag in den Spiegel«, erwiderte sie frech.

»Haha. Ich bin übrigens Arthur.« Die Augen des Jungen funkelten verschmitzt. »Du wolltest wohl einen Liebesbrief abgeben, gib's zu! Wie heißt du denn?«

Genervt wandte sie sich ab und lief los. »Tschüss!«

»Hey!«, rief er ihr nach. »Warte doch!«

Pah, darauf konnte der lange warten!

Kapitel 5

»Schieß endlich!«, rief Piet.

Elina trat kräftig gegen den Fußball und spielte ihn ihrem Bruder zu. Der jagte damit über den Rasen und schoss ihn in das kleine Tor, das sie aufgestellt hatten.

Piet reckte beide Hände in die Luft, als habe er die Weltmeisterschaft gewonnen. »Fünf zu null!«

Langsam verlor Elina die Lust am Spielen – Fußball machte einfach nicht so viel Spaß wie Feldhockey, und mit Piet mitzuhalten, war nach einer Weile echt anstrengend.

»Ich geh mal was trinken«, teilte sie ihm mit.

In der Küche fand sie ihre Mutter, die mit Frau Sommerfeld am Küchentisch saß und plauderte.

»Hallo«, murmelte sie eine Begrüßung.

»Oh, hallo, Schatz! Hat Piet dich gehen lassen?«

Elina nahm den Orangensaft aus dem Kühlschrank. Sie grinste. »So in etwa, er feiert gerade seinen Sieg.«

»Würden meine Mädchen sich doch nur so gut

miteinander verstehen«, sagte Frau Sommerfeld. »Die streiten fast nur noch.«

Elina schenkte sich etwas Saft ein, trank ihr Glas leer und stellte es rasch in die Spüle. Bei einem Gespräch über die Sommerfeld-Schwestern musste sie echt nicht dabei sein! Im Flur traf sie auf ihren Vater, der gerade zur Haustür hereinkam. Er war mit zwei Einkaufstüten und seiner Aktentasche voll beladen.

»Hallo, Spätzchen. Kannst du schnell in den Briefkasten schauen?«, schnaufte er. »Ich warte auf einen Brief.«

»Klar, Papa. Soll ich dir vorher was abnehmen?«

»Nein, nein! Geht schon.«

Bis auf einen Flyer war der Briefkasten leer. Das knallbunte Papier erinnerte an ein Bonbon. Elina betrachtete die Überschrift und las dann den Rest darunter.

Rätseln & gewinnen bei »Rauchs Süßigkeiten jeder Art«!
Löse ein Rätsel, gewinne etwas Süßes!
Komm bis Ende der Woche in meinen
Laden und versuche dein Glück!
Jeder Versuch wird belohnt und dem
Gewinner winken süße Preise.

Den Laden kannte sie, aber Elina war lange nicht mehr dort gewesen, da sie ihr Taschengeld sparte. Ihre Lieblings-Feldhockeyspielerin hatte eine eigene Kollektion herausgebracht und Elina wollte unbedingt einen Schläger aus der Serie.

Die Aktion bei *Rauchs Süßigkeiten* klang allerdings cool

und war vielleicht einen Besuch wert! Elina faltete den Flyer zusammen und schob ihn in ihre Hosentasche.

Sie wollte gerade wieder reingehen, da fiel ihr Blick auf eine Frau, die auf der anderen Straßenseite stand. Sie trug einen langen schwarzen Mantel, was Elina ziemlich seltsam fand. Dafür war es doch viel zu warm. Die Frau bemerkte, dass Elina sie beobachtete, und hob die Hand, doch statt zu grüßen … schob sie sich etwas in den Mund?

Elina blinzelte verwirrt und plötzlich war die Frau weg. Fast wie eine Fata Morgana! Ihr lief ein kalter Schauer über den Rücken.

»Was machst du da?« Piet stand auf der Stufe vor der offenen Haustür. Seine Haare waren verstrubbelt und sein Shirt war voller Grasflecken.

»Gespenster sehen«, murmelte sie.

Gemeinsam mit Piet ging sie wieder ins Haus und schloss die Tür.

»Hab keine Lust mehr auf Fußball«, verkündete er und stampfte die Treppe nach oben. Kleine Brüder sollte mal einer verstehen!

Elina wollte Piet gerade folgen, um in ihr Zimmer zu gehen, da hörte sie aus der Küche plötzlich ihren Namen und blieb automatisch stehen.

»… Idee für ihren Geburtstag ist es, ein Krimidinner zu veranstalten. Wir leihen Kostüme aus, teilen Rollen zu und es gibt verschiedene Fälle zu lösen«, erzählte ihre Mutter. »Das wird spaßig und Elina findet neue Freunde!«

»Was für ein toller Einfall!«, meinte Frau Sommerfeld. »Es ist so schade, dass Elina und Charlie nie zusammen feiern.«

Ihre Mutter hatte nicht wirklich gerade ihren Plan ausgeplaudert, oder? Elina wurde sofort ganz mulmig. Die Idee sollte doch eine Überraschung sein, bis die Einladungen fertig waren!

»Mama! Du hast *versprochen,* nichts zu verraten!«, platzte sie in das Gespräch hinein.

Ihre Mutter sah sie bestürzt an. »Oh, Elina, sei mir nicht böse ...«

Nicht böse sein? Sie hatte es versprochen! Elina drehte sich um und stürzte aus der Küche. Jetzt war alles im Eimer! Hundertpro würde Charlie Wind von der Sache bekommen und alles nachmachen – das war schon mal passiert! Und Charlie schmiss die größeren, besseren Partys. Alle würden wieder zu den Sommerfelds gehen.

In Elinas Kehle bildete sich ein dicker Kloß. Sie brauchte jetzt frische Luft! Schnell lief sie in ihr Zimmer, zog ihre Jeansjacke über und stopfte sich Geldbeutel und Schlüssel in die Taschen. Schnurstracks rannte sie zum Schuppen, setzte sich ihren Helm auf und schob ihr Fahrrad zur Straße. Einfach nur weg hier!

Kapitel 6

Etwas von Elinas Frust verrauchte im Fahrtwind. Nachdem sie fast einen Mann mit Kinderwagen umgenietet hatte, wurde sie langsamer. »Sorry!«, rief sie über ihre Schulter zurück, da bemerkte sie Piet. Elina trat auf die Bremse.

»Ahhhh!«, schrie Piet, der nun ebenfalls anhalten musste.

»Wieso fährst du mir nach?«

Er zuckte mit den Schultern. »Ich will mitkommen.«

Elina sah Piet genervt an. »Du weißt doch gar nicht, wohin ich möchte.«

»Bitte«, quengelte er. »Mir ist so langweilig!«

Piet war ein Sturkopf und gab selten nach. Elina seufzte. Sie wollte keinen weiteren Streit. »Okay. Aber dann benimmst du dich.«

Ehe die beiden weiterfuhren, holte Elina ihr Handy aus der Jackentasche und schrieb ihrer Mutter eine Nachricht: Piet ist bei mir. Sind in der Stadt. Passe auf ihn auf. Die machte sich sonst Sorgen. Piet dachte echt nie nach! Kopfschüttelnd fuhr Elina los.

»Auf zu Rauchs Süßigkeitenladen!«

Piet radelte ihr hinterher. »Da, wo wir oft mit Opa waren?«

»Genau. Da gibt's eine Aktion.«

Kurz vorm Regenbogen-Kindergarten bogen die beiden nach links ab und ließen sich dort den kleinen Berg hinabrollen. Die Straße führte über eine Brücke und direkt hinein ins Zentrum von Belony. Irgendwann stiegen Elina und Piet ab, weil das Kopfsteinpflaster sie zu sehr durchrüttelte. Hier war immer etwas los, aber das gute Wetter schien noch mehr Leute angelockt zu haben als sonst. Ein paar Kinder spielten am Brunnen, mehrere Erwachsene stöberten in der Auslage vor *Berts Buchladen* und vereinzelte Pärchen machten Hand in Hand einen Schaufensterbummel.

Elina und Piet schoben die Räder weiter, bis sie einen freien Laternenpfahl fanden, und schlossen sie dort ab. Von hier war es bis in die verwinkelte Gasse, in welcher sich Herrn Rauchs Laden befand, nur ein Katzensprung. Mensch, war es voll! Dutzende Leute scharten sich um den Eingang. Es dauerte mehrere Minuten, bis sie überhaupt durch die Tür kamen. Im Verkaufsraum herrschte eine geschäftige Stimmung und die Luft summte wegen all der Stimmen. In den Regalen lagerten Schokoriegel, Lutscher, Bonbons und etliche Gläser mit anderen süßen Leckereien hoch bis zur Decke.

Herr Rauch stand mit einer Frau hinter der Theke. Sie sah ihm sehr ähnlich. Beide hatten dasselbe schmale Gesicht und aschblondes Haar.

»Willkommen!«, rief sie. »Wollt ihr euer Glück beim Rätseln versuchen?«

»Hallo, Elina und Piet! Wie schön, euch mal wieder zu sehen! Habt ihr euren Opa auch dabei?«, begrüßte Herr Rauch sie. »Das hier ist übrigens meine Tochter Althea.«

Verwundert musterte Elina die Frau. Bisher hatte sie Althea noch nie hier gesehen oder Herrn Rauch von ihr sprechen gehört. Und ihr Aufzug mit dem schwarzen Mantel war echt seltsam.

»Ich glaube, Sie waren heute in unserer Straße.«

»Das kann sein!«, meinte Althea. »Ich habe noch Flyer verteilt.«

Piet streckte die Hand nach einem Glas voller Gummibärchen aus, auf dem dick *Neue Sorte, zum Probieren!* stand. Elina zog ihn am Arm, damit er nicht anfing, sein Gewicht in Süßigkeiten zu verdrücken.

»Die sind sooo lecker«, sagte er mit vollem Mund.

Herr Rauch lächelte. »Das freut mich!«

»Dann versucht mal euer Glück beim Rätseln!« Seine Tochter beugte sich über den Tresen. »Ihr seht mir wie zwei sehr kluge Kinder aus. Jeder hat einen Versuch.«

»Ach, meine Tochter!«, sagte Herr Rauch begeistert. »So voller Energie! Alles ihre Idee, die Aktion, um mehr Kunden anzulocken. Und es hat geklappt! Ist das nicht wunderbar?«

Elina nickte. So viel war hier tatsächlich noch nie los gewesen.

»Wer von euch will zuerst raten?«, fragte Althea.

Hinter Elina und Piet hatte sich bereits eine Schlange gebildet. Anscheinend wollte wirklich jeder bei der Aktion sein Glück versuchen.

»Ich will!«, meldete sich Piet.

»Prima!« Althea deutete auf ein Glücksrad neben dem

Tresen. Die Felder darauf hatten unterschiedliche Farben und nur ein einziges war golden. »Mit viel Schwung einmal drehen! Blau steht für einen Trostpreis. Hinter den anderen Farben stecken Rätsel.«

»Was ist mit dem goldenen Feld?«, fragte Piet.

Althea senkte verschwörerisch die Stimme. »Dahinter stecken die besonders schweren Rätsel. Jeder, der eines davon löst, bekommt ein einzigartiges Geschenk und wandert in den Lostopf für den Hauptgewinn: ein Leben lang Süßigkeiten von uns!«

»Haben das viele geschafft?«, warf Elina ein.

»Bisher nur zwei Leute«, antwortete Herr Rauch. »Die meisten strengen sich zu sehr an, dabei liegt die Lösung ganz oft direkt vor ihnen.«

»Na, na!«, mischte sich Althea ein. »Hier wird nicht geholfen. Geh doch mal ins Lager und hol neue Schokoriegel, Papa. Die füllen sich nicht von allein auf.«

Nickend kam Herr Rauch der Bitte nach.

Piet war ganz ungeduldig und stieß das Rad sofort an. Es blieb bei Blau stehen.

»Ein Trostpreis.« Althea griff unter den Tresen und reichte Piet eine kleine braune Papiertüte, um die eine blaue Schleife gebunden war. Piet machte ein enttäuschtes Gesicht, als er eine Trillerpfeife und etwas Lakritze aus der Tüte herauszog. Das war wirklich kein toller Trostpreis …

»Lakritze mag ich nicht.« Er zog eine Schnute. »Elina, versuch du es!«

»Okay. Aber ob ich dann mit dir teile, wenn ich gewinne …«, zog sie ihn auf.

Schon versetzte sie dem Glücksrad einen Stoß. Es drehte

und drehte und drehte sich. Auf Blau kam es letztendlich zum Stehen. Doch dann bewegte es sich noch einen Zentimeter weiter und der Pfeil landete auf dem goldenen Feld daneben.

Überrascht riss sie die Augen auf.

»Jaaaaaaaaa!«, brüllte Piet.

»Ein schweres Rätsel also«, sagte Althea. Sie stellte eine Holzkiste vor Elina ab, in deren Deckel ein Loch war. »Dann greif mal rein und zieh einen Zettel raus.«

Elina war mit einem Mal ganz aufgeregt. Ob sie das Rätsel lösen konnte? Sie schob ihre Hand in die Öffnung und fischte ein Stück Papier heraus. Als sie es auseinandergefaltet hatte, las sie das Rätsel laut vor, denn Piet drängte sich neugierig neben sie. »Was gibt man anderen, versucht es aber trotzdem zu halten?«

Ganz schön knifflig!

»Du hast eine Minute«, erklärte Althea.

Was hatte Herr Rauch eben gesagt? Dass die Dinge manchmal genau vor einem lagen. Leider schwebte die Antwort nicht einfach durch den Raum. Elina sah zu Piet. Sie beide bekamen öfter etwas von ihren Eltern versprochen, das am Ende aus irgendwelchen Gründen nicht klappte. So wie ihre Mutter ihr versprochen hatte, niemandem ihre Geburtstagsidee zu verraten …

»Ein Versprechen«, grübelte sie laut. »Man gibt es, versucht aber auch, es zu halten.«

Althea strahlte Elina an. »Glückwunsch, das stimmt!«

Hinter ihnen applaudierten einige Leute, die noch anstanden.

»Meine Schwester ist ultraschlau!«, sagte Piet stolz.

Althea musterte Elina ernst und eindringlich. »Eine nützliche Eigenschaft.« Sofort wurde ihre Miene wieder fröhlicher und Elina fragte sich, ob sie sich das gerade eingebildet hatte. »Dann schreib doch bitte deinen vollständigen Namen auf, damit wir ihn in die Lostrommel für den Hauptgewinn werfen können, und deine Telefonnummer, damit wir dich auch erreichen, falls du gewinnst.« Althea hielt ihr einen Notizblock und Stift hin.

Während Elina der Aufforderung nachkam, wurde Piet wieder ungeduldig. »Was bekommt Elina jetzt?«

Althea bückte sich und holte etwas hinter dem Tresen hervor – die schönste Schokoladentafel, die Elina je gesehen hatte. Das dunkle Papier war voller goldener Punkte wie ein Nachthimmel mit Sternen. In der Mitte stand in geschwungenen Lettern *Scharfsinnige Schlemmerschokolade*. Althea legte sie behutsam, wie etwas Kostbares, in Elinas offene Hand. »Die ist einzigartig und hat einen besonderen Geschmack. Genieß sie allein, ja?«

»Okay«, sagte Elina verwundert.

»Ich möchte auch gerne was«, sagte Piet traurig. Elina konnte ihn verstehen. Lakritze mochte sie auch nicht besonders. Also erlaubte sie ihm, sich eine Sache auszusuchen. Er flitzte sofort los und holte eine Tüte saure Frösche. Nach dem Bezahlen nahm Elina ihr Wechselgeld und wollte es schon einstecken, da fiel ihr eine seltsame Münze zwischen den anderen auf. In der Mitte befand sich zwischen vielen Schnörkeln ein großes *A* und entlang des Rands stand etwas in einer fremden Sprache.

Althea unterhielt sich bereits mit dem nächsten Kunden, der sein Glück versuchen wollte. Dann war die Münze eben ihr neuer Glücksbringer! Elina schob sie in ihre Jackentasche und steckte ihr normales Wechselgeld ins Portemonnaie. Sie wandte sich zu Piet.

»Wir können los«, sagte sie, aber Piet dachte gar nicht daran, den Laden zu verlassen. Immer wieder blieb er vor Regalen stehen und es kostete Elina einige Mühe, ihn durch all die Menschen nach draußen zu schieben.

»Lasst euch hier nicht mehr blicken!«, brüllte jemand.

Erschrocken blieben die beiden stehen und schauten sich um. Herr Rauch stand mit erhobener Faust in der Gasse und drohte damit zwei Jungs. Elina erkannte den Älteren sofort wieder – Arthur Zuckerhut. Der andere war bestimmt sein Bruder.

»Meine Tochter hat ganz recht! Was sollen die Fragen zu meinen Süßigkeiten? An denen ist nichts verkehrt! Die wähle ich sorgfältig aus, ehe ich sie einkaufe!«, regte er sich auf. »Ich erteile euch lebenslanges Hausverbot! Kommt bloß nicht wieder!«

Arthur hob beschwichtigend die Hände und trat einen Schritt vor, aber der andere Junge zerrte ihn am Ärmel zurück. »Das bringt nichts«, hörte Elina ihn sagen.

Ihr klappte fast die Kinnlade runter. Herr Rauch war eigentlich die Freundlichkeit in Person. Die zwei mussten ja echt was angestellt haben, wenn er sich wie ein Drachen aufführte! Althea lungerte im Hintergrund herum und … aß einen Schokoriegel. Nervennahrung vielleicht? Die Situation war wirklich seltsam!

Herr Rauch drängte sich mit seiner Tochter an den gaffenden Leuten vorbei zurück in den Laden. Die Gasse hatte sich ein wenig geleert und draußen standen nur noch eine

Handvoll Besucher herum, die sich nun, da das Spektakel vorbei war, abwandten. Elina wollte mit Piet gehen, aber da wurden die zwei Jungs auf sie aufmerksam.

»Hey! Du warst doch neulich bei uns!«, sagte Arthur.

»Du kennst die?«, fragte sein Bruder.

Trotz desselben schwarzen Wuschelhaars und der klaren blauen Augen waren sie total unterschiedlich. Arthur grinste selbstbewusst, wie schon beim Zuckerhut-Haus, und der Jüngere blickte drein, als habe er in eine saure Zitrone gebissen.

»Sie wollte heimlich einen Liebesbrief bei uns abgeben«, erklärte Arthur.

Elina wäre so was im Normalfall peinlich gewesen, aber da er sie damit schon mehrmals aufgezogen hatte, ärgerte sie sich nur. Blödmann durch und durch!

»Haha«, machte sie. »Der Witz ist schon zehnmal um die Ecke.«

Der Scherzkeks grinste schelmisch. »Ich find's lustig.«

»Was redest du überhaupt mit denen?«, fragte sein Bruder.

Elina kniff die Augen zusammen. Mit denen? Hielt der sich etwa für was Besseres? Sie sollte mit Piet einfach gehen und die beiden stehen lassen!

Arthur warf ihm ebenfalls einen finsteren Blick zu. »Mensch, Robin. Sei nicht so unfreundlich.« Entschuldigend sah er zu Elina und Piet. »Er meint das nicht so.«

Robin ... da klingelte was bei ihr. Ging der nicht in die 7c? Elina war sowieso ganz durcheinander. Wann traf man schon mal so viele Zuckerhuts so kurz hintereinander? Nie! Oder war Elina in der Schule nur nie aufmerksam genug gewesen?

»Erinnerst du dich? Mein Name ist Arthur. Das ist mein Bruder Robin.«

Elina stellte Piet und sich den beiden auch kurz vor.

»Habt ihr Ärger gemacht?«, fragte Piet neugierig.

»Wir haben nichts Falsches getan«, sagte Arthur. »Herr Rauch ist nicht er selbst.«

»Nicht er selbst?«, wiederholte Elina verwundert.

»Ach«, machte Arthur und schob die Hände in die Jackentaschen. »Vergesst es.«

»Können wir jetzt gehen?«, maulte Robin.

Arthur sah noch einmal zum Süßwarenladen. »Jaja.«

Robin stampfte sofort los und ging wortlos an Elina und Piet vorbei.

»Passt auf euch auf«, sagte Arthur und folgte ihm.

Elina sah den beiden nachdenklich hinterher. Irgendwas war hier doch faul!

»Schreibst du denen echt Liebesbriefe?«, fragte Piet

Elina verstrubbelte ihm mit einer Hand das Haar. »Nein!«

»Bäh! Was soll das?«

»Das war für die doofe Frage!«

»Opa sagt, es gibt keine doofen Fragen.«

Auf dem Weg zurück zu den Fahrrädern sahen die beiden noch, wie Arthur und Robin auf ein grünes Moped stiegen und langsam losdüsten.

Piet grinste. »Herr Cool und Herr Stinkstiefel.«

Das, fand Elina, traf es ziemlich perfekt.

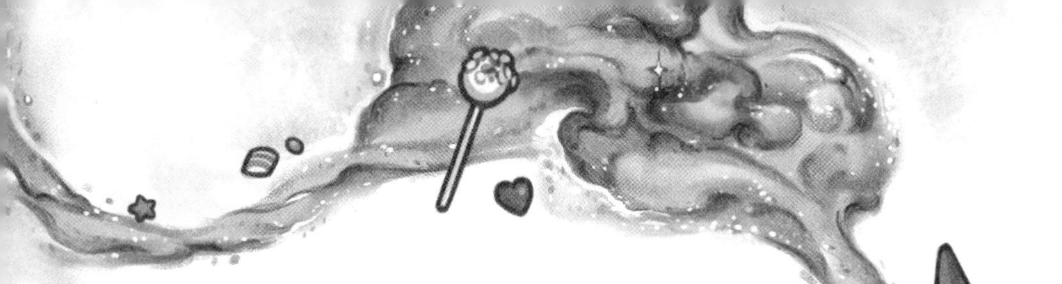

Kapitel 7

Am nächsten Morgen fand Elina den Frühstückstisch bereits gedeckt vor. Ihre Mutter stellte gerade einen Korb mit frischen Croissants auf den Tisch – von Papierstapeln oder Ordnern weit und breit keine Spur.

»Morgen!«, begrüßte ihre Mutter sie und lächelte zaghaft.

Elina war überrascht. Sonst deckte sie immer den Tisch. »Morgen. Wo sind denn Piet und Papa?«

»Papa ist schon zur Arbeit und Piet liegt im Bett. Der hat gestern heimlich die ganze Tüte saure Frösche verdrückt und nun Bauchweh. Er bleibt heute daheim.«

Oje! Der Arme. Ein Glück, dass sie ihre Schokolade in ihren Rucksack gesteckt hatte, sonst hätte Piet, das Süßigkeitenmonster, die auch noch gefuttert.

Ihre Mutter schob einen Stuhl zurück. »Komm, setzen wir uns. Ich würde gerne über gestern reden. Es tut mir leid, dass ich mich verplappert habe. Bitte verzeih mir.«

Elina nickte und die beiden nahmen Platz. »Ich wollte auch gar nicht so böse sein. Es ist nur … Jede Idee, die ich habe, macht Charlie besser«, murmelte Elina.

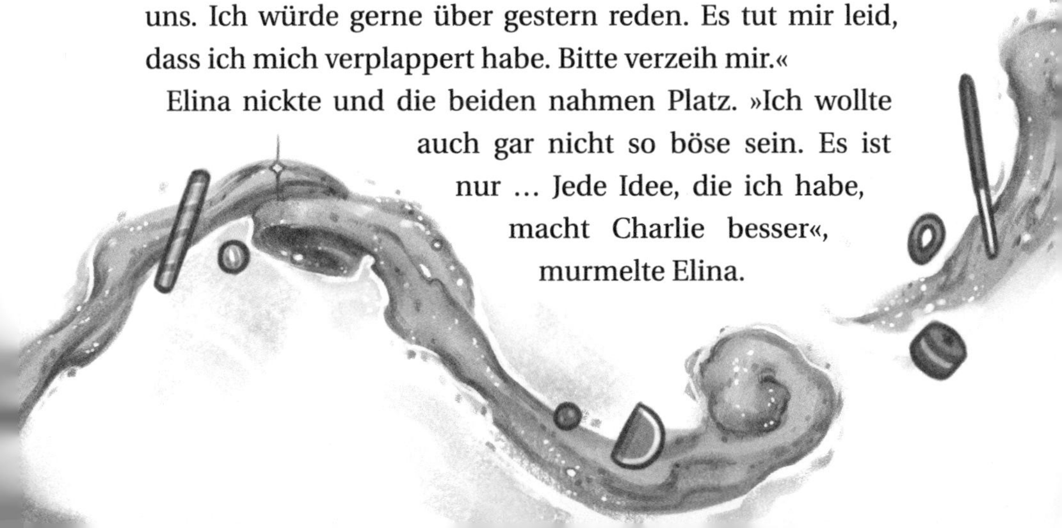

Ihre Mutter streckte die Hand aus und strich ihr eine Haarsträhne hinters Ohr. »Vergleich dich nicht mit Charlie«, sagte sie sanft. »Deine Party wird sicher toll.«

»Wenn wir gleichzeitig feiern, gehen aber immer alle zu Charlie rüber.« Elina spürte, wie sich ein Kloß in ihrer Kehle bildete.

»Wir hatten eben etwas Pech. Die kaputte Musikanlage und dann, als der Pizzadienst nicht kam und alle hungrig waren … dafür kann Charlie aber nichts, oder?«

»Nein«, gab Elina zu. Jetzt fühlte sie sich noch elender. Tränen traten ihr in die Augen. »Ich möchte doch nur *beste* Freunde finden. Wieso ist das denn so schwer?«

Im nächsten Augenblick fand Elina sich in einer Umarmung ihrer Mutter wieder und war froh, von ihr getröstet zu werden. »Das wirst du noch. Manchmal dauert es einfach, bis man genau die richtigen Freunde findet, und die erkennen dann, dass *du* genau richtig bist. Und zwar so, wie du bist. Geburtstagsparty hin oder her!«

»Meinst du?«, murmelte Elina.

»Oh ja!«, sagte ihre Mutter. »Das weiß ich.«

In Elinas Bauch breitete sich ein warmes Gefühl aus. Vielleicht hatte ihre Mutter ja recht … sie hoffte es. »Können wir dann bald die Einladungen zusammen machen?«

Ihr Mutter lächelte sie fröhlich an. »Na klar! Wann immer du möchtest.«

In der großen Pause suchte Elina sich ein ruhiges Fleckchen unter einem Baum im Schulhof und begann, ihr Brot zu essen. Das Umblättern von Seiten erweckte ihre Aufmerksamkeit und sie drehte den Kopf nach links. Oh! Der

Junge mit der Brille, den Juna getröstet hatte! Er lehnte am Stamm und las einen Comic.

»Ist die Story spannend?«, fragte Elina.

Erschrocken schnappte er nach Luft und wurde direkt knallrot.

»Superspannend«, sagte er schüchtern.

»Ich bin übrigens Elina.«

»Valentin«, antworte er leise.

Elina witterte ihre Chance, ihn einmal nach Junas Bonbons zu fragen, die ihn auch direkt aufgeheitert hatten. Ob er vielleicht auch dieses seltsame Kribbeln verspürt hatte? Da fiel ihr die Scharfsinnige Schlemmerschokolade ein. Sie nahm sie aus der Brotbox und riss den oberen Rand des schönen Papiers vorsichtig ab.

»Magst du ein Stück?«, fragte sie.

Zögernd erwiderte er ihr Lächeln. »Sind da Nüsse drin? Gegen die bin ich allergisch.«

»Oh, so genau weiß ich das gar nicht.« Elina drehte die Schokolade hin und her und suchte nach den Angaben zum Inhalt. »Hier steht leider nichts. Das ist ja doof.«

Valentin senkte beschämt den Blick und murmelte ein »Sorry«.

»Macht doch nichts! Karamellbonbons wären mir eh lieber«, wagte Elina sich noch einen Schritt vor. »Juna aus der Oberstufe verteilt manchmal welche.«

»Ja, stimmt. Die ist supernett!«, sagte Valentin.

»Na, ihr Turteltauben!«, platzte Charlie in das Gespräch herein.

Alter Falter, verfolgte sie Elina jetzt schon?

»Hast du schon gehört? Ich mache jetzt eine Kostüm-

Krimi-Party«, sagte Charlie zuckersüß. »Später drucke ich meine Einladungen aus.«

Elina versuchte, ruhig zu bleiben. »Ach ja?«

»Die Idee hat mir praktisch ein Vögelchen gezwitschert.«

Elina presste fest die Lippen aufeinander, ehe sie noch etwas Boshaftes sagte, das sie später bereute. Doch dann beugte sich Charlie vor und brach sich einfach eine Rippe der Schokolade ab. Sie schob sie sich genüsslich in den Mund und da war es um Elinas Beherrschung geschehen.

Wütend packte Elina ihre Sachen zusammen und warf sich den Rucksack über die Schulter. Sie stand auf und drückte Charlie die Schokolade so fest gegen die Brust, dass sie einen Fleck auf ihrem hellen Oberteil hinterließ. »Hier. Kannst du behalten. Genau wie die Idee für die Party! Ich muss mit meiner Party niemandem was beweisen!«

Ohne auf eine Reaktion zu warten, stürmte sie an Charlie vorbei.

Die konnte ihr so was von gestohlen bleiben!

Kapitel 8

In der letzten Stunde war die Stimmung der Klasse ganz unten. Alle waren vom Völkerballspiel zuvor in Sport hundemüde. Elina hatte die Ellbogen auf dem Tisch, stützte ihr Gesicht mit den Händen ab und gähnte ausgiebig.

Frau Seidels Blick blieb an ihr kleben. »Da du besonders motiviert aussiehst, Elina, darfst du uns die Lösung der ersten Hausaufgabe vorlesen.«

Seufzend schlug Elina ihr Heft auf und folgte Frau Seidels Bitte. Laut vorlesen mochte sie so gar nicht.

»Sehr gut«, lobte diese. »Aufgabe zwei …« Die Lehrerin sah in die Runde. »Wie wäre es mit dir, Charlotte?«

Immerhin gab es noch Gerechtigkeit, dachte Elina.

Charlie räusperte sich. »Lieber nicht. Mir ist nicht so gut. In meinem Hals kratzt es ganz furchtbar!«

»Die Ausrede hattest du beim letzten Mal auch. Versuch es doch zumindest, sonst muss ich annehmen, dass du die Hausaufgaben gar nicht gemacht hast.«

»Aber Frau Seidel!«, klagte Juliane. »Sehen Sie nicht, Charlie ist krank.«

»Ich bin auch krank!«, riefen ein paar Jungs wie im Chor.

Frau Seidel hob argwöhnisch eine Augenbraue. »Bist du wirklich krank?«

»Jahadefa, wihidefirklihidefich«, antwortete Charlie.

Hatte sich Elina verhört? Was war das denn für ein Quatsch?

Frau Seidel wirkte ebenso verwundert. »Wie bitte?«

»Ihidefich sahadefagehedefe, ihidefich bihidefin krahadefank.«

Prompt glotzten alle Charlie an, als sei sie eine Attraktion im Zoo. Charlie stand der Mund offen und sie schien selbst nicht zu begreifen, was sie da gerade gesagt hatte.

»Willst du mich veräppeln, Charlotte?«, fragte Frau Seidel.

»Neiheidefein!«, erwiderte Charlie. Ihre Augen wurden groß wie Tischtennisbälle. »Ihidefich weiheidefei nihidefícht, wahadefas mihidefit mihidefir lohodefos ihidefist!«

Sogar Juliane starrte ihre Freundin verständnislos an. Charlie, die sonst die Aufmerksamkeit genoss, bekam feuerrote Wangen und schien sich zu schämen.

Jonas begann, laut zu lachen, und ein paar andere konnten auch nicht mehr an sich halten. Elina musste zugeben, dass dieses Kauderwelsch unfreiwillig komisch war. Aber Charlie sah so panisch aus, dass sie nicht in das Lachen der anderen einstimmen wollte.

»Das reicht!«, sagte Frau Seidel verärgert. »Jonas, lies du bitte die Lösung von Aufgabe zwei vor. Dich will ich nach dem Ende der Stunde sprechen, Charlotte. Und jetzt Ruhe!«

Damit hatte Frau Seidel die Klasse wieder unter Kontrolle.

Jonas hatte plötzlich gar keine so große Klappe mehr und stolperte beim Vorlesen über jedes zweite Wort.

Elina lugte zu Charlie und sah, wie diese das Gesicht in den Händen vergraben hatte, während Juliane ihr tröstend den Rücken tätschelte. So viel Drama konnte nicht geschauspielert sein. Elina wollte nach dem Partyideeklau gar kein Mitleid mit Charlie haben, aber ein wenig tat sie ihr doch leid. Was war da gerade bloß passiert?

Als das Klingeln das Ende des Schultags verkündete, packten alle hastig ihre Sachen zusammen. Elina schulterte ihren Rucksack und beobachtete, wie Juliane Charlie etwas fragte. Die Antwort darauf war ein weiterer Buchstabensalatsatz. Juliane reagierte beleidigt, wandte sich von Charlie ab und drängelte sich an Elina vorbei. Wenn Charlie sogar ihrer Freundin gegenüber diese Nummer abzog, stimmte echt was nicht …

Sie war schon im Flur, als Elina einfiel, dass sie heute Pflanzendienst hatte. Widerwillig machte sie kehrt. Ihre Lehrerin verließ gerade das Klassenzimmer und Elina sah, wie Charlie Sekunden später in die nächste Toilette stürmte. Hatte sie geweint?

Hinterher! Das war wichtiger, als den Blätterfriedhof zu gießen.

Im Klo drang leises Schluchzen aus der mittleren Kabine.

»Charlie?«, fragte Elina vorsichtig. »Alles okay bei dir?«

»Gehedefeh wehedefeg!«, erklang die Antwort.

Das hatte verdächtig nach »Geh weg« geklungen. Fast wie Hühnersprache. Piet und sie hatten stundenlang am Boden gelegen vor Lachen, wenn sie aus Spaß zwischen die Vokale ihrer Wörter unsinnigen Quatsch geschoben hatten.

Aber für Charlie schien es kein Spiel zu sein. Wieso sollte sie sonst weitermachen, wenn sie niemand mehr hörte? Vielleicht war sie ja wirklich krank? Elina konnte sie unmöglich hier allein lassen.

»Das wird schon wieder.« Sie holte eine Packung Taschentücher aus ihrem Rucksack und schob sie Charlie unter der Kabinentür durch. »Beruhig dich erst mal. Ich warte draußen auf dich und dann können wir zusammen nach Hause fahren, ja?«

Die Taschentücher verschwanden und Elina nahm das als Zustimmung.

Vor der Toilette, wo sie auf Charlie wartete, tat sich schon bald das nächste Problem auf: Frau Sommerfeld! Sie rauschte den Gang herunter und blickte sich suchend um.

»Hallo, Elina! Hast du Charlotte gesehen? Ich stehe wieder im Halteverbot.«

Ehe Elina antworten konnte, kam Charlie aus dem Klo. Ihre Augen waren rot und geschwollen vom Weinen. Frau Sommerfeld klappte der Mund auf. »Du liebe Güte! Was ist denn mit dir passiert? Jetzt sag doch was! Geht's dir gut?«

Elina sah, wie Charlie die Lippen fest aufeinanderpresste. Hatte sie Angst, etwas zu sagen? Weil es wieder verdreht herauskam? Charlie trat neben sie und Elina spürte Charlies Hand, die sich an ihrem Jackenärmel festklammerte, als wolle sie um Hilfe bitten.

»Ich hatte noch Pflanzendienst …«, begann Elina. »Und … ähm, ich habe Charlies Hilfe gebraucht. Ich wusste nicht wie … wie ich die Pflanzen gießen sollte.«

»Wie du Pflanzen gießen sollst?«, wiederholte Frau Sommerfeld skeptisch.

»Charlie hatte eine allergische Reaktion auf eine Pflanze«, flunkerte Elina weiter. »Deshalb musste sie sich die Augen auswaschen und war spät dran.«

»Wieso sagt sie mir das nicht selbst?«

»Also ...« Elina kam ganz schön ins Schwitzen. »Ihr Hals! Der war geschwollen von den Pollen, aber es ist jetzt schon besser. Charlie schont nur ihre Stimme.«

Frau Sommerfeld sah Charlie besorgt an. »Oje. Sollen wir zum Arzt?«

»Nein, nein!«, sagte Elina hastig. »Es ist fast wieder okay.«

»Na gut, wenn das so ist. Falls es schlimmer wird, gib aber Bescheid, Charlotte. Elina, dann nehmen wir dich doch einfach mit«, sagte Frau Sommerfeld.

Elina war heilfroh, dass Charlies Mutter ihr den Unsinn abgekauft hatte.

»Gerne, das ist nett«, antwortete sie rasch.

Mit klimperndem Schlüsselbund ging Frau Sommerfeld voran.

Charlie sah Elina an und formte mit den Lippen ein stummes »Danke«.

Kapitel 9

»Ich bin weg!«, rief Elina laut.

»Viel Spaß in der Schule!«, kam die Antwort von ihrem Vater aus dem Büro. Er arbeitete heute von zu Hause aus, da Piet sich noch auskurieren musste.

Elina stürmte aus der Tür. Doch am Gartentor blieb sie kurz stehen und blickte zum Nachbarhaus. Vielleicht sollte sie klingeln und nach Charlie fragen? Besser nicht. Wegen Charlies komischem Verhalten gestern hatte sie total vergessen, die Englischhausaufgaben zu machen, und das heute Morgen nachgeholt. Jetzt war Elina viel zu spät dran und sie wollte keinen Ärger in der Schule bekommen.

Plötzlich flog die Tür der Sommerfelds auf.

»Meine Haare sehen ganz bestimmt nicht aus wie ein Eichhörnchennest!«

»Zu mir hat sie gesagt, dass meine Stimme klingt wie eine Säge!«

Verwundert sah Elina, wie Charlie vor ihren älteren Schwestern flüchtete und dabei einen Sprint hinlegte, den ihre Trainerin sehr gelobt hätte. Elina konnte Charlie nicht mal grüßen, da war diese schon Richtung Bushaltestelle abgezischt. Pauline und Ida riefen Charlie wüste Flüche hinterher, ehe sie wütend wieder im Haus verschwanden.

Das konnte nichts Gutes bedeuten!

Besorgt lief Elina los und fand Charlie auf der Bank der Haltestelle. Ihre braunen, gelockten Haare hingen ihr wirr ins Gesicht, dunkle Schatten lagen unter ihren Augen, und sie hatte gar nicht wie sonst die Farbe ihres Kleides mit ihren Schuhen abgestimmt. Das war nicht die schillernde Version, die Elina von ihr kannte. Diese Charlie sah niedergeschlagen zu Boden und Elinas Sorge wuchs. Zögerlich nahm sie Platz.

»Hey. Wie geht es dir denn heute?«

»Sieht man das nicht?«, nuschelte Charlie.

»Du sprichst wieder normal!«

»Tja, dafür kommt umso mehr Blödsinn aus meinem Mund, wenn ich ihn öffne.«

»Wie meinst du das? Und fährst du echt Bus?«

»Da meine Familie mich nun hasst, ja.« Charlie pustete sich eine Haarsträhne aus der Stirn. »Wenn ich jemanden zu lange anschaue, sprudeln gemeine Dinge aus mir raus.«

»Das ist aber nichts Neues«, bemerkte Elina.

Charlies Schultern sackten herunter. »Mach dich nur lustig über mich.«

»Ich mache mich nicht über dich lustig, aber es stimmt doch. Du klopfst oft echt blöde Sprüche.«

Charlie verschränkte die Arme vor der Brust. »Ich bin halt nicht so wie du!«

Elina dachte an die Worte ihrer Mutter. »Das musst du auch nicht. Du hast doch Freundinnen, die dich genau so mögen, wie du bist«, sagte sie aufmunternd.

»*Wir* sind aber keine Freundinnen«, erwiderte Charlie.

Elina schwieg. Es hatte fast geklungen, als fände Charlie es schade, dass sie beide keine Freundinnen waren, doch das bildete sie sich bestimmt nur ein. Eine unangenehme Stille breitete sich zwischen ihnen aus, aber Elina wollte es nicht noch schlimmer machen, also schwieg sie.

»Es tut mir leid, okay?«, nuschelte Charlie plötzlich. »Alles.«

Elina glotzte sie perplex an. »Was?«

Der Bus kam mit einem Zischen zum Stehen, Charlie sprang auf und stieg ein. Elina folgte ihr und suchte sich einen freien Platz. Sie hätte Charlie gerne gefragt, wieso sie sich entschuldigt hatte. Was sollte das bedeuten: Alles? Erst war Charlie wütend, dann traurig, dann entschuldigte sie sich. Ging es noch verwirrender?

Nachmittags durften sich alle frei beschäftigen, weil ihr Mathelehrer sich kurzfristig krankgemeldet hatte. Für die meisten hieß das Musik hören, herumalbern oder am Handy spielen. Elina kritzelte neue Feldhockeystrategien auf ihren Block und überlegte, wie man die am besten umsetzen konnte. Doch das blöde Getratsche von Juliane und Katja, die ihre Stühle zusammengeschoben hatten, nervte dabei tierisch.

»Sind Steckdosenhaare jetzt modisch, Charlie?«, fragte Juliane extralaut.

»Hast wohl heute Morgen die Bürste nicht gefunden!«, kicherte Katja.

So was störte auch nur die! Charlie hatte schon ein, zwei schräge Blicke wegen des chaotischen Aufzugs zugeworfen bekommen, aber niemand sonst interessierte sich weiter dafür. Besorgt schaute Elina zum Fenster. Charlie hatte sich dorthin verzogen und schwieg.

»Ob sie jetzt jeden Tag so furchtbar aussieht?«, rätselte Juliane.

Jetzt reichte es aber mit den Lästereien! Elina drehte sich auf dem Stuhl herum und warf ihren Radiergummi nach Juliane. »Ups! Wie *furchtbar!* Tut mir *so* leid.«

Juliane plusterte die Wangen wie ein Frosch auf. »Das war Absicht!«

»Ach, du meinst, so wie eure fiesen Sprüche?«, erwiderte Elina.

»Das einzige Fiese sind deine Klamotten, du Fashion-Opfer!« Juliane deutete auf Elinas Jeansjacke, die über ihrem Stuhl hing. »Deine Mutter vermisst die sicher.«

»Halt die Klappe, Juliane.« Charlie war neben die Tische der Mädchen getreten. »Du machst alles deiner großen Schwester nach und hast selbst gar keine Ahnung von Mode. Von Freundschaft auch nicht, sonst würdest du nicht über mich reden, als wäre ich gar nicht da. Amüsiert euch mal schön. Ich bin raus aus der Clique!«

Juliane und Katja standen die Münder offen.

Elina war auch ganz überrascht. Charlie hatte sie verteidigt! Das kurze Gespräch an der Bushaltestelle hatte was verändert! Elina freute sich so sehr, dass sie lächeln musste.

Charlie wandte sich Jonas zu. »Und du! Hör endlich auf, den Klassenclown zu mimen!«

Elina verging das Lächeln wieder. Mensch, Charlie klang

wie ein wandelnder Wortvirus der Gemeinheiten! Sie schien auch gar nicht mehr damit aufhören zu können. Sobald sie jemandem ins Gesicht sah, sprudelte es nur so aus ihr heraus! Dann hatte sie vorhin an der Bushaltestelle gar nicht übertrieben …

»Simon, du müffelst wie ein Büffel.«

»Mila, Pink ist echt nicht deine Farbe!«

»Felix, deine Beine sehen aus wie die eines Flamingos!«

Wie Hagelkörner regnete es Beschimpfungen und im Klassenzimmer entfaltete sich eine ansteckend finstere Stimmung. Beleidigungen wurden zurückgerufen und plötzlich schienen sich alle in diesen vier Wänden nicht mehr leiden zu können. Elina war ganz starr vor Entsetzen, doch auch sie spürte etwas tief in sich drin brodeln und hatte das Bedürfnis, jemanden anzuschreien. Da rückte ihr Jonas auf die Pelle.

»Bist so eine Besserwisserin und denkst, ich bin blöde!«, schimpfte er.

»Stimmt ja auch!«, erwiderte Elina zornig.

Kurz bevor alle aufeinander losgingen, kam die Lehrerin der Parallelklasse durch die Tür gestampft und brüllte ein energisches »RUHE!«, da erstarb der heftige Wortsturm.

»Ihr beruhigt euch jetzt. Hinsetzen! Niemand redet mehr!«

Alle verstummten und niemand wusste, was eigentlich passiert war.

Doch eines war klar: Hier ging etwas absolut Merkwürdiges vor sich!

Kapitel 10

Beim Hockeytraining wurde Charlie von einigen Mädchen in der Umkleide geschnitten. Völlig verkehrte Welt! Normalerweise rissen sich alle darum, etwas vom Charlotte-Sommerfeld-Glitzer abzubekommen. In der Pause mussten ein paar aus der Klasse rumerzählt haben, dass Charlie durchgedreht und die Ursache für den heftigen Streit aller gewesen war. Die Kapitänin Laura runzelte nur die Stirn, sprach das Thema aber nicht an. Sich erst mal aus dem Drama rauszuhalten, fand auch Elina ganz gut.

Zu Beginn teilte ihre Trainerin Frau Habermann alle in Zweierteams ein und die Mannschaft verstreute sich übers Feld. Welch Ironie! Elina bekam Charlie ab. Sie hatte sonst viel Spaß an den Aufwärmübungen, doch Charlie war nur halbherzig bei der Sache und schoss den Ball nicht mal zu Elina zurück. Stattdessen sah Charlie sie lange an.

»Das war mutig von dir. Die Sache mit Juliane.«

»Du hast ihr aber auch

ordentlich die Meinung gegeigt«, erwiderte Elina. »Das war mal nötig.«

»So ganz freiwillig war das nicht, aber … es stimmte jedes Wort. Juliane ist aber nicht immer so.«

»Du … wolltest das alles also echt nicht sagen?«, fragte Elina vorsichtig.

Charlie schüttelte den Kopf. »Ich bin jetzt bestimmt bei allen unten durch.«

Elina betrachtete Charlie nachdenklich. So wie in den letzten zwei Tagen hatte sie sich wirklich noch nie aufgeführt. Doch woran konnte das liegen, wenn Charlie selbst ratlos war? Man wachte ja nicht eines Tages auf und war ein völlig anderer Mensch.

»Hey, hörst du mir noch zu?«, fragte Charlie.

Elina tauchte wieder aus ihren Gedanken auf. »Ähm, klar.«

»Ich versteh's einfach nicht«, sagte Charlie. »Mich hat es plötzlich gepackt. Als *müsste* ich diese Dinge sagen. Ich wollte sie mir verkneifen und hatte richtig Bauchweh davon.«

»Das klingt … schrecklich.«

»Ich bin verflucht!«, stieß Charlie hysterisch aus.

»Verflucht klingt etwas … übertrieben«, murmelte Elina.

»Mit Logik lässt sich das jedenfalls nicht erklären!«

»Weniger quatschen, mehr üben!«, schalt Frau Habermann, die neben ihnen stehen geblieben war. »Ich erwarte mehr Einsatz, das ausgefallene Spiel wird schließlich nachge…«

Das letzte Wort blieb ihr vor Schreck im Hals stecken.

»… Charlie! Du … d-d-du!«, stotterte sie.

Da bemerkte Elina es auch. Zuerst nahm nur Charlies

Nasenspitze die Farbe eines Grashalms an, aber dann begann auch der Rest ihrer Haut, grün zu werden.

Elina war kurz so geschockt, dass ihr vor Staunen der Mund aufklappte.

»Du liebes bisschen!«, rief Frau Habermann.

Du liebes bisschen? Wohl eher, heiliger Marsmensch! Plötzlich erschien die Sache mit dem Verfluchtsein gar nicht mehr so abwegig.

Ihre Trainerin stieß einen spitzen Schrei aus und fiel filmreif in Ohnmacht.

»Was ist denn los?!«, rief Charlie panisch.

»Du … du bist überall ganz grün«, brachte Elina hervor. Es kostete sie alle Mühe, nicht selbst komplett auszuflippen.

Charlie starrte auf ihre Arme, die inzwischen auch die Farbe gewechselt hatten. Sie sah aus, als würde sie gleich ebenfalls in Ohnmacht fallen. Elina beugte sich zu Frau Habermann hinunter und berührte sie sanft an der Schulter. »Können Sie mich hören?«

Die Lider der Lehrerin flatterten und sie begann, langsam die Augen zu öffnen.

Alarmiert durch den Schrei, kamen die anderen Spielerinnen auf sie zu.

»Du musst dich verstecken!«, sagte Elina energisch. »Schnell, in die Umkleide!«

Doch Charlie starrte noch immer auf ihre grünen Arme und Hände.

Oh nein! Die anderen waren gleich da und dann würden alle Charlie sehen.

Elina wusste gar nicht, wie sie es schaffte, einen kühlen Kopf zu bewahren, aber sie stand auf und rief quer übers

Feld: »Frau Habermann geht es nicht gut. Wir holen Hilfe!« Dann packte sie Charlie und zerrte sie mit aller Kraft Richtung Umkleide. »Hallo? Erde an Charlie! Wenn du dich nicht versteckst, dann schießen die anderen zig Fotos von dir!«

Elina schnaufte vor Anstrengung, beim Versuch die erstarrte Charlie weiterzuschieben. Ihr wäre es wesentlich lieber gewesen, wenn Charlie hysterisch losgerannt wäre.

»Dann wollen alle an dir herumexperimentieren, um rauszufinden, was mit dir nicht stimmt«, versuchte Elina es weiter.

Charlie war noch immer ganz benommen, gab nun jedoch ein erschrecktes Quieken von sich. »Experimente? An mir?« Und dann nahm sie endlich die Beine in die Hand und war noch vor Elina in der Umkleide. Hastig packten sie ihre Sachen zusammen. Eigentlich war keine Zeit zum Umziehen, doch Charlie konnte unmöglich in ihrem grünen Zustand draußen rumspazieren! Elina sah sich um und griff nach einem schwarzen Hoodie, den jemand hatte liegen lassen.

Sie warf ihn Charlie zu. »Zieh den über! Der hat eine Kapuze!«

Charlie schnupperte an dem Hoodie. »Wer weiß, wer den anhatte!«

»Echt jetzt?«, stöhnte Elina. »Denk an die schrecklichen Experimente!«

Charlie schluckte schwer und zog ihn über.

»Ich gehe zum Sekretariat und sage wegen Frau Habermann Bescheid«, beschloss Elina. »Du gehst schon mal vor zur Bushaltestelle.«

Kapitel 11

Erst die Notlügen vor Frau Sommerfeld gestern und jetzt noch Schule schwänzen? Elina wurde vor Aufregung kurz ganz schwindelig. Hoffentlich erinnerte sich ihre Trainerin an nichts, sonst würde man echt an Charlie herumexperimentieren, als sei sie Frankenstein persönlich.

Elina atmete langsam ein und aus. Trotz allem sagte ihr Bauchgefühl ihr, dass sie richtig gehandelt hatte.

»Wir sind hier im Bus erst mal sicher«, sprach sie sich selbst Mut zu.

»Sicher? Ich bin grün wie ein Kobold!«, flüsterte Charlie.

»Hey, du bist wenigstens nicht allein«, meinte Elina.

Sie wusste gar nicht, wie ihr geschah, als Charlie aus heiterem Himmel die Arme so fest um ihren Hals schlang, dass kein Zentimeter Luft mehr zwischen ihnen blieb. Uff! Elina war völlig überfordert und erstarrt.

»Danke!«, sagte Charlie mit zitternder Stimme. »Danke, dass du mich nicht im Stich gelassen hast, obwohl ich eine wandelnde Katastrophe bin!« Elina wollte gerade reagieren und sie zurückdrücken, da rückte Charlie verlegen von ihr ab. »Sorry.«

»Schon gut«, murmelte Elina. »Das ist alles so verrückt.«

»Was passiert denn nur mit mir? Womit habe ich das verdient?«

Elina würden da schon ein paar Gründe einfallen, aber den Gedanken schob sie schnell wieder weg. Es war okay, mal sauer zu sein und andere zu verfluchen, aber so richtig zu verfluchen? Mit Unglück und Pech und Tränen? Sekunde mal – hieß das, sie glaubte jetzt auch an einen möglichen Fluch? Elina hätte am liebsten geschrien.

Flüche! Gab! Es! Nicht!

Aber Charlie war grün geworden. Grün!

Elina tätschelte abwesend Charlies Arm. »Das finden wir schon heraus.«

Als ob! Elina glaubte nicht mal selbst dran, aber das wollte sie Charlie nicht sagen. Ob es auf Google Einträge zu »meine Freundin verwandelt sich in einen Marsmenschen« gab? Nein, nicht Freundin ... sie waren doch keine Freundinnen! Oder doch?

Elina war froh, als sie aus dem Bus kamen, denn das Gehen brachte ihre Gedanken wieder in Bewegung. Es kam nur ein Ort infrage, um Charlie zu verstecken: das Baumhaus.

Sie schafften es durch den Garten, ohne bemerkt zu werden. Oben im Baumhaus zog Elina die Luke hinter ihnen zu und schob den Riegel vor.

»Ich war lange nicht mehr hier«, sagte sie, während sie Rucksack und Jacke ablegte.

Das sah man dem Baumhaus auch an. Auf dem Holzboden lagen lauter vertrocknete Blätter und die Sachen waren alle etwas verstaubt.

»In der Ecke da habe ich stundenlang gelesen. Manchmal habe ich mir vorgestellt, es wäre ein Bandenversteck.« Elina hob einen Stoffesel auf. »Irgendwie albern, oder?«

Charlie schüttelte den Kopf. »Ne, gar nicht. Ist eigentlich echt gemütlich.« Sie zog den Hoodie aus und legte ihn zu ihrem Rucksack. Dann betrachtete sie das Regal mit den Gläsern voller Murmeln und Muscheln, zerlesenen Kinderbüchern und dann die Wand mit der Lichterkette und Elinas alten Zeichnungen.

»Hast du die gemalt?«

»Ja, irgendwann mal für den Unterricht.«

»Ich liebe es zu zeichnen.« Charlie strich über eines der Blätter.

»Deshalb bist du also in Kunst immer so still.«

Charlie nickte. »Das ist mein Lieblingsfach.«

»Ich liebe ja Sport … du auch?«, fragte Elina.

»Geht so«, erwiderte Charlie. »Eigentlich spiele ich Hockey nur wegen meiner Mutter. Sie will auch unbedingt, dass ich ein Instrument lerne. Voll ätzend!«

»Deine Mutter ist echt streng. Spielst du denn eins?«

»Triangel«, antwortete Charlie.

Darüber mussten die beiden lachen – und das Lachen wärmte Elina bis in den Bauch hinein. Seltsam, wie aus der Panik im Bus so schnell etwas Schönes werden konnte.

»Wahnsinn, wie genial du eben warst! Ich bin vor Schreck einfach erstarrt.«

»Ich hab keine Ahnung, wie ich das geschafft habe«, gestand Elina.

»Ein Glück, dass du nicht auch in Ohnmacht gefallen bist«, sagte Charlie.

Elina begann, ein paar der Kissen und Decken auszuschütteln, damit die beiden sich setzen konnten. »Tja, jetzt wissen wir Bescheid – mich haut nichts aus den Socken!«

»Du bist viel cooler als ich.«

Elina spürte, wie ihr bei dem Kompliment Hitze in die Wangen schoss.

»Und du bist ganz anders als in der Schule«, sagte sie.

»Bis heute dachte ich auch, ich müsste anders sein, um Freunde zu haben.« Charlie deutete an sich hinab. »Jetzt bin ich anders als alle anderen.«

Der Versuch, einen Witz zu machen, scheiterte, denn Elina spürte, dass Charlie die Sache belastete. Sie konnte es sich selbst nicht erklären, aber sie verstand Charlie.

»Ich habe Angst, dass man mich nicht mag«, sprach Charlie leise weiter. »Pauline war mal Jahrgangssprecherin und hat mit ihrer Tanzgruppe viele Wettbewerbe gewonnen, und Ida spielt Klavier wie eine Weltmeisterin und macht bald sogar bei einer Modenschau mit.« Ein trauriger Glanz trat in Charlies Augen. »Mama ist so stolz auf die beiden. Ich dachte, wenn ich auch beliebt bin, dann macht mich das besonders.«

»Beliebt und besonders ist aber nicht dasselbe«, sagte Elina leise.

»Das weiß ich jetzt auch«, erwiderte Charlie traurig. »Mir ist heute bei dem Streit im Klassenzimmer erst klar geworden, wie gemein ich immer war. Das hier muss eine Strafe sein.«

»Neben Nerv-Jonas zu sitzen, wenn er in der Pause zu viel Kohlrabi gegessen hat, ist eine Strafe. Furzalarm der Stufe

Rot!« Elina schnitt eine Grimasse. »Dass du grün geworden bist, ist vielleicht nur ein schiefgelaufenes Wunder von Belony.«

»Wohl eher ein Fluch!«, schnaubte Charlie.

»Die Grenze zwischen Wunder und Fluch ist nicht sehr groß. Sagt Opa jedenfalls. Hast du nie Märchen gelesen? Wenn man dort von einer Hexe verzaubert wird, gibt's trotzdem ein Happy End.« Sie war stolz, wie zuversichtlich ihre Worte klangen. »Ein Fluch lässt sich in den Geschichten umkehren, wenn man herausfindet, wie.«

Verrückt, dass sie auf einmal an so was glaubte …

»Elina?«, wisperte Charlie. »Das, was ich gesagt habe … darüber, dass wir keine Freundinnen sind …das war falsch von mir.« Charlie griff nach ihrer Hand. »Du hast mir geholfen und warst für mich da. So was macht nur eine echte Freundin.«

Fast erwartete Elina, dass Charlie gleich »Reingelegt!« rief, aber in ihrer Miene war nicht ein Funke Spott zu sehen. Charlie drückte ihre Hand fester. »Ich war nicht sehr nett zu dir. Aber wenn du mir die Chance gibst, dann versuche ich auch, eine Freundin für dich zu sein.«

Ihr Herz schlug aufgeregt schneller. »Das sagst du jetzt nicht nur, weil du meine Hilfe brauchst?«, fragte Elina so leise, dass sie ihre Worte selbst kaum hörte.

Charlie lächelte sie an. »Nein. Ganz bestimmt nicht.«

War es manchmal so einfach? Fand man Freunde, wenn man es am wenigsten erwartete? Elina spürte, wie ihr ein paar Tränen in den Augen brannten.

»Du fängst jetzt aber nicht an zu heulen?«, zog Charlie sie auf.

Elina schüttelte lächelnd den Kopf. »Ne, das ist nur eine Allergie.«

»Gut, dass hier weit und breit keine Pflanze ist«, sagte Charlie ernst.

»Du bist aber grün wie eine!«

Darüber mussten sie wieder lachen. So laut und lange, bis Elina sich den Bauch hielt.

Keine Pflanze, dafür aber eine wunderbare Freundin!

Kapitel 12

Charlies Magen knurrte. »Ich hab von der Aufregung voll Hunger bekommen.«

»Ich auch«, gab Elina zu. »Ich schleiche mal rüber ins Haus und hole uns was.«

Sie kletterte die Baumhausleiter hinab und versuchte, sich möglichst leise in die Küche zu schleichen, doch ihr Opa stand an der Arbeitsplatte und schnitt einen Apfel. »Habe mich schon gewundert, wann ihr euch mal blicken lasst.« Er drehte sich zu ihr um und lächelte. »Und ich dachte mir, dass ihr hungrig seid. Ich habe euch ein paar Brote und Snacks gemacht.«

Elinas riss erschrocken die Augen auf. »Du hast uns gesehen?«

»Ich bin alt, aber nicht blind.«

Prüfend musterte ihr Opa sie. »Schmiedet ihr geheime Welteroberungspläne?«

Oh nein! Sie konnte doch nicht wieder eine Notlüge erfinden.

»Es ist was passiert«, sagte sie vage. »Charlie ging's nicht gut.«

»Und da seid ihr früher aus der Schule? Wissen eure Eltern Bescheid?«

Elina schüttelte den Kopf. Beschämt senkte sie den Blick. »Nein.«

Ihr Opa runzelte die Stirn. »Soso … ich habe auch manchmal Dummheiten begangen, aber du warst da stets anders. Du hältst dich an die Regeln. Es muss wirklich wichtig gewesen sein, wenn du so was machst. Möchtest du mir sagen, was los ist?«

Elina sah auf. »Das … geht nicht.«

Als würde er es verstehen, nickte ihr Opa. »Ich gebe dir einen Vertrauensvorschuss. Am besten rufe ich gleich mal in der Schule an und erkläre dort alles.«

»Was?« Elina schaute ihren Opa verdattert an.

»Na ja, jemand muss euch doch entschuldigen.«

»Bist du denn gar nicht böse?«

»Es ist auf keinen Fall richtig, was ihr getan habt«, sagte Opa bestimmt. »Aber solange es bei einem Ausrutscher bleibt, drücke ich heute mal beide Augen zu.«

»Danke, Opa!« Vor Erleichterung umarmte sie ihn kurz. »Ich schwöre dir, so etwas wird nie, nie, niemals wieder passieren!«

»Das hoffe ich«, entgegnete ihr Opa und zwinkerte ihr zu.

Elina nahm die Dosen mit den Broten und Äpfeln und ging zurück in den Garten. Zurück im Baumhaus teilten Charlie und sie das Essen und versuchten, dem Fluch auf den Grund zu gehen.

»Erst konnte ich nicht mehr normal sprechen, dann musste ich den anderen fiese Dinge um die Ohren hauen, wie ein Zwang«, zählte Charlie auf. »Jetzt bin ich grün.«

Elina biss von einem Apfelstück ab. »Vielleicht ist das wie bei einer Grippe. Du hast erst Symptome, ehe du merkst, dass du krank bist – oder eben verflucht.«

Charlie verzog das Gesicht. »Fluchsymptome also?«

»War gestern irgendwas anders?«, fragte Elina.

»Nein, ich glaube nicht.«

Elina starrte auf die Apfelschnitze. »Hast du was Bestimmtes gegessen?«

»Ne, ich esse fast immer das Gleiche.« Charlie lehnte sich zurück und sah grübelnd zur Decke. »Das mit deiner Schokolade tut mir übrigens echt leid.«

»Die Schokolade … die isst du sonst nicht!«, sagte Elina aufgeregt.

»Du hast doch auch davon gegessen«, meinte Charlie.

»Nein. Ich war so wütend auf dich und …«

»… ja, ich erinnere mich. Habe sie danach weggeworfen. Die war echt bitter und alles andere als lecker. Aber seit wann verhext Schokolade Leute?«, fragte Charlie skeptisch.

»Von so was habe ich auch noch nie gehört«, gab Elina zu.

Sie dachte an die Begegnung mit Arthur und Robin Zuckerhut vor dem Laden. Herr Rauch sei nicht er selbst, hatte der ältere der Brüder angedeutet. Ob die was wussten? War es möglich, dass jemand von ihnen auch verzaubert worden war? Elina fuhr sich frustriert durchs Haar. Dass es so was wie Flüche und Zauber geben sollte, fiel ihr noch immer schwer zu glauben. Doch der Beweis saß ja genau vor ihr! Und wenn sie schon dabei war – was war mit den Karamellbonbons von Juna? Was, wenn die Schokolade nicht als Einziges magisch war?

»In deinem Kopf drehen sich wohl gerade 'ne Menge Zahnräder«, meinte Charlie.

»Sorry. Ich … ich erklär's dir! Aber ich warne dich, das wird abgedreht klingen.«

»Abgedrehter, als grün zu sein, kann's nicht mehr werden.«

Elina erzählte Charlie von den kleinen und großen Merkwürdigkeiten der letzten Tage. Angefangen bei dem Karamellbonbon von Juna, zu dem Treffen mit Arthur am Gartenzaun und Herr Schnotters Andeutungen bis zum Besuch im Süßwarenladen.

»Du denkst also, dass entweder die Zuckerhuts oder die Rauchs was damit zu tun haben?«, fragte Charlie. »Wäre echt abgedreht, wenn Leute Süßigkeiten verzaubern!«

»Wir könnten zu Rauchs Laden fahren, um es herauszufinden«, schlug Elina vor.

»Und wie? Indem wir fragen: ›Hey, verzaubern Sie Kinder mit Schokolade?‹«

»Nein … ach, ich weiß doch auch nicht«, sagte Elina. »Vielleicht kann er uns etwas über die Schokolade sagen. Oder die Zuckerhuts, die er ja offenbar nicht mag.«

»Gut. Lass uns hinfahren«, stimmte Charlie nach kurzem Zögern zu.

»Oh, Charlie! Sieh mal! Deine Arme! Sie werden wieder normal!«

Die »Rückverwandlung« setzte nur ganz gemächlich ein, aber die beiden gaben sich trotzdem ein euphorisches High Five. Lange hielt Elinas Erleichterung jedoch nicht an.

»Wir sollten uns beeilen. Was ist, wenn noch eine Nebenwirkung auftritt?«

Charlie nickte panisch. »Lass uns die Fahrräder holen!«

Kapitel 13

Rauchs Süßwarenladen hatte geschlossen. Drinnen war niemand zu sehen und die Tür wollte partout nicht nachgeben. Dabei sollte laut des Schilds an der Tür noch zwei Stunden geöffnet sein. Elina und Charlie standen ratlos vorm Schaufenster.

»Was machen wir denn nun?«, fragte Charlie.

»Jedenfalls nicht so schnell aufgeben.« Elina klopfte ein weiteres Mal gegen die Tür. »Herr Rauch! Hier ist Elina! Bitte lassen Sie mich und meine Freundin rein!«

Es brachte nichts, alles blieb still.

»Es ist niemand da.«

»Danke. Sehr hilfreich«, murmelte Elina. Sie drückte sich die Nase an der Scheibe platt. »Herr Rauch? Können Sie mich hören? Bitte öffnen Sie, wenn Sie da sind! Bitte!«

»Mensch, Elina. Langsam wird's peinlich«, maulte Charlie. »Ich finde …«

Sie stoppte mitten im Satz und dann – hicks! –

ploppte eine Seifenblase aus ihrem Mund. Gebannt verfolgten die zwei die Seifenblase mit den Augen, bis sie im Himmel verschwand. Hicks! Hicks! Hicks! Charlie produzierte weitere Seifenblasen. Sie flogen gegen die Mauer der Gasse, wo sie mit einem lauten Knall explodierten und erbsengroße Löcher im Stein hinterließen.

Charlie und Elina tauschten einen Blick. Dann begannen sie, gegen Herrn Rauchs Tür zu trommeln.

»Herr Rauch! Aufmachen!«

»Wir brauchen Ihre Hilfe!«

Elina bemerkte, wie sich eine Gestalt durch das Innere des Ladens bewegte. Trotz der Helligkeit im Laden erkannte sie nicht mehr als einen Schattenumriss. Mit einem Mal breitete sich ein ungutes Gefühl in ihr aus. Da stimmte was nicht!

»Charlie, geh von der Tür weg!«, brüllte Elina.

Zu spät! Krachend flog die Tür auf und im nächsten Moment wirbelte ein feiner weißer Staub durch die Luft. Wie ein Schneesturm hüllte er sie ein und Elina bekam etwas von dem Puderstaub in den Mund. Er schmeckte nach Vanille und machte sie ganz benommen. Ihre Knie gaben nach und sie kauerte sich schützend am Boden zusammen. Für ein paar Sekunden wusste sie nicht mehr, wo unten und oben war. Panik überkam sie. Wo war Charlie?

Als sie sich suchend umschaute, beobachtete sie, wie der Schatten die Gasse hinab verschwand. Wieso sah sie die Gestalt nur so verschwommen? Machte das dieser weiße Staub? Plötzlich spürte sie etwas Siedendheißes in ihrer Jackentasche. Durcheinander schob sie die Hand hinein. Es war die besondere Münze, mit dem A in der Mitte, die

Althea ihr mit dem Wechselgeld überreicht hatte! Doch so schnell dieser Effekt eingesetzt hatte, so schnell war er auch vorbei. Was hatte das zu bedeuten?

Der weiße Staub hatte sich nun endgültig aufgelöst und mit ihm der Rest seiner betäubenden Wirkung. Elina schob die Münze zurück in die Tasche, als sie Charlie sah, die wenige Meter rechts von ihr am Boden kauerte. »Charlie!«

»Geht schon.« In Charlies Haaren hing noch etwas von dem weißen Puder. »Alles okay?«

»Ja, alles okay«, antwortete sie, ihr Puls raste jedoch immer noch, als wäre sie inmitten eines Feldhockeyspiels ausgeknockt worden. »Ich war nur kurz benommen …«

»Hat Herr Rauch uns angegriffen?«, fragte Charlie.

»Ich habe gar nichts gesehen. Das war echt unheimlich!«, erwiderte Elina.

Die beiden rappelten sich auf und verschnauften für eine Minute.

Elina trat zaghaft an die offene Tür heran. »Hallo? Ist da jemand?«

Charlie packte sie am Arm. »Was machst du denn da? Das ist gefährlich!«

»Ich weiß, aber … was, wenn noch jemand dadrin ist? Und verletzt?«

»Wer … wer ist da?«, hörte sie eine schwache Stimme aus dem Hinterzimmer.

Herr Rauch! Vorsichtig betrat Elina mit Charlie, die sich an ihr festklammerte, den Laden. Sie fanden den Besitzer des Süßwarengeschäfts in dem Räumchen hinter der Theke, das teils Lager, teils Büro zu sein schien. Er saß gegen seinen Schreibtisch gelehnt auf den Holzdielen und rieb sich den

Kopf, als sei er vollkommen durcheinander. In seinen Haaren hing so viel Puderstaub, dass sie fast komplett weiß waren.

»Herr Rauch! Geht es Ihnen gut? Wer war diese Person eben?«, fragte Elina.

»Person?« Er blickte Elina verwirrt an. »Ich bin allein hier.«

»Gerade ist jemand aus dem Laden gestürmt«, half Elina ihm auf die Sprünge.

»Nein, hier war niemand. Mir war nur kurz schwindelig und …«

»Wo ist Ihre Tochter? Sollen wir sie anrufen?«

»Ich habe keine Tochter.« Herr Rauch starrte Elina verständnislos an.

»Aber Sie haben doch diese Aktion mit ihr gestartet! Rätseln und gewinnen. Ich war mit Piet im Laden und da haben Sie uns Althea vorgestellt«, sagte Elina ungläubig.

»Vielleicht steht er unter Schock«, flüsterte Charlie.

Sie bückten sich, um Herrn Rauch aufzuhelfen.

»Wovon redest du denn, Elina? Ich kenne keine Althea!«

Wie war das möglich? Althea war Herrn Rauch doch wie aus dem Gesicht geschnitten gewesen und er hatte ganz klar gesagt, sie wäre seine Tochter.

»Dann sagen Sie uns, was passiert ist«, bat Elina.

»Es ging mir nicht gut und ich … habe den Laden für eine Pause geschlossen.«

»Aber uns hat jemand angegriffen!«, sagte Charlie aufgeregt. »Ein großer Schatten! Er hat so was wie Puderzucker verstreut und uns wurde ganz schwindelig!«

Moment! Herr Rauch hatte auch gesagt, ihm wäre schwindelig gewesen … hatte er vielleicht mehr von dem weißen Staub abbekommen als sie beide und erinnerte sich deshalb an nichts mehr? War hier wieder so was wie … Magie im Spiel gewesen?

Herr Rauch bedachte Charlie mit einem schwachen Lächeln. »Du hast eine blühende Fantasie! Solltest Schriftstellerin werden, meine Liebe! Ein Puderzuckerschatten!«

»Es stimmt aber«, stand Elina Charlie bei.

Herr Rauch seufzte. »Es ist aber doch alles okay, Kinder.«

»Okay? Hier ist nichts okay!«, fauchte Charlie.

»Achte auf deinen Ton. Sonst bekommst du Hausverbot.«

»So wie Arthur und Robin Zuckerhut?« Elina suchte in Herrn Rauchs Gesicht nach irgendeiner Regung, aber er legte die Stirn in Falten, als verstehe er nur Bahnhof.

»Ich erinnere mich nicht an die zwei Zuckerhut-Jungs.«

Charlie sah aus, als würde sie vor Wut gleich platzen. Sie ballte die Hände zu Fäusten und öffnete den Mund, doch Elina kam ihr zuvor, ehe sie Herrn Rauch noch beleidigte.

»Bitte«, flehte sie. »Es ist wirklich wichtig. Versuchen Sie, sich zu erinnern. Seitdem Althea mir die Scharfsinnige Schlemmerschokolade geschenkt hat, sind ein paar seltsame Sachen passiert. Wer ist Althea? Und gab es schon mal merkwürdige Nebenwirkungen, nachdem jemand bei Ihnen Süßigkeiten gekauft hat?«

»Was für ein Unsinn!«, brauste Herr Rauch auf. »Erst fragt ihr mir Löcher in den Bauch und nun soll meine Schokolade auch noch Nebenwirkungen haben? Meine Süßigkeiten machen niemanden krank!«

Elina trat zurück. »Das bringt nichts. Lass uns gehen«, sagte sie zu Charlie.

Kaum waren die beiden aus dem Laden, knallte Herr Rauch die Tür energisch zu.

»Das war so ein Reinfall! Wir sollten einfach zurückfahren«, schimpfte Charlie.

»Nein! Denk an den Fluch! Wir müssen herausfinden, was vor sich geht.«

»Du meinst doch nicht etwa …«

»Oh, doch!«, sagte Elina. »Wir fahren jetzt zu den Zuckerhuts.«

Sie ging voraus, zurück zu den Rädern und übernahm die Führung.

Charlie radelte hinter ihr her. Beim Einbiegen in die Waldstraße konnte sie nicht mehr an sich halten und rief entrüstet: »Ich glaub's echt nicht! Wir besuchen die Freak-Familie! Wie sollen die uns helfen? Die stecken bestimmt mit Althea unter einer Decke!«

Elina bremste vor dem Zuckerhut Haus ab und stieg von ihrem Fahrrad. »Hör auf, sie so zu nennen. Sie sind vielleicht die Einzigen, die noch helfen können.«

Kaum waren die Worte ausgesprochen, spürte Elina, dass sie fest daran glaubte. Die Zuckerhuts waren zwar verdächtig, aber wenn sie an Juna und ihre Brüder dachte, wollte sie einfach nicht glauben, dass die Familie etwas Böses im Schilde führte.

»Und es gibt keine Beweise, dass sie da mit drinstecken«, fügte Elina hinzu.

Charlie schwang sich ebenfalls aus dem Sattel und beäugte das Grundstück, als habe man ihr einen Wurm vor die Nase gesetzt. »Wie grässlich! War der Architekt der verrückte Hutmacher aus *Alice im Wunderland?* Das ist einfach nur chaotisch, bunt und seltsam!«

Die beiden lehnten ihre Fahrräder gegen den Zaun.

»Übertreib nicht«, grummelte Elina. »Es ist eben anders und sehr außergewöhnlich.«

Charlie war still geworden, weil sie versuchte, weitere Hickser zu unterdrücken, aber es klappte nicht. Eine Seifenblase waberte durch die Luft und traf den nächsten Laternenpfahl. Es knallte und dieser geriet gefährlich ins Schwanken.

»Oh, Mist!«, entfuhr es Charlie. »Explosive Hickser, so spaßig, wie in Englisch vorlesen zu müssen!«

Elina blickte verunsichert zum Haus, aber niemand schien etwas bemerkt zu haben.

»Geht's?«, fragte sie.

Charlie nickte. »Ich versuche, sie so lange wie möglich einzuhalten und dabei nicht selbst zu explodieren.«

Gemeinsam gingen sie durch das Gartentor.

»Mich bringen aber keine zehn Pferde *in* das Freak-Haus.«

Elina grinste. »Du bist gerade selbst ziemlich freaky.« Sie stupste Charlie im Gehen leicht an. Diese verdrehte die Augen, aber Elina sah, dass sie dabei schmunzelte.

»Jaja«, murmelte Charlie gespielt beleidigt. »Wehe, das geht nicht gut! Dann spreche ich nie wieder ein Wort mit dir.«

»Aww, wo wir doch gerade erst beste Freundinnen geworden sind«, sagte Elina.

Vor der Haustür hielten beide kurz inne.

»Klingelst du da jetzt echt?«, fragte Charlie.

»Nee, ich klettere direkt durch Fenster. Natürlich klingle ich!«

Gesagt, getan! Ein Junge, ungefähr in Piets Alter, öffnete ihnen. Ein bisschen sah er aus wie eine Miniversion von Arthur und Robin, nur waren seine Augen grün. Er umklammerte mit den Händen ein Spielzeugflugzeug und lächelte breit. »Hallo!«

Charlie und Elina konnten nicht mal antworten, da polterte ein übellaunig wirkender Robin durch den Flur. »Mensch, Rufus! Man macht Fremden nicht allein die Tür auf.«

Rufus war in dieser Hinsicht wie Piet und das brachte Elina zum Schmunzeln.

»Findest du das lustig?«, maulte Robin sie sofort an. »Was wollt ihr hier?«

»Auch hallo«, sagte Elina.

»Bist du Robins Freundin?«, fragte Rufus.

»Nein!«, riefen Elina und Robin gleichzeitig.

Robin sah Elina finster an, aber sie wandte den Blick nicht ab. »Das ist Charlie. Du kennst sie vielleicht aus der Schule. Hast du kurz Zeit?«

Rufus hielt sein Spielzeugflugzeug hoch. »Zum Spielen?«

Robin schob seinen kleinen Bruder sanft zurück in den Flur. »Ich spiele gleich mit dir. Geh schon mal vor und hol die anderen Flugzeuge, okay?«

Rufus nickte und war weg.

»Was wollt ihr?«, fragte Robin.

Ah, verflixt! Wie sollte Elina das nur erklären?

Hinter ihr stöhnte Charlie auf, weil sie so lange zögerte. Das machte sie nur noch nervöser.

»Wir möchten … also … wir …« Robins eisig blaue Augen bohrten sich förmlich in Elina hinein und sie schluckte schwer. »Dürften wir mal euer Klo benutzen?«

»Nein.«

»Nicht mal, wenn es superdringend ist?«

»Nein.«

»Kannst du auch noch was anderes, als ›Nein‹ antworten?«

»Nein.«

Robin starrte Elina eindringlich an und Elina starrte ebenso eindringlich zurück. Er war so ein stinkstiefeliger Sturkopf, dass sie ganz bestimmt nicht als Erste klein beigab!

Aus dem Haus drang auf einmal laut ein Lied. Elina lauschte gebannt den unbekannten Textzeilen.

»… zwischen fallenden Blättern oder bei dunkler Nacht verschwört sich ein Talent der bitteren Seite der Macht. Bei hellen Gezeiten, wenn mit der Sonne Hoffnung blüht, ist das süße Talent …«

Robin riss die Augen auf. »Na gut. Wenn's sein muss. Zweite Tür links. Danach geht ihr sofort!« Er lief ins Nebenzimmer und die beiden hörten ihn leise auf Rufus einreden.

»Mensch, Elina, du hast voll Panik bekommen!«, flüsterte Charlie.

Elina kratzte sich verlegen an der Wange. »Ich probier's eben noch mal.«

»Für ein Freak-Haus sieht es hier verdächtig normal aus.« Charlie blieb vor den Fotos an den Wänden stehen. Mal zeigten sie die ganze Familie bei Ausflügen oder Urlauben, mal nur einzelne der Geschwister. Neben Juna, Arthur, Robin und Rufus war da noch jemand, den Elina bisher nicht kannte: ein Mädchen, etwas jünger als sie, mit langem schwarzem Haar und leuchtend blauen Augen.

Robin kam zurück. »Musstet ihr nicht aufs Klo?«, fragte er misstrauisch.

»Es ist so … wir brauchen Hilfe. Bei einer *bestimmten* Sache«, sagte Elina.

Robin schnaufte. »Arthur hatte also recht, du *bist* in ihn verknallt. Wolltest du eine seiner alten Socken klauen und sie nachts heimlich anbeten oder so was?«

Charlie baute sich vor Robin auf. »Ich stopf dir gleich eine Socke in den Mund, wenn du weiter so Blödsinn redest! Es war eine dumme Idee herzukommen.«

»Da ist die Tür«, meinte Robin ungerührt.

Charlie presste sich eine Hand auf den Mund und stürmte wirklich raus. Bestimmt war der nächste Hickser im Anflug! Vielleicht hätte sie bleiben sollen, dann würde ihnen Robin sicher glauben. Aber dann musste Elina ihn ebenso überzeugen.

»Robin«, sagte sie vorsichtig. »Vielleicht bist du so abweisend, weil du einfach nur Angst hast, dass jemand hinter das Geheimnis deiner Familie kommt … Aber es ist ein *Notfall.«* Elina nahm sich einen Moment, um ihren Mut zu sammeln. »Charlie wurde verzaubert. Wenn irgendjemand in diesem Haus etwas über … über Magie weiß, dann … bitte, sag etwas. Bitte hilf uns, wir wissen nicht weiter.«

Elina verspürte einen gigantischen Anflug von Hoffnung, als Robins steinerne Fassade zu bröckeln begann und er sie nicht mehr so abweisend ansah.

Doch dann verschloss sich seine Miene wieder. »Magie … gibt es nicht«, sagte er und ging demonstrativ zur Tür, die noch immer offen stand. »Bitte geh jetzt, Elina.«

Elina trat nach draußen und sah ihn enttäuscht an. »Du bist einfach nur feige.«

Bedauern spiegelte sich in Robins Zügen und da wusste Elina, dass er gelogen hatte. Er schloss die Tür vor ihrer Nase und es fühlte sich wie etwas Endgültiges an.

Kapitel 14

Charlie und Elina schoben ihre Fahrräder ein Stück in den Wald hinein und setzten sich auf eine Bank, um ihre Frustration sacken zu lassen. Lange Zeit sagte keine der beiden etwas.

»Dieser Robin … der war echt mies drauf«, grummelte Charlie schließlich.

»Er hat mir mitten ins Gesicht gelogen, das weiß ich! Arthur und er waren doch nicht einfach so bei Herrn Rauch. Robin wollte bloß nicht helfen«, sagte Elina. »Und selbst wenn diese Althea nicht Herrn Rauchs Tochter ist, war sie aus einem Grund in seinem Laden.« Elina holte die Münze aus ihrer Tasche und hielt sie Charlie hin. »Die hat sie mir gegeben. Zuerst dachte ich aus Versehen, aber jetzt … das war kein Zufall. Diese Frau führt was im Schilde.«

»Was steht denn da am Rand?«

»Kein Plan«, antwortete Elina. »So genau habe ich mir das noch nicht angesehen.«

Charlie nahm ihr die Münze ab. Sie kniff die Augen

zusammen und hielt sie sich ganz nah vors Gesicht. »Sang … L'honneur dans le sang.« Sie gab sie Elina zurück.

»Klingt Französisch«, meinte Elina. »Le oder la steht immer vor Nomen, das hatten wir ja in der Schule. Aber der Rest? Warte mal, ich schau es nach.«

Sie steckte die Münze weg, zog ihr Handy aus der Jackentasche und öffnete die Suchmaschine. Sofort wurde eine Übersetzung für den eingegebenen Satz ausgespuckt.

»Ehre im Blut«, sagte Elina. »Wie schaurig! Klingt nach Geheimordenmotto.«

»Auch das noch! Reichen Fluchnebenwirkungen nicht?«, grummelte Charlie.

Hundegebell ließ Charlie aufschrecken und auf die Bank klettern, als sei sie eine Rettungsinsel. Bevor Elina fragen konnte, was sie hatte, kam auch schon der Hund den Waldweg entlanggelaufen.

»Der kommt mir bekannt vor!«

»Pass auf. Der hat vielleicht Tollwut«, warnte Charlie.

»Genau. Und dann beißt er mich und ich werde ein Werwolf.«

»Kann doch sein!«, meinte Charlie. »Bei allem, was momentan passiert!«

Elina verkniff sich ein Lachen. »Glaube eher nicht. Der gehört Herrn Schnotter.«

»Der Opa, der die Zuckerhuts für Giftmischer hält?«

Der Terrier blieb vor Elina stehen und bellte mehrmals.

»Nimm ihn weg von mir! Bitte!«, quietschte Charlie.

Elina ging vor dem Hund in die Hocke. Er war sehr zutraulich und schmiegte gleich den flauschigen Kopf an Elinas Hand. Sie streichelte ihn und griff dann nach seiner Leine.

»Ich schaue mal nach Herrn Schnotter. Komm, wir suchen dein Herrchen.«

Sie musste dem Weg nicht lange folgen, bis sie eine Stimme hörte.

»Ich habe getan, was Sie wollten. Es gibt nichts Neues zu berichten.«

Elina schlich an einen Busch heran und spähte durch ein paar Zweige. Herr Schnotter stand mit dem Rücken zu ihr und schien allein zu sein.

»Ich bin mir mehr als sicher! Die Zuckerhuts haben Dreck am Stecken!«

Aber da war doch gar keiner! Mit wem sprach er? Ein Handy sah sie auch nicht.

»Darauf können Sie sich verlassen! Ich finde Beweise!«

Klang fast wie ein Komplott. Gerade wirkte er noch unheimlicher als bei ihrer ersten Begegnung.

Der Hund zerrte unruhig an der Leine und jaulte auf. Elina erschrak und trat zu allem Überfluss auch noch auf einen Zweig, der mit einem Knacks zerbrach. Die Geräusche lenkten Herrn Schnotters Aufmerksamkeit in ihre Richtung. Rasch ließ sie den Hund los. Der schoss sofort durchs Unterholz auf seinen Besitzer zu.

Der alte Herr war sichtlich erleichtert. Er seufzte. »Nur Tinka, mein Hund. Gut. Bis zum nächsten Mal.«

Elina beobachtete, wie Herr Schnotter irgendetwas in seine Tasche schob.

Seit wann benahmen sich die Leute aus Belony so geheimniskrämerisch? Hier geschahen keine Wunder, sondern lauter merkwürdige Dinge!

Sie entfernte sich leise und ging schnell zu Charlie zurück.

Nach dem Abendbrot machte Elina es sich in ihrer Bücherecke auf einem Sitzsack bequem und textete mit Charlie.

Elina: Du könntest den Fluch benutzen, um Gutes zu tun.

Charlie: Ich will nicht die Welt retten, sondern erst mal nur mich!

Elina: Vielleicht hat es genau deshalb dich getroffen.

Charlie: Ach, jetzt bin ich die Auserwählte?

Elina: Hast du zufällig eine Narbe an der Stirn?

Charlie: Ich bin makellos wie ein Einhorn.

Sie lachte. Wer hätte gedacht, dass Charlie so witzig sein konnte?

»Was ist denn so komisch?« Ihr Opa spähte zur angelehnten Tür hinein.

»Ach, nur was über Einhörner«, sagte sie.

»Scheint so, als hättest du in Charlie eine Freundin gefunden.«

»Woher weißt du, dass ich ihr schreibe?«

Ihr Opa kam herein und setzte sich auf ihren Schreibtischstuhl. »Opas wissen so etwas. Wir durchschauen immer unsere Enkel. Das ist mein Talent.«

Elina legte das Handy bei Seite. »Du, Opa, dieser Wunschbaum, von dem du neulich gesprochen hast, glaubst du echt, dass alle Wünsche dort wahr werden können?«

Ihr Opa schmunzelte. »Willst du es doch einmal versuchen?«

»Vielleicht … nur, wie kann ich wie du aus vollem Herzen an Magie glauben?«

»Jeder von uns glaubt an etwas. Trotz Zweifeln. Ich bin überzeugt, wenn du es ehrlich meinst mit deinem Wunsch, dann werden die Erben von Madame Picot das auch spüren.«

Elinas Herz pochte aufgeregt. »Danke! Das hilft etwas …« Sie kam ins Grübeln. Wenn der Wunsch ihres Opas sich damals wirklich durch Magie erfüllt hatte, wusste er dann etwas über die Dinge, die in Belony vor sich gingen? Liebte er deshalb seine Zaubertricks so, weil er auch gerne magisch wäre?

Da fielen ihr die Karamellbonbons ein …

Ihr Opa stand auf. »Es ist spät und ich muss jetzt heim.«

»Eine Frage habe ich noch!«, hielt sie ihn zurück. »In meiner Schule hat ein Mädchen ähnliche Karamellbonbons wie du … woher hast du deine immer?«

Er lächelte verschwörerisch. »Das ist mein gut gehütetes Geheimnis.«

Elina wollte nachhaken, da küsste ihr Opa sie liebevoll auf den Scheitel.

»Schlaf gut, Elina«, sagte er. »Ich hoffe, dein Wunsch erfüllt sich.«

Das hoffte sie auch … Charlie war ihre erste richtige Freundin und Elina wollte ihr unbedingt helfen. Sie musste die Wunschsache einfach versuchen. Für Charlie!

Kapitel 15

»Hast du gesehen, wie Jonas geguckt hat, als ich ihm eben aus Versehen einen elektrischen Schlag verpasst habe?«, fragte Charlie nach dem Unterricht.

»Jonas war eben regelrecht geschockt!«, scherzte Elina. »Das hat man davon, wenn man sich vorbeidrängelt. Konnte ja auch keiner wissen, dass die neue Fluchnebenwirkung dich in einen Zitteraal verwandelt.«

Die beiden setzten sich vor der Schule auf eine Bank.

»Bei der nächsten Party grillst du einfach die Würstchen.«

Charlie lachte, wurde dann aber schlagartig ernst. »Ich hatte Megaglück, dass Frau Habermann meine Verwandlung und die Ohnmacht auf ihren Stress geschoben hat. Irgendwann findet bestimmt wer was heraus … und davor habe ich echt Angst.«

»Deshalb schreiben wir jetzt den Zettel für den Wunschbaum.«

Elina setzte ihren Rucksack ab und holte einen Zettel und Stift heraus.

»Wie wäre: Meine Freundin Charlie Sommerfeld wurde verflucht. Sie leidet an schrecklichen, magischen Symptomen. Ich wünsche mir, dass sie wieder normal wird«, schlug sie vor. »Das klingt richtig, oder?«

»Finde ich gut«, sagte Charlie und Elina schrieb es genauso auf.

»Die machen bestimmt schon ihre Briefe an den Weihnachtsmann fertig!«, gackerte Juliane. Sie lief mit zwei Mädchen im Schlepptau über den Hof, die über ihre schwachsinnige Bemerkung lachten. »Was wünscht ihr euch denn? Mehr Stil?«

Elina sah aus dem Augenwinkel, dass Charlie geknickt zu Boden schaute. Gestern noch Freundinnen und heute war Juliane nur noch fies. Sie hatte große Lust, Juliane auch mal ein paar Sprüche um die Ohren zu knallen!

Ihre Wut verwandelte sich schnell in Überraschung, als Robin zu ihnen stieß. Was wollte der denn? Das schienen sich die anderen Mädchen nicht zu fragen, die warfen ihm nur verträumte Blicke zu.

»Was glotzt ihr denn so?«, fragte Robin genervt.

Wie aufgescheuchte Hühner liefen Juliane und ihre Freundinnen rasch weiter.

Immerhin war Robin zu etwas gut. Elina freute sich trotzdem nicht, ihn zu sehen.

»Was willst du?«, fragte Elina abweisend.

»Ich möchte was wissen. Ihr wart doch bei Herrn Rauch, richtig?«

»Ja und? Woher weißt du das überhaupt?«, erwiderte Elina. Hatte Herr Rauch etwas zu den Zuckerhuts gesagt? Steckten die etwa doch alle unter einer Decke?

»Habt ihr dort etwas Verdächtiges gesehen?«

»Jetzt stellt der Juniordetektiv also Fragen!«, sagte Charlie. »Vergiss es.«

»Sie hat recht«, sagte Elina. »Erst willst du uns nicht helfen, obwohl ich dir erzählt habe, dass Charlie verzaubert wurde, und nun interessiert dich doch, ob was Außergewöhnliches passiert ist? Charlie, lass uns gehen.«

Die beiden schnappten sich ihr Zeug und waren schneller weg, als Robin »Zuckerhut« hätte sagen können. Als Elina kurz zurückblickte, schaute Robin ihnen nur bedeppert hinterher. Tja, war der werte Herr wohl nicht gewohnt, dass man ihn mal stehen ließ!

An der Haltestelle warteten sie auf den nächsten Bus.

»Sollen wir uns später vielleicht treffen?« Elina blickte erwartungsvoll zu Charlie. »Mein Vater und Piet sind heute beim Fußball und meine Mutter arbeitet länger. Ich habe sturmfrei und wir könnten …«

»Mal was Normales machen?«, beendete Charlie ihren Satz. »Das fände ich schön!«

Elina grinste. »Ja, genau. Und vorher könnten wir zusammen zum Wunschbaum gehen?«

»Klar!«, sagte Charlie.

Bis sie zu Hause waren, hatte sich das Fluchsymptom wieder verabschiedet.

»Super, dann passiert bald was anderes«, grummelte Charlie.

Die beiden blieben vor dem Zaun, der ihre Häuser trennte, stehen.

»Wir schaffen das schon«, sagte Elina.

»Zusammen.« Charlie lächelte. »Bis später dann, ja?«

»Ja, bis dann!«, freute Elina sich.

Sie schloss ihre Haustür auf und ging erst mal in ihr Zimmer, um mit den Hausaufgaben anzufangen. Als sie hungrig wurde, wärmte sie sich etwas vom gestrigen Auflauf auf und schaute ein bisschen Fernsehen. Es klingelte unerwartet an der Tür.

Vielleicht die Post … oder Charlie!

Erwartungsvoll ging Elina zur Tür. Nanu? Da stand bloß ein Koffer zu ihren Füßen. Hatten ihre Eltern vergessen, ihr zu sagen, dass sie Besuch bekamen? Sie wartete noch kurz, dann trug sie den Koffer in ihr Zimmer und setzte sich damit auf den Boden.

Er war in etwa so groß wie ihr Rucksack, braun und hatte mit goldenem Metall beschlagene Ecken. Auch die Schnallen glänzten golden und mehrere Sticker klebten auf beiden Seiten. Nein, keine Sticker … irgendwelche Siegel, auf die allerhand fremde Zeichen und Ziffern geprägt waren.

Elina inspizierte das Schloss, das die Form eines Kochlöffels hatte. Was da wohl drin war? Abgeschlossen war er nicht, denn er ließ sich ganz leicht öffnen, wenn man die Schnallen aufklappte. Neugierig schob Elina den Deckel auf. Sie traute ihren Augen kaum. Ganz obenauf lag ihr Zettel mit dem Wunsch! Aber wie …? Hatte sie den etwa bei der Flucht vor Robin verloren? Es musste so sein! Doch wie kam der Zettel da rein?

Vor lauter Aufregung konnte sie kaum still sitzen. Hieß das, der Koffer war für sie?

Sie nahm den Wunschzettel behutsam in die Hand. Jemand hatte in krakeligen Buchstaben etwas auf die Rückseite geschrieben!

Elina schnappte überrascht nach Luft, als sie die Zeilen las. Aber dann fiel ihr Blick auf den Inhalt des Koffers, der einen Glanz aus Verheißung und Geheimnissen zu verströmen schien, und die Nachricht verlor kurz an Bedeutung. Elina beugte sich über den Koffer.

Im Deckel befanden sich drei Einkerbungen, in denen etwas zu fehlen schien. Links davon war ein Fach, in dem eine Pergamentrolle mit blauem Wachssiegel steckte, auf dem ein Z prangte, und in der Mitte eine Art Karte. Sie war unvollständig, als habe jemand das meiste wegradiert, und sie war fest im Koffer verankert, keine der üblichen aus Papier. Doch das Aufregendste an dem Koffer waren die Süßigkeiten. Sie schillerten in allen Regenbogenfarben!

Da war eine glänzende rot-pinke Schokotafel mit dem Aufdruck *Schmeichelndes Schokowunder,* deren Papier voller hübscher Verzierungen war, ein leuchtend rotes Beutelchen mit goldener Schleife, an der ein Schild baumelte, auf dem *Beschützende Brausedrops* stand, mehrere bunte Lutscher – das Schildchen der durchsichtigen Verpackung wies sie als *Lichtmacher-Lollipops* aus – und noch viele weitere bunte Köstlichkeiten.

Elina konnte sich gar nicht sattsehen.

Sie wusste zwar nicht, was die Süßigkeiten zu bedeuten hatten, aber ihr klopfte das Herz bis zum Hals. Jemand hatte ihren Zettel gefunden und wollte ihnen helfen!

Schnell holte sie ihr Handy und begann zu tippen.

Muss dir was zeigen! Kannst du jetzt rüberkommen?

Elina zog den Koffer näher zu sich. Wieder betrachtete sie all die Süßigkeiten und Sachen. Was war nur mit der Karte los? So halb nützte die einem doch nichts. Und die Pergamentrolle? Elina versuchte, sie zu öffnen, aber das Wachssiegel ließ sich nicht brechen, daher gab sie es schnell wieder auf und widmete sich den Süßigkeiten.

Ob die alle verzaubert waren und ihnen beim Fluchbrechen helfen konnten?

Unruhig lief Elina nun im Zimmer auf und ab, weil Charlie nicht antwortete. Am besten ging sie gleich mal zu ihr rüber, der Koffer konnte echt nicht warten! Sie zog gerade die Haustür auf, da sah sie ihre Freundin auch schon kommen, als habe sie Elinas Gedanken hören können.

»Hab deine Nachricht gerade erst gesehen!«, sagte Charlie entschuldigend.

»Du siehst bedrückt aus«, stellte Elina fest. »Alles okay?«

Charlie seufzte schwer. »Meine Mutter hat mich eben ausgeschimpft. Hab eine Vase kaputt gemacht.«

»Aber das passiert doch mal?«

»Und einen Stuhl.«

»Oh.«

»Dann noch ein Glas und eine der Gardinen. Ich niese plötzlich und – zack! –, geht was dabei zu Bruch. Bin echt froh, dass meine Eltern gerade zu einem Termin fahren mussten, sonst wäre das mit der Standpauke ewig weitergegangen.«

»Dieser blöde Fluch!«, schimpfte Elina. »Das tut mir so leid.«

»Was wolltest du mir denn zeigen?«, fragte Charlie.

»Es geht um einen Koffer. Den musst du sehen!«

»Soll ich jetzt nach Freakhausen auswandern?«

»Nein! Komm mit.«

Elina führte Charlie hinauf in ihr Zimmer. Die beiden setzten sich auf dem Boden um den Koffer herum. Dann erzählte Elina, wie der Koffer zu ihr gefunden hatte.

Charlie beäugte misstrauisch die Antwort auf der Zettelrückseite. »Das ging ganz schön schnell. Woher wusste die Person, dass der Zettel von dir war und wo du wohnst? Den haben wir doch gemeinsam geschrieben. Das ist echt unheimlich!«

»Ich habe ihn nach der Schule irgendwo verloren«, erklärte Elina. »Auf dem Pausenhof, der Straße oder im Bus. Das muss jemand gesehen haben.« Sie klappte den Koffer auf und deutete auf die Süßigkeiten. »Vielleicht müssen wir selbst herausfinden, was dir hilft.«

»Vielleicht ist es eine Falle. Von dieser Althea, wenn das überhaupt ihr richtiger Name ist. Die hat dir schließlich die Schokolade angedreht. Was ist, wenn der Koffer gefährlich ist und die Süßigkeiten noch schlimmer sind als …«

»Wir haben doch gar keine Wahl, oder?«, unterbrach Elina sie. »Die Person, die den Koffer gebracht hat, weiß bereits, wo ich wohne. Sie hätte etwas Schlimmes anrichten können, aber stattdessen wurde nur geklingelt und diese Botschaft mit hinterlassen.«

»Das ergibt keinen Sinn«, murmelte Charlie.

»Beim Rathaus ist immer was los. Wenn wir merken, dass etwas nicht stimmt, können wir einen Erwachsenen um Hilfe bitten. Wir müssen es riskieren.«

Charlie nickte. »Okay, du hast recht.«

Die nächsten Stunden überbrückten sie mit Videosgucken, Quatschen und Snacks. Genau so was hatte Elina sich immer gewünscht: Zeit mit einer besten Freundin! Und für eine Weile waren die Sorgen um die Magie vergessen – zumindest bis Charlie nieste und eines von Elinas Regalbrettern samt den Büchern herunterkrachte.

Kurz darauf kam Elinas Vater mit Piet heim und Charlie und sie beschlossen, nach draußen zu gehen, damit niemand etwas von Charlies Symptomen mitbekam. Sie schnappten sich den Koffer, kauften sich am nächsten Kiosk ein Eis und schlenderten gemütlich Richtung Altstadt zum Rathaus, das altmodisch und eintönig grau war.

Charlie und sie durchquerten die Eingangshalle, in der es nach Mottenkugeln und feuchter Walderde roch. Beide verzogen das Gesicht. Mhm, Eau de Vergangenheit!

Am Empfang saß ein Mann, der sie freundlich grüßte und sich dann wieder seinem Buch widmete. In den Büros arbeitete um diese Zeit zwar niemand mehr, aber die Galerie im Erdgeschoss war Besuchern auch unter der Woche lange zugänglich.

Da sie nicht genau wussten, wo sie warten sollten, gingen sie erst mal in die Galerie. Der kleine Saal enthielt lauter Fotografien und alte Gemälde. Sie zeigten Belony, besondere Ereignisse, Feste oder Begegnungen. Charlie und Elina hielten vor einer Malerei an, auf der eine Frau mittleren Alters mit hochgesteckten hellen Haaren und einem schlichten Kleid sowie ein Mann etwa im selben Alter, in schwarzem Anzug und Hut, vor dem *Bittersüß* standen. Die Frau nahm lächelnd einen Orden entgegen, den der Mann ihr reichte.

Auf einer Plakette darunter stand: *Madame Picot erhält von Bürgermeister George Henley eine Auszeichnung als Ehrenbürgerin von Belony.*

»Das ist also die legendäre Madame Picot«, sagte Charlie. »So wie Frau Schneider im Unterricht über sie gesprochen hat, habe ich sie mir anders vorgestellt.«

»Nicht so normal, oder?«, meinte Elina.

»Ja. Oh, hörst du das? Schritte.«

Sie kamen aus der Eingangshalle. Elina und Charlie tauschten einen Blick und versteckten sich jeweils an einer Seite neben der Tür. Sie lugten in die Eingangshalle hinein. Es war nur der Mann vom Empfang, der fröhlich pfeifend um die Ecke bog.

»So viel dazu, dass hier immer wer ist«, murmelte Charlie.

»Lass uns einfach direkt in der Halle warten«, sagte Elina. »Der geht bestimmt nur Kaffee holen oder so und ist gleich wieder da. Und wir haben den Eingang im Blick.«

Dort begann die Warterei und die Zeit verging schleichend langsam.

Charlie schnaufte ungeduldig. »Was, wenn doch keiner kommt?«

»Hab etwas Geduld«, murmelte Elina.

Charlie wollte etwas erwidern, da entwich ihr ein heftiger Nieser und mehrere gerahmte Urkunden fielen von der Wand. Es klirrte und krachte, als die Rahmen am Boden zerschepperten. Die beiden sahen sich erschrocken an. Oh, nein!

»Ist eine ganze Menge Krach, den ihr da veranstaltet.«

Robin Zuckerhut war so eben hereinspaziert.

Kapitel 16

»Was macht der denn hier?«, platzte es aus Charlie heraus. »Hast du ihn angerufen?«

»Ne, ich habe dreimal seinen Namen genuschelt und ihn heraufbeschworen wie einen Flaschengeist«, erwiderte Elina.

»Meinst du, es gibt Flaschengeister wirklich?«, fragte Charlie.

»Na ja, wenn's magische Schokolade gibt, wer weiß?«

»Von dem könnte ich mir sofort wünschen, dass er den Fluch von mir nimmt.«

»Hallo?«, rief Robin dazwischen. »Ich bin hier, damit wir einander helfen können. Bitte, hört mir zu. Mir tut es … ähm, auch total leid! Ihr wisst schon … alles.«

»Wir nehmen dir die Entschuldigung nicht ab.« Elina sah ihn grimmig an. »Du entschuldigst dich doch nur, weil du was von uns willst. Hast du selbst gesagt.«

Robin öffnete den Mund, schloss ihn aber gleich wieder.

»Dazu fällt dir wohl nichts ein, was?«, spottete Charlie.

Robin fuhr sich durchs Haar. »Es tut mir ganz ehrlich leid.«

Elina hielt den Koffer hoch. »Dann spuck die Wahrheit lieber gleich aus. Wieso hast du diesen Koffer voller Süßigkeiten bei mir abgegeben?«

»Ich?« Robin riss verblüfft die Augen auf. »Den habe ich noch nie gesehen.«

Charlie und Elina tauschten einen skeptischen Blick.

»Ich schwöre es!« Robin holte einen silbernen Umschlag aus der Tasche seiner Jeans. »Dafür habe ich den bekommen. Daran klebte eine Notiz, auf der stand, dass ich am Rathaus um 18 Uhr Hilfe finde.«

Elina traute ihm nicht. Zwar hatte auf ihrem eigenen Zet-

tel etwas Ähnliches gestanden, doch das waren eindeutig zu viele Zufälle! Robin, der strikt behauptete, dass es Magie nicht gab, und jetzt war er dem Ruf von Madame Picots Erben gefolgt?

»Und was steht in diesem Brief?«, fragte sie.

Charlie schien ihr Misstrauen zu teilen, denn sie funkelte Robin an. »Woher sollen wir wissen, dass du uns nicht reinlegst? Erzähl uns erst mal von deinem Problem!«

»Erzähl du mir doch von deinem!«, erwiderte Robin patzig.

»Ich habe von einer magischen Schokolade gegessen, die mich verzaubert hat. Einen halben Tag lang konnte ich nur eine alberne Fantasiesprache sprechen, dann musste

ich anderen zwanghaft gemeine Dinge an den Kopf knallen, bin danach grün wie ein Marsmensch geworden, hatte explosiven Seifenblasenschluckauf, habe Menschen mit elektrisch aufgeladenen Berührungen geschockt, ach, und, wenn ich jetzt niese, gehen Dinge kaputt.« Charlie klang richtig hysterisch. »Aber sonst habe ich keine Probleme!«

Robin starrte sie an. »Das ist doch ein Witz?«

Elina musste Charlie am Arm packen, weil sie sonst auf Robin losgegangen wäre.

»Okay, dann ist das kein Witz! Es tut mir leid, dass ich mich neulich wie ein Trottel verhalten habe, als ihr meine Hilfe wolltet. Aber ich wusste schließlich nicht, ob ihr mich veralbert. Bitte gebt mir noch eine zweite Chance!«

»Vielleicht hast du die gar nicht verdient, so gemein und abweisend, wie du warst!«, sagte Charlie. Aber mit einem Mal schien ihr klar zu werden, dass sie und Robin sich in dieser Hinsicht ähnlich waren und Elina ihr sehr wohl eine zweite Chance gegeben hatte. Unsicher blickte sie zu Elina und sah dabei ganz elend aus. Elina lächelte ihr zu und da wandte Charlie sich wieder an Robin. »Vielleicht ... verdienst du doch eine.«

»Genau«, sagte Elina. »Also, was ist dir passiert?«

»Mir ist nicht direkt was passiert, es ... ich kann nicht drüber sprechen.«

Charlie stöhnte auf. »Hallo! Ich habe dir gerade *alles* erzählt.«

»Ich bin aber nicht du!«, brüllte Robin.

»Boah, es reicht!«, ging Elina genervt dazwischen. Sie trat nach vorne und sah Robin fest in die Augen. »Wir waren bei dir, und das hat uns viel Mut gekostet. Charlie hat sich dir anvertraut. Du kannst uns nicht um Hilfe bitten, wenn wir nicht mal wissen, was los ist. Also, sag es uns. Vertrau uns auch.«

»Ich … ich …« Robin wandte den Blick ab und sagte leise: »Ich möchte meiner Familie helfen, denn wir haben ein großes Problem, das unsere Zukunft kaputt macht. Es ist mir unheimlich wichtig, ihnen zu helfen. Mehr kann und *darf* ich euch nicht verraten.«

Als Robin Elina wieder ins Gesicht blickte, waren der abweisende Ausdruck seiner Augen und die schneidende Kälte in seiner Stimme verschwunden. Und da wusste Elina, dass er zum ersten Mal ehrlich war. Vielleicht war es ja sogar der Plan der Picot-Erben, dass Charlie, Robin und sie hier zusammenfanden, um einander zu helfen.

»Okay«, sagte sie. »Waffenstillstand für *alle*. Wir suchen uns jetzt einen ruhigen Ort und überlegen, wie es weitergehen soll. Mit unseren Problemen und dem Koffer.«

Da das Kinder- und Jugendzentrum nur eine Straße entfernt war, navigierte Elina die anderen dorthin. In einem der Gemeinschaftsräume spielten zwei Jungs Kicker und die Sessel im Lesezimmer waren von einer Gruppe älterer Schüler wegen eines Buchclubtreffens belegt. Das kleine Café war jedoch wie leer gefegt. Elina wählte den Tisch in der hintersten Ecke aus. Die drei bestellten was zu trinken und setzten sich. Die Möbel hier waren wahllos zusammengewürfelt und wirkten wie Überbleibsel eines Flohmarkts. Charlie inspizierte ihren Stuhl mehrmals, als habe sie Angst, Termiten hätten ihn angefressen.

Elina sah Robin an. »Du glaubst nun also doch an Magie?«

Er nickte. »Das muss ich, um mein Problem zu lösen.«

»Mhm«, machte sie skeptisch.

»Es ist aber alles wahr!«, sagte Robin energisch.

»Clevere Menschen kaufen einem eben nicht alles sofort ab«, sagte Charlie. »Und Elina ist viel cleverer als du. Kannst du uns etwa verübeln, dass wir skeptisch sind?«

»Wenn Elina so clever ist, dann weiß sie bestimmt schon, wieso sie den Koffer voller magischer Süßigkeiten bekommen hat, und muss mich gar nicht erst verdächtigen.«

Elina lächelte. »Ich habe nie gesagt, dass es *magische* Süßigkeiten sind.«

Wenn Robin sich in die Enge gedrängt fühlte, ließ er es sich nicht anmerken. »Na, bei all den Dingen, die so in Belony vor sich gehen, ist das doch offensichtlich«, sagte er, ohne mit der Wimper zu zucken. »Rätselhafte Botschaften, Charlies komische Fluchschokolade und das ganze Gerede der Leute über Magie und Wunder.« Er zeigte ihnen erneut den silbernen Brief. »Und der hier. Da steckt ein magisches Rätsel drin.«

»Den hast du einfach so bei dir zu Hause gefunden?«, fragte Charlie.

Robin strich über den Umschlag. »Genau. Aber er hat mich nicht weitergebracht.«

»Im Koffer ist auch eine Pergamentrolle, die sich nicht öffnen lässt«, sagte Elina.

»Das ist alles echt kompliziert«, murmelte Charlie.

»Dann fangen wir mit was Unkompliziertem an«, sagte Elina. »Wir sollten eine der Süßigkeiten aus dem Koffer testen. Dann wissen wir, ob sie wirklich magisch sind.«

»Was?« Robin riss geschockt die Augen auf. »Absolut nicht!«

»Ach, und warum nicht? Der Koffer ist doch nicht von dir«, sagte Elina. »Du kannst also nicht wissen, was passiert. Und wenn wir die Wirkung der Süßigkeiten kennen, bringt uns das vielleicht weiter als das Rätsel des Briefs, das du nicht lösen konntest.« Elina holte den Koffer unterm Tisch hervor. »Schließlich hat man mir den Koffer überlassen, der muss uns einfach helfen können. Wir *müssen* eine davon probieren.«

Charlie warf Elina einen Blick zu, der in etwa sagte: Was zur Hölle! Doch als Elina ihr unter dem Tisch leicht gegen das Schienbein trat und sie Charlie eindringlich ansah, schien ihr ein Licht aufzugehen. Elina wollte Robin aus der Reserve locken. Wenn er doch was mit dem Koffer zu tun hatte, wusste er auch um die Wirkung der Süßigkeiten.

Robin reckte trotzig das Kinn. »Ich halte das für keine gute Idee.«

Elina sah sich um. Komplett tote Hose. Nicht mal die Bedienung des Cafés war gerade da. »Hier ist niemand und du wurdest überstimmt. Richtig, Charlie?«

»Ja!«, stimmte die zu. »Ich will nur nicht das Versuchskaninchen spielen.«

Elina klappte den Kofferdeckel hoch. »Ich mach's.«

Wie von der Tarantel gestochen sprang Robin auf. »Hör auf, Elina!«

Sie ignorierte ihn und fuhr mit den Fingern über die verschiedenen Süßigkeitenverpackungen. Bildete sie sich das ein oder knisterten die regelrecht unter ihrer Berührung? Konnte sie es echt durchziehen und eine essen? Sie war so neugierig auf die Magie in den Süßigkeiten, fürchtete sich aber auch vor einem weiteren Fluch.

»Bist du dir ganz sicher?«, fragte Charlie besorgt.

Elina nickte, sie traute ihrer Stimme nicht mehr. Sie wollte wahllos etwas nehmen, da schien ihre Hand wie ferngesteuert nach einem schwarzen Samtbeutel zu greifen, auf dem *Laber-Lakritze* stand. Was war das denn gewesen?

Nervös öffnete sie den Samtbeutel und kippte etwas vom Inhalt in ihre Handfläche. Die schwarze, klebrige Süßigkeit hatte die Form von winzigen Musiknoten. Lieber vorsichtig dosieren! Elina schob alles, bis auf ein kleines Lakritzestück, zurück in den Beutel. Robin versuchte noch, ihr die Lakritze abzunehmen, da schob Elina sich die Lakritzenote schon in den Mund. Die fand sie sonst echt eklig, aber diese hier schmeckte so herrlich süß-salzig und buttrig, dass Elina ein wohliger Schauer überkam.

»Spürst du was?«, fragte Charlie und sah sie besorgt an.

Robin wedelte mit einer Hand vor ihrem Gesicht herum. »Geht's dir gut?«

»Alles okay«, sagte Elina. »Die schmecken so gut! Ich spüre aber nichts.«

»Gar nichts? Puh, immerhin bist du dann nicht verzaubert.« Charlie sackte in ihren Stuhl zurück. »Ist es blöd, wenn ich trotzdem ein bisschen enttäuscht bin?«

»Wir könnten etwas warten? Bei dir und der Schokolade ist doch auch nicht sofort etwas passiert«, sagte Elina. »Oder die Süßigkeiten sind doch nicht magisch.«

»Das sind so was von magische Süßigkeiten«, sagte Robin. »Ich bin aus allen Latschen gekippt, als ich den Koffer das erste Mal aufgemacht habe. Die wurden nämlich von sehr talentierten Süßigkeitenwerkern hergestellt und sind daher ziemlich mächtig.«

»Süßigkeiten-was?«, fragte Elina perplex.

»Süßigkeitenwerker!«

Elina schoss in ihrem Stuhl hoch. »Wovon redest du?«

»In seinem Dickschädel stecken anscheinend viel mehr Geheimnisse, als er sich hat anmerken lassen«, meinte Charlie. »Du bist so ein Lügner, Robin! Wir wussten es ja!«

Robin war zu sprachlos, um auf den Vorwurf zu reagieren. Er war ganz blass und hatte sich eine Hand auf den Mund gepresst. Entsetzt starrte er Elina an. Elina hingegen spürte, wie eine kribbelnde Vorfreude sie erfasste. Endlich verriet Robin mal was! Auch wenn das total unglaublich klang.

»Du wolltest das gar nicht ausplaudern, oder?«, fragte sie.

Robin sah panisch aus. »Ganz bestimmt nicht! Damit breche ich den Pakt!«

»Was für ein Pakt? Ich verstehe nur Bahnhof.«

»Na, der Picot-Pakt! Das Ehrengesetz der Süßigkeitenwerker!«

»Picot ... wie in Madame Picot? Kannst du mal Klartext reden?«

»Ich will euch das gar nicht erzählen! Ich werde solchen Ärger bekommen!« Robin presste seine Lippen fest aufeinander, aber er schien den nächsten Wortschwall nicht aufhalten zu können. »Ich *bin* ein Süßigkeitenwerker. Meine ganze Familie hat eine magische Gabe, weil wir aus der Blutlinie von Madame Picot abstammen. Sie war die erste Süßigkeitenwerkerin. Wir ... wir haben uns dazu verpflichtet ...«

Elina blickte Hilfe suchend zu Charlie und sofort stoppte Robin.

»Habe ich das alles laut gesagt?«, murmelte Robin verwirrt.

»Du könntest noch viel mehr laut sagen!«, verlangte Charlie. Doch unter Elinas Blick wurden ihre Augen plötzlich ganz glasig und Robin schien vergessen. »Manchmal stelle ich mir vor, mit dir das Leben zu tauschen.«

»Was? Wie kommst du denn jetzt darauf?«

»Du hast diese wunderschönen Haare, bist total gut in der Schule und kümmerst dich nicht um die Meinung anderer«, plapperte Charlie einfach weiter. »Ich bin sogar ein bisschen froh über den Fluch, denn so sind wir Freundinnen geworden!«

Was zum Kuckuck war denn in Charlie gefahren?

Fragend sah Elina wieder zu Robin, als habe er eine Erklärung dafür. Doch kaum ruhten ihre Augen wieder auf ihm, begann er weiterzuplappern, als habe er nicht eben mitten im Satz gestoppt.

»… den Menschen zu helfen. Mit unserer Magie, und die darf laut dem Picot-Pakt nur in Süßigkeiten fließen, damit sie vergänglich bleibt. Ewige Magie ist verboten.«

Elina drehte den Kopf erneut zu Charlie.

»Du bist eine gute Freundin. Bei dir fühle ich mich einfach wohl. Und ich habe solche Angst, dass du mich nach dieser ganzen Fluchgeschichte sitzen lässt, weißt du?«

Dann wieder zurück zu Robin.

»Die Süßigkeitenwerker und ihre Magie unterliegen der Geheimhaltung. Wir dürfen nicht über uns sprechen. Deshalb habe ich gelogen.«

Das … das war die Lakritze! Immer, wenn Elina einem der beiden in die Augen sah, konnten sie nicht mehr aufhören zu reden! Elina kam sich vor, als hätte sie ein fettes Brett vorm Kopf gehabt. Laber-Lakritze! Natürlich! Offenbar brachte die andere dazu, in einen Wortsingsang zu verfallen, der wie ein Lied auf Dauerschleife nicht mehr endete – und entlockte ihnen dabei noch geheime Gedanken und anderes Zeugs.

Elina starrte auf den Tisch und sofort verstummte das Gerede. Sie hörte Charlie und Robin erleichtert aufatmen.

Damit war es offiziell: Die Süßigkeiten aus dem Koffer *waren* magisch!

Kapitel 17

Nach ein paar Minuten verflog die Wirkung der Laber-Lakritze endlich und Elina konnte den anderen wieder in die Augen blicken. Robin hatte da eben echt die Büchse der Pandora geöffnet! Elina platzte fast wegen all der Fragen in ihrem Kopf.

»Was du da gesagt hast …«, begann sie.

Robin unterbrach sie. »Ich hätte nichts, *absolut nichts* davon erzählen dürfen. Wie soll ich das nur meinen Eltern erklären? Erst nehme ich einfach unseren Notfallkoffer, gebe ihn Fremden und dann erzähle ich euch auch noch alles. Ich kenne euch nicht mal.«

Elina sah ihn mitfühlend an. »Wir werden nichts verraten. Oder, Charlie?«

»Ich habe eh nur die Hälfte verstanden.« Charlie seufzte. »Was ist ein Süßigkeitenwerker? Und wenn Madame Picot eine von ihnen war, wie kannst du es auch sein? Bist du etwa ein Vampir mit magischer Gabe und lebst schon seit 547 Jahren und bist deshalb immer so mies drauf?«

Robin machte eine grimmige Miene. »Nein! Ich bin dreizehn!«

Elina beugte sich vor. »Du hast doch sowieso schon gegen diesen Pipapo-Pakt der Ehre oder so verstoßen, kannst du es uns nicht erklären? Außerdem war die Lakritze schuld und wir brauchen Hilfe … deine Eltern würden es bestimmt verstehen.«

»Der *Picot-Pakt*«, verbesserte Robin sie. Er schien mit sich zu hadern, denn seine Miene war angespannt und nachdenklich.

Elina hielt Robin ihren kleinen Finger hin. Charlie verstand sofort, was sie vorhatte, und machte es ihr nach.

»Ich, Elina Pfeffer, schwöre hoch und heilig, nichts zu verraten. Ich schwöre auf alles, was mir wichtig ist.«

»Ich, Charlie Sommerfeld, schwöre absolute Geheimhaltung, solange ich lebe.«

»Kommt als Nächstes eine Blutsbruderschaft?«, fragte Robin skeptisch. Dann, nach einigem Zögern, hakte er seinen kleinen Finger bei ihnen ein.

Der Moment fühlte sich bedeutend an, weil der Schwur sie nun miteinander verband. Elina schlug das Herz bis zum Hals. Sie verharrten in dieser Position, bis Robin den Atem ausstieß und der Bann brach.

»Wo fange ich nur an?« Er seufzte. »Belony ist so eine besondere Stadt, weil Madame Picot hier gelebt hat. Den Süßigkeitenwerkern ist es wichtig, im Geheimen zu agieren, und deshalb darf eigentlich niemand wissen, dass die Legende um Madame Picot wahr ist. Sie war die Erste mit Magie und benutzte ihr Talent, um diese an Süßigkeiten zu binden«, erklärte Robin. »Madame Picot war der Meinung, dass man mit Magie vorsichtig umgehen muss, und Süßigkeiten sind vergänglich, so bleibt die Magie darin nicht von Dauer. Das machte sie zu ihrer obersten und wichtigsten Regel. Diese und andere hielt sie im Picot-Pakt fest, der zu einem Ehrenkodex für uns alle wurde.«

»Kann jeder magische Kräfte haben?«, grübelte Charlie.

»Man muss aus der Picot-Blutlinie abstammen. Glaubt mir, ihr wüsstest es, wenn ihr ein Talent hättet.« Robin klang nicht sehr begeistert. »Ein süßes Talent erlaubt es, positive Gefühle und Absichten zu beeinflussen, und ein bitteres Talent genau das Gegenteil.«

Charlie schnappte nach Luft. »So wie in ›gut‹ und ›böse‹?«

Robin schüttelte den Kopf. »Stell dir mal vor, jemand ist sehr mutig und stellt gefährliche Sachen an, dann würde ihm eine Prise Angst vor Gefahren vielleicht das Leben retten. Und jemand, der ständig in Angst lebt, braucht etwas Mut. Die Talente sind wie Yin und Yang, hell und dunkel – zwei Seiten einer Medaille. Jeder Süßigkeitenwerker kann mit seinem Talent einen Teil zum Ganzen beitragen.«

»Welches Talent besitzt du?«, wollte Elina wissen.

»Ich wurde im Dezember, also Winter geboren und habe ein bitteres Talent.« Da Charlie gerade den Mund öffnete, um die nächste Frage zu stellen, fügte Robin rasch hinzu: »Der Monat, in dem man geboren wird, spielt da eine Rolle.«

»Wenn ihr die Magie geheim halten müsst, wieso hast du dann den Koffer überhaupt bei mir abgestellt?«, machte Elina mit der Fragerunde weiter.

Robin zögerte. »Ich habe den Koffer genommen, weil ich dachte, er würde mir beim Lösen meines Problems helfen, aber … das hat nicht funktioniert. Und als ich vor der Schule zufällig deinen Zettel gefunden habe, hatte ich diese Idee. Ich dachte, wir könnten uns gegenseitig helfen und ich … ich musste es einfach riskieren.«

»Du hast eben ganz schön geschauspielert und geflunkert«, murrte Charlie.

»Ich habe doch gesagt, dass es mir leidtut!«, erwiderte er. »Ich wusste einfach nicht … was ich tun sollte, was richtig und falsch ist. Früher durften die Süßigkeitenwerker allen helfen. Im Lauf der Zeit wurden die Regeln des Picot-Pakts aber verändert und strenger. Denn es gab Fälle, in denen die Magie von einigen missbraucht wurde.«

»Gibt es in Belony denn viele Süßigkeitenwerker?«, fragte Elina.

»Nein. Nur meine Familie. Und die tut wirklich alles, um den Leuten in Belony, so gut es geht, zu helfen. Obwohl das verboten ist … es ist kompliziert. Laut Pakt dürfen wir nur noch helfen, wenn jemand unsere Hilfe sucht. Nicht von allein. Meine Mutter findet das unfair … wie sollen die Leute denn von uns erfahren?«

»Das ist auch unfair!« Charlie stellte ihre Tasse geräuschvoll auf den Tisch. »Ihr habt Magie, mit der ihr Gutes tun könnt, und dann muss man da selbst drauf stoßen? Wie soll das denn funktionieren? Was ist das für ein Geheimhaltungsmist?«

Robin sah mit einem Mal ganz ernst aus. »Es gibt eine Art Rat, das Concilium der stärksten und weisesten Süßigkeitenwerker, der sich in der Pflicht sieht, die Picot-Erben und die Magie zu schützen.« Er senkte die Stimme: »Man nennt die Mitglieder des Conciliums auch die Zuckermeister.«

»Sie nennen sich *Zuckermeister?*«, prustete Charlie.

»An deiner Stelle würde ich nicht lachen«, sagte Robin ernst. »Denn die Zuckermeister sind die Einzigen, die eine Verzauberung wie deine umkehren können.«

Charlie blickte ihn skeptisch an, hörte aber auf zu lachen. »Was bedeutet das?«

»Diese Schokolade, von der ihr erzählt habt, und ihre außergewöhnlichen Nebenwirkungen … es klingt, als würde es sich dabei um einen Bitterling handeln.«

»Bitterling?« Elina runzelte die Stirn. Bei all dem Kram kam man ja kaum mit! Für Robin waren diese Begriffe selbstverständlich, doch Elina schwirrte der Kopf.

»Bitterlinge sind die Süßigkeiten, deren Magie nicht mehr richtig funktioniert«, erklärte Robin. »Wie gesagt, Magie verliert in Süßigkeitenform irgendwann ihre Wirkung. Deshalb werden magische Süßigkeiten immer für einen bestimmten Zweck erschaffen.«

»Du meinst, Magie hat ein Haltbarkeitsdatum?« Elina stand der Mund offen.

»Wenn du es so nennen willst, von mir aus.« Robin lehnte sich in seinem Stuhl zurück. »Bitterlinge sind selten. Das Herstellen der magischen Süßigkeiten wird streng geprüft.«

»Warst du deshalb mit Arthur bei Herrn Rauch? Wusstet ihr, dass er Bitterlinge verkauft? Und bedeutet das, Herr Rauch ist vielleicht doch ein Süßigkeitenwerker?«

»Es ist sehr schwer, Bitterlinge zu erkennen. Ich weiß noch nicht viel darüber. Um ehrlich zu sein, waren Arthur und ich dort, weil mein Bruder … er kann echt ein Hitzkopf sein. Meine Eltern trauen ihm nicht so viel zu und er möchte sich beweisen … aber wir wussten zuerst nichts von den

Bitterlingen. Wir haben nur gemerkt, dass was mit Herrn Rauch nicht stimmt, und geglaubt, dass er verzaubert wurde.«

»Weil er nicht er selbst war«, murmelte Elina.

»Genau. Arthur hat ihn im Supermarkt getroffen, wo er sich ganz seltsam benommen und mit dieser Frau gesprochen hat, die später auch im Laden war.« Robin machte eine Pause. »Ich bin eigentlich nur mit, damit Arthur nichts Dummes anstellt, aber dann hat er uns davongejagt und … die ganze Situation war echt seltsam.«

»Althea«, sagte Elina. »Das ist ihr Name. Sie hat was mit Herrn Rauch gemacht!«

»Er konnte sich später nicht mal mehr an sie erinnern«, warf Charlie ein. »Aber können wir bei der Sache bleiben? Ich will nicht mehr verflucht sein! Bitte hilf mir.«

»Gegen die Magie von Bitterlingen kommen nur die Zuckermeister an«, sagte Robin betreten. »Sie kennen sich mit so was am besten aus.«

»Charlie kann nicht so lange warten«, sagte Elina. »Bitte, Robin.«

Robin schob angestrengt die dunklen Brauen zusammen. »Es wäre möglich, dass ich etwas auftreiben kann, was die Nebenwirkungen des Bitterlings kurzzeitig stoppt.«

Charlie schien es kurz die Sprache verschlagen zu haben, also stellte Elina die nächste Frage: »Wie finden wir die Zuckermeister?«

»Der Koffer ist der Schlüssel. Jede Süßigkeitenwerker-Familie hat einen für Notfälle.« Robin legte den silbernen Brief auf den Tisch. »Den habe ich rausgenommen, damit ich selbst auch noch was in der Hand habe. Leider weiß ich noch nicht, wie die Süßigkeiten und dieser Umschlag zusammengehören. Meine Eltern haben uns erklärt, dass der Inhalt des Koffers einen zum Museum der Zuckerkünste führt.«

Elina spürte ein aufgeregtes Kribbeln im Bauch. »Du meintest eben, der Brief wäre ein Rätsel und dass du es nicht allein geschafft hast. Wir könnten es zu dritt lösen!«

»Was ist das Museum überhaupt für ein Ort?«, warf Charlie ein.

Robin sah zwischen beiden hin und her und schien zu überlegen, welche Frage er zuerst beantworten sollte. Er entschied sich für Charlies. »Laut meinen Eltern ist das Museum der verborgene Hauptsitz der Zuckermeister, ein Ort voller Geheimnisse und Magie. Das Museum findet man nicht einfach, denn es wechselt stetig seinen Standort.«

Elina dachte sofort an das Zaubereiministerium aus Harry Potter. Der Gedanke, dass solch ein magischer Ort echt existierte, machte sie neugierig, aber auch nervös.

»Das heißt: Lösen wir das Rätsel, finden wir heraus, was es mit dem Koffer auf sich hat, und dann kommen wir zum Museum und all unsere Probleme verschwinden!«

Robin sah nachdenklich auf den Brief in seinen Händen. »Ich wünschte, meine Eltern hätten mir mehr verraten … ich *muss* dorthin. Gemeinsam können wir es schaffen.«

Charlie legte ihre Hand in die Mitte des Tisches. »Als Team!«

Elina legte ihre obendrauf. »Als Team. Komm schon, Robin!«

Er zögerte, dann machte er es ihr nach. »Als … Team.«

Team, wie schön das klang! Elina lächelte glücklich.

Kapitel 18

Die drei verließen das Café kurz darauf. Elina schwirrte der Kopf von Robins Erzählungen. Robin und Charlie, die den Koffer hielt, gingen zügig vor Elina her.

»Am besten machen wir eine Chatgruppe auf«, schlug Charlie vor.

»Okay. Gib mir kurz dein Handy, dann tippe ich meine Nummer ein«, sagte Robin.

Elina hörte nur mit halbem Ohr zu, denn sie blieb immer mal wieder stehen, um sich umzudrehen. Seit sie aufgebrochen waren, um bis zur Bushaltestelle auf der anderen Seite des Marktplatzes zu laufen, war da dieses dumpfe Geräusch, das näher zu kommen schien. Immer wenn sie sich umdrehte, sah sie jedoch nichts. Woher kannte sie dieses *Klonk! Klonk!* bloß?

Elina horchte angestrengt. Klang fast wie … ein Holzstock, der auf Asphalt traf. Ein mieses Gefühl stieg in ihr auf. Elina drehte sich wieder um. Herr Schnotter! Der wurde echt mit jedem Mal unheimlicher. Er ging ihnen doch nicht etwa nach?

»Leute!« Elina drängte sich zwischen Charlie und Robin. »Herr Schnotter verfolgt uns!«

Robin drehte sich im Gehen kurz um. »Oh, Mann! Du hast recht!«

Elina sah ebenfalls zurück. Nur noch wenige Meter trennten sie von Herrn Schnotter.

»Wieso sieht der so wütend aus?«, fragte Charlie verunsichert.

»Kinder!«, brüllte er. »Gebt mir sofort diesen Koffer!« Das Gesicht des alten Herrn war zu einer Fratze verzerrt und er schwang seinen Stock bedrohlich wie eine Waffe.

Elina packte Charlie und Robin am Arm. »Schnell weg!«

Die drei hetzten die Straße hinunter. Robin voraus, Elina schleifte Charlie und den Koffer mit. Atemlos verschwanden sie in einer schmalen Gasse und hielten kurz an.

»Verstecken!«, sagte Robin.

Sofort hockten sie sich hinter zwei große Müllcontainer.

»Meint ihr, wir haben ihn abgehängt?«, keuchte Elina.

»Der hat einen Gehstock, kein Rennauto«, sagte Charlie.

Robin wagte sich vor und spähte um eine der Mülltonnen. »Ich sehe niemanden«, flüsterte er. »Wie hat er uns gefunden?«

»Uns? Der wohnt doch in *deiner* Straße!«, sagte Charlie. »Um wie viel wollen wir wetten, dass er *dir* gefolgt ist? Der Opa hatte es auf den Koffer abgesehen!«

»Den hattet aber ihr!«, erwiderte Robin.

»Er muss wissen, was sich darin befindet, wenn er ihn haben will«, überging Elina die Streiterei. »Aber woher? Und wieso jagt er uns gleich Angst ein?«

»Du hast mir doch erzählt, er hat im Wald mit wem geredet«, sagte Charlie. »Ob er den Koffer im Auftrag von jemandem stehlen will? Das ist doch kein Zufall!«

»Wald? Wovon redet ihr?«, fragte Robin.

Elina fasste kurz zusammen, was sie neulich beobachtet hatte.

Robin starrte die beiden fassungslos an.

»Da bist du baff, was?«, stellte Charlie zufrieden fest.

»Ja«, sagte Robin leise.

Elina war zu abgelenkt, um den beiden weiter zuzuhören, denn in ihrer Tasche wurde die Münze wieder warm. Nanu?

Irgendwo über ihren Köpfen knirschte und knackte es plötzlich gefährlich. »Was war das?« Elinas Blick schnellte nach oben. Dachziegel! Ohne groß nachzudenken, sprang sie vor und riss Robin zur Seite.

Keine Sekunde später zerbarsten mehrere Dachziegel an der Stelle, an der er zuvor gehockt hatte. Ihr rauschte vor lauter Furcht das Blut in den Ohren.

»Das war vielleicht knapp!«, keuchte sie.

»D-danke«, stotterte Robin.

»Raus aus der Gasse!«, drängte Charlie.

Sie hatte recht! Nichts wie weg!

Vereinzelt fielen weitere Dachziegel herab und verfehlten Elina und ihre Freunde nur um wenige Zentimeter, als sie sich mit zitternden Knien auf die Hauptstraße zubewegten. Einer stürzte haarscharf an Elinas Gesicht vorbei. War das Herrn Schnotters Werk? Konnten magische Süßigkeiten so etwas? Wollte er sie etwa verletzen?

»Elina, wo bleibst du?«, rief Charlie, die weiter vor ihr war.

Elina war wie erstarrt stehen geblieben. Denn da an der

Wand links von ihr leuchteten Buchstaben auf, wie mit Feuer in die Fassade eingebrannt.

Ihr habt etwas, das mir gehört.

Plötzlich spürte sie eine Hand am Arm. Robin war zurückgelaufen, um sie zu holen. Doch als er die Botschaft sah, hielt er inne. »Ach, du heilige …«, zischte er.

»Was ist los?« Atemlos kam Charlie neben ihnen zum Stehen. »Was ist das?«

»Weg«, murmelte Elina, die ihre Benommenheit langsam abschüttelte. »Wir sollten hier wirklich weg.«

Die Schrift verblasste bereits, als sie sich abwandte und mit ihren Freunden aus der Gasse trat. Bis zur Bushaltestelle sagte keiner mehr ein Wort. Die drei saßen schon einige Minuten auf der Bank dort, als Elina es über sich brachte, etwas zu sagen. Zu tief hatte der Schreck gesessen.

»Wie kam diese Botschaft nur an diese Gassenwand?«, fragte sie.

»Robin, du bist der Magieexperte«, murmelte Charlie. »Was *war* das?«

»Keine Ahnung«, gestand er leise.

»Die Ziegel haben sich wie von allein bewegt«, sagte Elina. »Und dann diese Botschaft. Jemand wollte uns Angst machen, das war eine Warnung … bestimmt war das Herr Schnotter. Er wollte unbedingt den Koffer!«

»Mein Herz rast immer noch. Das war heftig«, murmelte Charlie.

»Da draußen ist jemand, der Magie für seine Zwecke

nutzt. Vielleicht Herr Schnotter oder auch Althea – und nun stecken wir mittendrin«, sagte Robin.

Er hat recht, dachte Elina. Das war aufregend und beängstigend zugleich.

»Wir gehen jetzt erst mal nach Hause«, sagte Elina. »Morgen treffen wir uns vor dem Unterricht am … Geräteschuppen, da ist man ungestört. Wir sind alle durcheinander und brauchen erst mal 'ne Mütze Schlaf.« Sie fühlte sich ein wenig wie eine Mutter, als sie das sagte, aber Robin und Charlie waren so neben der Spur, dass jemand entscheiden musste.

Als die Linie 4 kam, verabschiedete sich Robin und stieg in den Bus.

Elina überlegte kurz, ob sie Charlie von der Münze erzählen sollte. Wieso war sie wieder warm geworden – genau wie vor Herrn Rauchs Laden? Doch für heute hatten sich alle genug Sorgen gemacht. Dieses Rätsel würden sie ein anderes Mal lösen.

Die Linie 6 hielt als Nächstes an der Haltestelle und Charlie und Elina waren im Handumdrehen zu Hause. Charlie nutzte den Moment der Verabschiedung, um Elina fest an sich zu drücken. »Danke, dass du mir beistehst.«

Elina drückte Charlie zurück. »Wozu hat man eine beste Freundin?«

»Und du bist die beste von allen«, flüsterte Charlie ihr zu.

Die beiden schlangen die Arme noch fester umeinander, auch wenn der Koffer in Charlies Hand etwas hinderlich dabei war. Elina seufzte zufrieden.

Mit einer besten Freundin ließ sich wirklich alles schaffen!

Kapitel 19

Robin war nicht zur vereinbarten Zeit am Geräteschuppen.

»Hat dieser Junge keine Uhr?«, schimpfte Charlie.

Über Nacht hatte sich ein weiteres Fluchsymptom bei ihr gezeigt: Ihre Gefühle stiegen in farbigem Dampf aus ihren Ohren. Und trotz der kleinen roten Puffwölkchen, die um Charlies Kopf herumwaberten und langsam emporstiegen, sah sie schick wie eh und je aus – ein Teil ihrer Haare war offen und ein anderer wie ein kleiner Kranz geflochten, dazu der lässig weite Pullover …

Blöde Sommerfeld-Gene auch! Elina selbst fühlte sich wie ein Zombie. Die Botschaft in der Gasse hatte sie zu lange wach gehalten und für mehr als ein weißes Shirt und offene Haare hatte ihre Motivation nach dem Aufstehen nicht gereicht.

Elina unterdrückte ein Gähnen.

Robin war echt spät dran …

Charlie und sie standen wie bestellt und nicht abgeholt im Hinterhof.

»Hoffentlich ist ihm nichts passiert«, sagte Elina.

Doch ihre Sorge löste sich sogleich in Luft auf, als Robin um die Ecke des Schuppens gesaust kam und dabei ein Plastiktütchen triumphierend hochhielt. »Bin da!« Ihm standen die wuscheligen Haare zu Berge und sein dunkles Shirt war zerknittert. »Ich habe etwas, das vielleicht Charlies Nebenwirkungen stoppt!«

»Sind das vertrocknete Cornflakes?«, fragte Charlie skeptisch. Dieses Mal war der Rauch aus ihren Ohren blau und Robin glotzte sie verdattert an.

Elina betrachtete den Inhalt des Tütchens. Sah aus wie unförmige braune Krümel.

»Das ist Kukulus-Kontra-Krokant«, erklärte Robin. »Eigentlich sollte man es nicht so essen, aber ich hätte kaum meine Eltern oder Geschwister fragen können, ob sie was mit mir backen. Mein Onkel Kukulus Foodlewood hat es erfunden, und da er gerade irgendwo übers Meer schippert, hatten wir Glück, dass noch was da war.«

»Kuckuck, was?« Charlie starrte angewidert auf das Krokant. Der Rauch wechselte die Farbe zu Gelb.

»Man könnte fast meinen, du sendest Rauchzeichen ab«, sagte Elina. »Irgendwo sieht jemand die bestimmt, also bevor die Feuerwehr hier anrückt, iss was davon.«

Charlie strafte sie mit einem mürrischen Blick. »Dann her mit dem Kuckuckzeugs!«

»Kukulus«, wiederholte Robin. »Es hemmt einige Nebeneffekte magischer Süßigkeiten. Wir benutzen es beim Herumexperimentieren mit neuen Süßigkeiten, wenn etwas

schiefgeht. Ich weiß nicht, ob es bei einem Bitterling wirkt, aber es ist einen Versuch wert.« Er öffnete die Tüte und hielt sie Charlie auffordernd hin. »Hier. Nimm was.«

Charlie schob ihre Hand in die Tüte. Ihre Miene hellte sich auf, als sie etwas vom Krokant probiert hatte. »Mhm, das schmeckt echt gut! Nach Mandeln und Honig.«

»Der Rauch ist weg!«, staunte Elina.

Charlie fasste sich an die Ohren. »Das ist ein Wundermittel! Danke, Robin.«

Robin grinste. »Siehst du, war doch gar nicht so schlimm. Wo ist eigentlich der Koffer?«

»In unserem Baumhaus, in einer Truhe mit Schloss.« Elina zog an der Kordel um ihren Hals und zeigte ihm den Schlüssel, der daran hing. »Was Besseres ist mir nicht eingefallen.«

»Okay, das ist nicht das schlechteste Versteck«, sagte Robin. Er setzte seinen Rucksack ab, verstaute das Krokant darin und zog den silbernen Umschlag heraus. »Wollt ihr das Rätsel hören, damit wir weiterkommen, ehe es klingelt?«

»Hören?«, hakte Elina verwundert nach.

»Ja, hören … wartet's ab«, meinte er.

»Eine Frage noch, was ist eigentlich mit der Pergamentrolle?«, fragte Elina.

»Ach, die. Das ist nur der Vertrag. Den habe ich dringelassen, weil ihr ihn eh nicht öffnen könnt. Der öffnet sich nur für den Beschützer des Koffers.«

»Ich versteh nur Bahnhof«, sagte Charlie.

»Ah, stimmt. Ich vergesse immer, dass ihr keine …« Robin stoppte.

»Dass wir keine Süßigkeitenmagier sind?«, fiel Charlie ihm ins Wort. »Ja, ganz richtig. Ich stehe nicht auf und mache ›Süßigkeiten kommt herbei, reißt jedes Problem entzwei‹. Ihr saust bestimmt auf Zuckerstangen durch die Gegend und tanzt auf dem Hexenberg ums Feuer herum. Nein, warte! Kein Feuer – ein Topf brodelnder Schokolade!«

Bei der Vorstellung von Robin mit Zipfelhut, fliegend auf einer Zuckerstange am Himmel, musste Elina laut lachen. Robin strafte sie sofort mit einem bösen Blick.

»Es heißt *Süßigkeitenwerker«,* verbesserte er sie. »Wir fliegen weder auf Besen noch auf Zuckerstangen durch die Luft, kapiert? Wir nutzen unsere Magie für andere Dinge.«

»Ja, das *Gute«,* sagte Charlie spöttisch. »Auch wenn niemand was davon mitbekommt.«

»Das ist ja auch Sinn der Sache!«, zischte Robin.

»Zurück zur Pergamentrolle?«, meinte Elina.

»Wie gesagt, ein Vertrag. Ein Mitglied jeder Familie muss sich verpflichten, den Koffer zu hüten. Bei uns ist das meine Mutter. Das Z auf dem Wachssiegel steht für Zuckerhut.«

»Merken deine Eltern gar nicht, dass der Koffer fehlt?«, fragte Charlie.

»Der wird in seinem Versteck aufbewahrt, bis er wegen der Haltbarkeit der magischen Süßigkeiten ausgetauscht wird oder eben ein Notfall eintritt«, erklärte Robin.

Elina betrachtete ihn nachdenklich. »Du hast den Koffer heimlich genommen, obwohl er für deine Familie ist und deine Mutter dieses Pergament unterzeichnet hat. Was ist so wichtig, dass nur die Zuckermeister dir helfen können und du so viel riskierst?«

»Ich mache das für meine Familie, deshalb«, wehrte Robin ab.

»Robin …«, setzte Elina an.

»Wollt ihr nun das Rätsel hören oder nicht?«, unterbrach er sie.

»Behalt dein Geheimnis eben für dich, du Gewitterwolke«, meinte Charlie.

Robin verdrehte die Augen, erwiderte aber nichts.

Die drei rückten näher zusammen. Wie bei einer Blütenknospe rollten sich die vier Seiten des Briefes auseinander und schimmernde Lichtpunkte tanzten aus der Mitte empor. Zuerst war da ein leises Summen, dann erklang klarer Gesang. Elina konnte gar nicht richtig zuordnen, ob es eine weibliche oder männliche Stimme war.

Zum gesuchten Schlüssel gehört mehr als ein Stück.
Drei an der Zahl, bringen dir Ehre und Glück.
Um alle davon in ihren Verstecken zu finden,
bring den Mut auf, dich an Zucker und Zauber zu binden.
Knüpfst du zum Koffer erst das magische Band,
wird die glorreiche Karte dabei deine helfende Hand.

Das erste Stück befindet sich nicht
an seinem Recht schaffenden Ort,
denn der Kopf von Belony trägt es stets fort.
Gelangst du zu ihm, hat die Reise begonnen,
und du diesen Teil der Suche gewonnen.

Das zweite Stück ist etwas schwieriger zu finden,
musst du es dafür von der Dunkelheit entbinden.
Im Herzen Belonys, hinter dem silbernen Tor,
schlummert es zwischen alten Träumen,
ragt dabei zum Himmel empor.

Das dritte Stück ist ein Freund alter Geschichten,
wo niemand es vermag, die Seele Belonys zu vernichten.
Es liegt verborgen unter starken Schwingen,
für deinen letzten Sieg muss das richtige Lied erklingen.

Die magische Stimme verstummte und Elina fühlte sich, als würde sie aus einem Traum erwachen und hätte zum ersten Mal echte Magie erlebt, die nichts mit einem Fluch zu tun hatte, dabei hatte sie ja selbst die Laber-Lakritze probiert. Doch das hier war etwas völlig anderes!

In ihr wirbelten die Empfindungen nur so durcheinander. Glück, so etwas Zauberhaftes gehört zu haben. Freude, weil sie diesen unvergesslichen Augenblick mit Charlie geteilt hatte. Aber auch ein Fünkchen Skepsis, denn ein singender Brief, das alles, erschien ihr auch immer noch ein wenig unwirklich.

Sie sah zu, wie die Ecken des Briefes sich schlossen, und war fast enttäuscht, dass es vorbei war. Zwischen all dem Staunen hatte sie sich kaum den Text merken können.

»Das war … unbeschreiblich!«, hauchte Charlie voller Ehrfurcht.

Elina lief ein wohliger Schauer über den Rücken. Es war, als könnte sie die knisternde Magie, die zuvor in der Luft gelegen hatte, noch spüren. »Ja, das war es!«

»Es ist aber ein echt langes Rätsel!«, meinte Charlie. »Da war die Rede von einem Schlüssel, so weit habe ich den ersten Reim behalten, aber … zu was?«

»Na zum Museum der Zuckerkünste!«, sagte Robin. »Drei an der Zahl, das bedeutet, der Schlüssel besteht aus drei Teilen. So weit war ich schon. Aber der Rest ist echt schwer. Ehre und Glück? Zucker und Zauber?«

Elinas Hirn begann zu arbeiten. »Drei Schlüssel, drei Verstecke … und zusammen bringen sie uns zum Museum der Zuckerkünste!«

»Ihr wollt bitte wohin?«, fragte eine kehlige Stimme.

Erschrocken drehte Elina sich um. Der Hausmeister! Er hatte alles gehört!

»Was ist denn ein ›Museum der Zuckerkünste‹?«, fragte er.

Charlie schaltete sofort. »Ach, das gibt es doch nicht in echt«, sagte sie lässig. »Wir spielen so ein Rollenspiel. Zauber und Zucker.« Sie deutete auf Robin. »Er ist Robina, die liebliche Zuckerfee, und lebt im Museum der Zuckerkünste.«

Der Hausmeister verzog das Gesicht. »So was findet ihr Kinder cool?«

»Oh ja«, versicherte ihm Charlie. »Wir lieben es. Nicht wahr, Robina?«

Robin schnaubte. »Lieben. Ja. So. Sehr.« Dann begann er zu lächeln. »Sie ist übrigens Carotti, der Pupstroll, und lebt im Müll. Es war ihre Idee, hier draußen zu spielen.«

Charlie riss empört die Augen auf. »Robin!«

»Ihr Kinder habt wohl zu viel vor euren Computern gehockt«, meinte der Hausmeister.

»Genau deshalb müssen Robina und Carotti jetzt auch zum Unterricht«, mischte sich Elina ein. »Was lernen und so. Wir wünschen Ihnen noch einen schönen Tag. Bye!«

Charlie und Robin zankten sich beim Gang durch den Flur unentwegt.

»Was war das denn für eine Ausrede?«, schimpfte Robin.

»Dir wäre auch nichts Besseres eingefallen!«, erwiderte Charlie.

Elina schüttelte grinsend den Kopf. Sie hatten gerade echte, wahre, hundertprozentige Magie erlebt! Sollten die zwei doch streiten. Beschwingt ging sie zum Unterricht.

Kapitel 20

Elinas Vater hatte einen super Deal abgewickelt und eine kleine Villa in der Nachbarstadt verkauft. Zur Feier des Tages kam er früher heim und brachte Pizza mit. Nach dem Essen ging Piet zum Spielen in sein Zimmer. Elina und ihr Vater räumten noch die fertige Spülmaschine aus, was zu zweit im Nu erledigt war.

»Hast du schon Pläne fürs Wochenende gemacht?«, fragte ihr Vater und lächelte sie an.

Beim Ausblick auf die magische Mission begann jeder Zentimeter ihres Körpers zu kribbeln. Vor Vorfreude und ein wenig vor Sorge. Was, wenn etwas schiefging?

»Ich mache was mit Charlie.«

»Deine Mutter hat mir schon gesagt, ihr wärt jetzt Freundinnen. Schön.« Ihr Vater nahm seine Brille ab und versuchte, mit einem Zipfel seines Hemds einen Fleck zu entfernen. »Piet und ich werden beim Seifenkistenrennen zusehen. Er freut sich schon sehr darauf.«

Davon hörte Elina zum ersten Mal.

»Echt? Ein Seifenkistenrennen?«

»Die Tage haben wir noch beim Abendessen

drüber gesprochen«, meinte er amüsiert. »Du bist momentan sehr abgelenkt. Viele Freundinnensachen im Kopf?«

Elina nickte bloß. Sie konnte ihm unmöglich die Wahrheit erzählen.

»Macht euch auf dem Marktplatz doch eine schöne Zeit! Es wird Stände geben, der Bürgermeister hält eine Rede … könnte ganz lustig werden, oder?«

Elina schmunzelte. Ihr Vater hatte eine merkwürdige Vorstellung von Spaß!

»Das zehnte Jubiläum von Herrn Henley in seinem Bürgermeisteramt wird gefeiert«, plapperte ihr Vater weiter.

Henley? Da klingelte was bei Elina. War der nicht mit Madame Picot auf dem Gemälde in der Galerie des Rathauses verewigt? Gab es Süßigkeiten, die unsterblich machten? Nee! Unmöglich! Robin hatte doch Charlies Vampirspruch über die Unsterblichkeit als Witz abgetan. Solche Süßigkeiten gab es ganz sicher nicht!

Ihr Vater musste ihren verwunderten Blick als Interesse verstanden haben, denn er reichte Elina eine Broschüre. »Hier steht alles drin, Spätzchen.«

»Danke, Papa!«

Unter der Überschrift *Traditionelles Jubiläumsfest: Tiberius Henley zehn Jahre im Amt!* war ein Foto des Bürgermeisters. Dieser Herr Henley und der vom Picot-Gemälde hatten nur die spitze Nase gemein, sonst nichts. Dann war vermutlich schon mal einer der Henley-Vorfahren im Amt gewesen. Bedeutete das, die Henleys wussten über die Süßigkeitenwerker und Zuckermeister Bescheid?

Ein Klingeln unterbrach Elinas Gedankenschleife und sie ging zur Tür.

»Sieh an!«, sagte sie grinsend. »Robina und Carotti.«

»Pass bloß auf, sonst nennen wir dich immer Elfina«, grummelte Robin.

Charlie grinste nur. »Gehen wir ins Baumhaus?«

Eine Klettertour später saßen die drei im Baumhaus auf dem Boden. Sie machten sich gleich daran, dem Rätsel des singenden Briefes noch mal zu lauschen. Einmal, zweimal, dreimal ... bis sie sich alle einige der Zeilen eingeprägt hatten und mit dem Entschlüsseln dieser loslegen konnten.

Robins Theorie mit den drei Schlüsseln an drei Orten erschien ihnen allen stimmig. Gemeinsam untersuchten sie den Koffer nach geheimen Fächern und versuchten, die fest verankerte Karte darin doch noch zu lösen oder irgendwie zu aktivieren. Beides förderte nichts Neues zutage.

Elina deutete auf die drei Vertiefungen im Deckel. »Die sind bestimmt für die Teile des Schlüssels.«

»Das macht Sinn«, stimmte Robin zu.

»Das mit der Karte ist dafür seltsam«, meinte Charlie. »Wieso kann man sie nicht rausnehmen? Und warum sieht sie so verblasst aus? Fast wie eine Bleistiftskizze?«

»Ich denke, die Karte zeigt Belony«, sagte Robin. »Wenn die Karte die ›helfende Hand‹ ist, passiert vielleicht erst was damit, wenn wir der Lösung näher kommen?«

»Wir sollten beim Rätsel anfangen«, sagte Elina. »Ich schätze mal, der Koffer und alles daraus wird uns nur helfen, wenn wir vorher herausfinden, wo die Schlüsselteile sind.«

»Von all dem Denken bin ich durstig geworden«, murmelte Charlie.

»Dann machen wir eine kurze Pause und ich hole uns allen was. Bin gleich wieder da!«

In der Küche holte Elina eine Wasserflasche und drei Becher und stopfte sie in einen Beutel, damit sie gleich auch wieder die Baumhausleiter hochkam. Ihr Blick blieb an der Broschüre kleben, die ihr Vater wohl vergessen hatte wegzuräumen.

Jubiläumsfest des Bürgermeisters, Herr Henley, Picot-Gemälde …

Elina schnappte sich die Broschüre und stürmte in den Garten. So schnell sie konnte, kletterte sie zum Baumhaus hoch, legte den Beutel ab und hielt die Broschüre hoch.

»Ich hatte einen Einfall!«, verkündete sie.

Sie zeigte Charlie und Robin das Foto von Tiberius Henley.

»Dieser Mann ist unser Bürgermeister«, sagte sie. »Er muss ›der Kopf von Belony‹ sein.«

Robin machte große Augen. »Wie kommst du denn darauf?«

»Elina und ich haben in der Rathausgalerie ein Gemälde gesehen, auf dem ein George Henley neben Madame Picot zu sehen war«, sagte Charlie. »Wenn unser derzeitiger Bürgermeister auch ein Henley ist … vielleicht gehört die Familie zu Madame Picots Vertrauten? Er könnte etwas wissen oder für sie aufbewahren!«

»Genau!«, sagte Elina. »Mir ist aber noch was aufgefallen!« Sie zeigte auf die Brusttasche von Tiberius Henleys Anzug. »Hier! Dieses kleine goldene Etwas. Das ist eine Anstecknadel. Die ist nicht nur hier zu sehen, sondern auch auf dem alten Gemälde!«

»Du meinst wie ein Erbstück, das weitergereicht wird?«, kombinierte Robin mit. »An den Bürgermeister, der über die Stadt wacht und … somit ›der Kopf von Belony‹ ist!«

»Ja«, antwortete sie. »Das Rätsel hat es wirklich in sich! Wenn wir nicht im Rathaus gewartet und das Gemälde gesehen hätten, wäre ich niemals darauf gekommen.«

Charlie hatte ihr Handy in der Hand und das Foto aus der Galerie anscheinend auf der Webseite des Rathauses aufgestöbert. »Schaut euch das an!« Sie drehte das Display herum. »Die Anstecknadel ist eigentlich eine Brosche, die aussieht wie ein Bonbon.«

Robin nickte begeistert. »Ich fass es nicht! Eine Bonbonbrosche!«

Elina kam noch mehr ins Grübeln. »Dann ist das Rathaus sein ›Recht schaffender Ort‹, weil er dort wichtige Entscheidungen trifft, und Herr Henley trägt als Kopf von Belony den Schlüsselteil stets fort, weil er schließlich seinen Aufenthaltsort wechselt!

»Wir suchen also nach *drei* Bonbonbroschen«, sagte Robin.

»›Um alle davon in ihren Verstecken zu finden, bring den Mut auf, dich an Zucker und Zauber zu binden‹«, zitierte Charlie einen Teil des ersten Verses.

Elina bewunderte sie für ihr gutes Gedächtnis. Ihr fiel es schwer, sich so etwas zu merken.

»›Zucker und Zauber‹«, grübelte sie weiter. »Das heißt, die Süßigkeiten des Koffers sind dafür da, uns den Bonbonbroschen näher zu bringen.«

»Aber wenn wir jetzt wissen, dass wir den Bürgermeister im Rathaus finden, wieso dann die Karte?«, warf Robin ein. »Was ist ihre Aufgabe als ›helfende Hand‹?«

Alle gingen in sich und dachten darüber nach.

Elina schloss die Augen. Mhm, wenn die glorreiche Karte

ihre helfende Hand sein sollte, vielleicht musste man der Karte seine reichen? So ging doch das Sprichwort: Man reichte jemandem seine helfende Hand.

Sie kniete sich vor den offenen Koffer. Jeder von ihnen hatte die Karte bereits berührt beim Versuch, sie aus dem Koffer zu lösen, aber vielleicht musste man das auf andere Weise tun. Elina legte ihre Handfläche auf die Karte und ließ sie dort. »Wie bekommen wir die Brosche von Bürgermeister Henley?«

Ein warmes Kribbeln durchströmte Elina von der Fingerspitze bis zum Arm und sie löste ihre Hand von der Karte. »Etwas passiert!«, rief sie aufgeregt.

Charlie und Robin kamen näher. Die drei beobachteten, wie das untere Drittel der Karte sich veränderte. Die Linien und Umrisse wurden dunkler, wie mit Tinte nachgezeichnet, und Farben breiteten sich in dem Bereich aus. Es war der Stadtteil mit dem Rathaus, Marktplatz und einigen umliegenden Straßen. Und dann geschah etwas ganz Wundersames: Innerhalb des erleuchteten Teils zeigten sich Bilder, fast wie bei einem Film, der über einen Projektor abgespielt wurde. Da war ein Raum, groß und hell. Ein Kinderzimmer. Ein bärtiger Mann, der einem Mädchen ihren Wunsch ausschlug. Dann veränderte sich die Szene. Sie sagte etwas, brachte ihn zum Lächeln und schien ihn mit einem Mal überzeugt zu haben. Es war, als könnte Elina genau verstehen, was dort vor sich ging, obwohl keine Stimmen zu hören waren.

»Das war fast wie eine Vision!«, sagte Charlie baff.

»Wow!«, hauchte Robin. »So was habe ich noch nie gesehen. Es war so, als könnte ich sogar fühlen und verstehen, was in diesem … diesem Film passiert ist!«

»Seht mal!«, entfuhr es Elina erstaunt.

Im unteren Teil des Koffers begann eine der Süßigkeiten zu schimmern, als wolle sie auf sich aufmerksam machen. »›Knüpfst du zum Koffer …‹«, murmelte sie, »›… erst das magische Band …‹« Da verstand sie plötzlich. »Das Schmeichelnde Schokowunder wird uns helfen, die Brosche zu bekommen! Der Koffer verrät uns, was wir brauchen!«

Elina konnte nicht mehr still sitzen. Sie war voller Tatendrang! Die ganze Sache mit der Magie wurde immer außergewöhnlicher! Was wohl noch alles möglich war?

Charlie, Robin und Elina tauschten einen bedeutsamen Blick.

»Lasst uns einen Plan schmieden!«, sagte sie.

Kapitel 21

Elina biss in ihr Croissant, das sie gerade gekauft hatte, und blickte von der Dachterrasse über den Marktplatz.

»War eine gute Idee hierherzukommen«, sagte Robin. »Man hat einen guten Blick über alles.«

Er stand am Geländer und hielt, genau wie sie, nach Herrn Henley Ausschau. Bisher war von ihm noch keine Spur zu sehen.

Das Jubiläumsfest war die beste Gelegenheit, den Bürgermeister abzufangen, immerhin hielt er hier eine Rede. Charlie, Robin und Elina hatten ihren Plan ausgiebig durchgesprochen und waren sich einig gewesen: Zwar verloren sie dadurch etwas Zeit, aber ohne Termin empfing der Bürgermeister ohnehin niemanden in seinem Büro.

»Wo bleibt eigentlich Charlie?«, fragte Robin,

»Die hat eben in die Gruppe geschrieben, dass sie festsitzt. Ihre Tante kommt unerwartet zu Besuch und Charlies Mutter ist megastreng und lässt sie nicht gehen.«

»Mhm«, machte Robin, ohne eine Miene zu verziehen. »Dann müssen wir das eben ohne sie hinbekommen.«

Elina lehnte sich im Stuhl zurück und beobachtete ihn eine Weile. Sie fragte sich, ob sie inzwischen Freunde waren. Es war manchmal so schwer, ihn zu durchschauen.

»Wie ist das eigentlich mit den magischen Süßigkeiten? Wie stellt ihr sie her? Wie kommt die Magie hinein?«

»Du bist echt neugierig«, sagte Robin.

»Wärst du an meiner Stelle auch.«

»Meine Mutter ist genauso«, meinte er. »Sie baut Spielzeuge und will verstehen, wie alles funktioniert. ›Erfindergeist‹ nennt sie das und meint, es wäre was Gutes.«

»War das ein Kompliment?«, fragte Elina skeptisch.

»Vielleicht«, sagte Robin und grinste dabei sogar.

»Netter Versuch, meinen Fragen auszuweichen«, konterte Elina.

»Schick doch eine Fragenliste an das Büro für Süßigkeitenwerker-Angelegenheiten.«

»Haha.«

»Du und Charlie, ihr seid so verschieden. Wieso seid ihr Freundinnen?«

»Frag doch beim Amt für Mädchenfreundschaften nach.«

Elina würde Robin niemals auf die Nase binden, dass sie bis vor Kurzem gedacht hatte, die Welt würde untergehen, ehe Charlie und sie Freundinnen würden. Doch jetzt machten gerade ihre Unterschiede sie zu den besten Freunden. Charlie war laut, wo Elina leise war, und mutig, während Elina nachdachte. Sie waren wie das bittere und süße Talent, von dem Robin erzählt hatte, sie ergänzten sich und waren gemeinsam stark.

»Oh, nein! Robin, da unten ist Althea!«

Elinas Herz begann zu hämmern. Sie hatte zwischen den Besuchern des Marktplatzes eine Frau mit schwarzem Mantel entdeckt und sofort schlugen ihre Sinne Alarm. War es wirklich Althea gewesen? Wie als Antwort auf ihre Frage begann die Münze zu glühen. Sie hatte sie immer noch in ihrer Jeansjacke und spürte die Hitze erneut durch den Stoff. Vielleicht wurde sie dieses Mal nicht ganz so heiß, weil Althea weiter weg war? Vorsichtig holte Elina sie heraus. Wenn die Münze nur in Altheas Nähe so reagierte, dann musste sie der Schattenangreifer bei Herrn Rauchs Laden gewesen sein.

Doch wieso sollte die Münze Elina auf diese Art vorwarnen? Wie funktionierte ihre Magie bloß?

Robin reckte den Hals. »Wo? Da unten sind echt eine Menge Leute.«

Sie stand auf und trat neben Robin an das Geländer. »Da! Beim Zuckerwattestand! Mit dem schwarzen Mantel!«

Das war eindeutig Althea! Sie sah sich um und lief dann weiter. Wo wollte sie hin? Was hatte sie vor?

»Jetzt sehe ich sie auch!«, sagte Robin.

Althea steuerte gerade den Brunnen an – doch beim nächsten Blinzeln war sie auf einmal verschwunden. Hektisch blickte Elina hin und her. Nein!

Elina fand sie nicht wieder. Robin hatte recht, es waren zu viele Menschen dort unten. Sie drängten sich entlang der vielen Holzbuden, die von Essen und Getränken über Handarbeitzeugs bis zu Fotografien so ziemlich alles anboten. Es war für Althea ein Leichtes gewesen, im Schutz der Masse sekundenschnell unterzutauchen.

»Was ist das für eine Münze?«, fragte Robin und blickte auf ihre Hand.

Stimmt! Er wusste nichts von der Münze. Elina erzählte ihm die ganze Geschichte.

Robins Miene wurde immer finsterer, und nachdem Elina fertig war, riss er ihr ohne Vorwarnung die Münze aus der Hand. »Weißt du eigentlich, was das ist? Das ist eine *Feindesmünze,* Elina!« Wütend schob er die dunklen Brauen zusammen. »Du hättest mir sofort davon erzählen müssen!«

In Elinas Kehle bildete sich ein Kloß. »Eine Feindesmünze?«

Er beugte sich zu ihr, damit sie sein Flüstern verstehen konnte. »Jeder, der dem Picot-Pakt untersteht und seine Magie in etwas anderes als vergängliche Süßigkeiten webt, macht damit etwas absolut Verbotenes. Ich kenne diese Münzen aus einem unserer Bücher. Meine Eltern haben mir gesagt, dass allein der Besitz wie ein Treuebruch ist.«

Robin machte eine Pause. So lange, dass es Elina vor Furcht ganz mulmig wurde.

»Sie haben auch gesagt, dass die Münzen zu einer Zeit verwendet wurden, als sich eine kleine Gruppe Süßigkeitenwerker gegen die Zuckermeister gestellt hat, weil sie sich für etwas Besseres hielten. Sie legten diese Münzen ihren Feinden zu Füßen. Als Zeichen dafür, dass diese unter Beobachtung stehen.« Robin strich mit dem Daumen über das A. »Wofür dieser Buchstabe steht, haben meine Eltern mir nie verraten, aber er kann nichts Gutes bedeuten.«

»Was soll das überhaupt heißen? Ihre Feinde? Unter Beobachtung stehen?«

Robin sah sie mitfühlend an. »Von dem Moment an, wo

du die Münze berührt hast, wurde ein Bann über dich gelegt. Damit weiß der Besitzer der Münze, wo du bist.«

Elinas Knie wurden weich wie Butter. »Wie ein Tracker?«

»Althea hat dir die Münze untergejubelt, nachdem du das Rätsel gelöst hattest. Könnte Teil ihres Plans sein. Du gewinnst die Schokolade, isst sie, wirst verflucht und suchst verzweifelt nach einer Lösung«, sagte Robin ernst.

»Eine Lösung, die mich früher oder später zu den Süßigkeitenwerkern führt«, schlussfolgerte Elina. »Dann weiß Althea, wie Herr Schnotter, vielleicht vom Koffer. Die beiden könnten sogar zusammenarbeiten, um ihn zu bekommen. Nur, warum?«

»Die Nachricht an der Wand war jedenfalls eindeutig«, murmelte Robin. »›Ihr habt etwas, das mir gehört.‹ Das heißt, sie wussten, dass meine Familie einen Koffer hat.«

»Aber wieso ihn dann nicht gleich von euch stehlen?«

»Das müssen wir wohl noch herausfinden.«

»Ich muss die Münze loswerden!«, sagte Elina entschlossen.

»Das geht nicht. Die wirst du nur los, wenn die Münze seinem Eigentümer zurückgegeben wird. Weil du sie als Erste angefasst hast, ist sie auf dich geprägt.«

Puh! Dann waren zumindest Charlie und Robin aus dem Schneider!

»Wieso glüht die Münze wie ein Warnzeichen vor Althea?«

Robin seufzte. »Vielleicht ist etwas beim Verzaubern dieser Münze schiefgelaufen.«

»Althea weiß also durch die Münze, dass ich hier bin.« Elina griff sich den Koffer unter dem Tisch. »Wir müssen uns die Brosche schnappen, ehe sie wieder eingreift.«

Kapitel 22

Robin und Elina warteten links vor der kleinen Bühne auf Herrn Henleys Auftritt. Der Bürgermeister rückte wenig später in Begleitung zweier Anzugträger an, die grimmig dreinschauten. Mit seiner Rede wickelte er die Zuschauer rasch um den Finger, doch Elina schnappte nur hier und da einige Wortfetzen auf.

Althea konnte jeden Moment auftauchen und wer weiß was tun!

Fast schon bereute sie, den Bürgermeister nicht doch in seinem Büro aufgesucht zu haben. Robin, der den Koffer festhielt, wirkte nicht annähernd so ängstlich wie sie.

»Durchatmen«, sagte er beruhigend.

Elina atmete tief ein. »Danke.«

Applaus brandete auf.

Die beiden schlängelten sich nach vorne zum Bühnenrand durch. Der Bürgermeister gab sein Mikrofon an einen Helfer ab und verließ winkend und lächelnd die Bühne. Er trug die Brosche am Revers, unverkennbar. Elina hastete weiter, und als sie direkt vor ihm stand, sah sie den hübschen Stein in der Mitte, der von einem goldenen Metall eingefasst war, das mit den Zacken an einen Stern erinnerte. Ein filigranes Muster zog sich um den Rand und zu beiden Seiten befanden sich kleine Flügel, die der Brosche erst das Aussehen eines Bonbons verliehen.

»Herr Henley, haben Sie kurz Zeit?«, fragte Elina.

Der Bürgermeister sah sie irritiert an.

Leider wurde sie sofort von drei Reportern abgedrängt, die dem Bürgermeister mit der Bitte um Fotos oder ein Statement auf die Pelle rückten. Und durch seine Begleiter, die direkt an seiner Seite standen, erschien die Mauer aus Erwachsenen plötzlich unüberwindbar. Elina hörte Robin fluchen, aber so schnell gab sie nicht auf!

Sie versuchte es von der anderen Seite, doch niemand schenkte ihr Beachtung oder machte ihr Platz. Wäre Elina beim Feldhockey, würde sie sich einfach durch eine beliebige Lücke quetschen oder angreifen – das war manchmal die beste Verteidigung, wie man so schön sagte. Sie gab Robin ein Zeichen, dass er warten solle, und schob sich mit aller Kraft an den Erwachsenen vorbei. Dabei fiel Elina dem Bürgermeister praktisch in die Arme, da er sich genau in diesem Moment doch noch umdrehte.

»Was für eine stürmische junge Dame«, sagte Herr Henley.

»Ich muss unbedingt mit Ihnen reden!«

Der Bürgermeister zeigte ein Zahnpastalächeln. »Selbstverständlich nehme ich mir für jeden Bewohner Belonys Zeit!« Er legte einen Arm um Elinas Schulter und wandte sich mit ihr den Reportern zu, die sofort wie wild zu fotografieren begannen. »Junge Menschen liegen mir am Herzen! Zitieren Sie mich ruhig!« Abrupt ließ der Bürgermeister sie wieder los, und ehe sie sich versah, halfen seine Angestellten ihm beim Rückzug. »Auf mich warten noch andere Pflichten. Auf Wiedersehen!«

Nein! Elina ließ sich nicht abschütteln und folgte ihm. »Herr Henley!«

»Jaja. Das hast du gut gemacht«, antwortete er mit dem Rücken zu ihr und fast schon auf der Flucht. »Publicity ist alles. Mach doch mal ein Praktikum im Rathaus.«

»Ich will kein Praktikum, sondern mit Ihnen sprechen«, erwiderte Elina.

Herr Henley ging in Begleitung seiner Sicherheitsmänner einfach weiter.

»Warten Sie!«, rief Elina.

Einer der Männer drehte sich um und sah sie grimmig an. »Der Bürgermeister hat zu tun. Geh dich amüsieren, Kind.«

»Es ist aber wichtig! Bitte«, drängte Elina.

Der Mann verschränkte die Arme. »Du gehst jetzt lieber.«

Elina blieb verunsichert stehen. Wie waren die denn drauf?

Robin tauchte an ihrer Seite auf. »Alles nur Show!«

»Dann eben mit Zauber und Zucker«, sagte Elina entschlossen.

Robin stellte den Koffer ab und öffnete ihn, sodass Elina das Schmeichelnde Schokowunder herausnehmen konnte. Dann hasteten sie dem Bürgermeister und seinem Gefolge hinterher, die gerade im *Grill am Markt* verschwanden.

»Von wegen Pflichten«, bemerkte Robin.

Zielstrebig drückte Elina die Schwingtür des Lokals auf.

Der Bürgermeister saß an einem Ecktisch, ihm gegenüber seine Bewacher. Er wedelte sich mit einer Speisekarte Luft zu, als wäre ihm furchtbar heiß.

»Bedienung!«, brüllte er. »Wir wollen bestellen.«

»Was für ein aufgeblasener Trottel«, murmelte Robin. »Legen wir los?«

»Ich esse was von der Schokolade, du passt gut auf den Koffer auf, okay?«

Robin nickte. Elina riss die Verpackung des Schmeichelnden Schokowunders auf. Dieses Mal gab es kein Zögern! Sie biss ein großes Stück ab. Es zerschmolz auf ihrer Zunge und schmeckte so sahnig, dass Elina ein glücklicher Seufzer entwich. Das war die beste Schokolade, die sie jemals probiert hatte! Kaum hatte sie den Bissen heruntergeschluckt, begann es in ihrer Kehle zu kribbeln. Eine Woge an Selbstvertrauen wärmte sie bis in die Zehenspitzen hinein und sie ging zielstrebig auf den Tisch des Bürgermeisters zu. Robin war ihr dicht auf den Fersen, als sie dort stehen blieb.

»Du wieder!«, sagte Herr Henley empört.

Elina ignorierte seinen Ausruf und holte tief Atem. Sie schaffte das!

»Soll ich die zwei rauswerfen?«, fragte einer der Sicherheitsleute.

Elina lächelte Herr Henley an. »Sie *möchten* uns aber anhören.«

Der Bürgermeister wirkte kurz irritiert, nickte dann aber. »Was wollt ihr?«

»Ihre Brosche. Wir brauchen sie«, sagte Robin geradeheraus.

Der Bürgermeister lachte. »Das ist ein Erbstück! Die gebe ich nicht her.« Er starrte Robin finster an. »Was will ein junger Bursche wie du überhaupt damit?«

»Dann wissen Sie nicht, was die Brosche so besonders macht?«

»Na, sie hat ein Vermögen gekostet!« Als müsse er sie schützen, fasste er sich ans Revers und bedeckte die Brosche mit der Hand. »Warum stellst du mir all diese Fragen?«

Elina straffte die Schultern. Sie stellte sich vor, wie jedes Wort aus ihrem Mund den Bürgermeister in den Bann zog und verzauberte. Sie musste ihn einfach überzeugen! Charlie und Robin zählten auf sie!

»Herr Bürgermeister«, sagte Elina ruhig. »Sie haben so eine wundervolle Rede gehalten. Man hat bei jedem Ihrer Worte gemerkt, wie viel Ihnen Belony und die Menschen der Stadt bedeuten.«

Kurz war sie ganz überwältigt davon, wie fremd ihre Stimme klang. Weich, anmutig und geschmeidig wie flüssiger Honig.

Herrn Henleys abweisende Haltung verschwand. »Das habe ich?«, fragte er begierig.

Die zwei Anzugträger klebten nun ebenfalls an Elinas Lippen.

Elina spürte, wie ein Vibrieren ihre Kehle kitzelte, und als sie das nächste Mal den Mund öffnete, klang jeder Ton daraus wie das Klingeln einer zarten Glocke. »Das war nicht nur eine Rede, sondern eine Ansprache, die Leben verändern wird! Sie besitzen ein außergewöhnliches Talent, Herr

Henley!« Wow, war das dick aufgetragen, aber sie hatte kurz die Kontrolle verloren. Dem Bürgermeister gefiel die Schmeichelei jedoch. Er sah sie mit glänzenden Augen an und saugte jedes ihrer Worte begierig auf.

»Ich bitte Sie: überlassen Sie mir Ihre Brosche! Ich benötige sie, um meinen Freunden zu helfen«, sagte Elina etwas sanfter. »Herr Henley, Sie als Menschenfreund und Unterstützer der Bürger von Belony müssen doch spüren, wie wichtig mir das ist!«

»Menschenfreund«, wiederholte Herr Henley. Sein Blick wurde richtig glasig und er nickte eifrig. »Ein Unterstützer der Bürger! Und Retter der Hilflosen!«

Robin gab ein Schnauben von sich und Elina trat ihm sofort auf den Fuß, damit er verstummte. Sie zwang sich, wieder zu lächeln. Herr Henley griff nach seiner Brosche, zögerte jedoch. Vielleicht wusste er instinktiv, dass sie einen besonderen Wert hatte.

Elina sah Herrn Henley nachdenklich an. Dabei fiel ihr ein, was die Karte ihnen gezeigt hatte: Das Mädchen, das den Bürgermeister überzeugte.

»Ich würde alles für meine Freunde tun!«, sagte Elina voller Ehrlichkeit und legte ihr ganzes Herz in den Wunsch, an die Brosche zu gelangen. »Ich möchte sie unbedingt beschützen. Doch das kann ich nur, wenn Sie mir die Brosche überlassen.«

In Herrn Henleys Augen schimmerten Tränen. »So, wie ich es auch bei meiner Tochter Leonie tun würde.« Er wischte sich übers Gesicht. »Ich gebe dir meine Brosche!«

Er nahm sie ab und gab sie Elina lächelnd. Elina begann innerlich zu jubeln. Sie versuchte, sich nichts anmerken zu lassen, und reichte Robin die Schokolade, damit er diese wieder in den Koffer packen konnte. Dann nahm sie das Schmuckstück an sich und steckte es ein. »Danke, Herr Henley!«, sagte sie überschwänglich.

»Wir sollten gehen«, flüsterte Robin ihr zu. »Ehe er es sich anders überlegt.«

Sie warf einen letzten Blick auf den Bürgermeister, dann gingen sie nach draußen. Die beiden machten erst ein Stück abseits des Trubels in einer leeren Seitenstraße halt.

Elina setzte sich auf die Stufen vor einem Wohnhaus. »Alles kribbelt!«, sagte sie. »Als ob noch Magie durch meine Adern fließt. Aber wir … wir haben es geschafft, Robin!«

Robin strahlte sie regelrecht an. *»Du* hast das geschafft!«

»Das war die Magie des Schmeichelnden Schokowunders.«

»Nein, das war nicht nur die Magie«, sagte Robin. »Deine Stimme klang zwar samtweich und man wollte dir jedes Wort glauben, aber der Rest war von dir.«

Elina lächelte. »Ja, vielleicht. Von Althea ist auch nirgends eine Spur.«

»Wir sollten besser weiter, durch die Münze findet sie dich überall. Wir wissen nicht, was sie vorhat, und sie könnte schon in der Nähe sein …«

»Ich kenne eine Abkürzung von hier«, sagte Elina und stand auf.

Robin und sie gingen zügig weiter, bogen ab und liefen eine andere Straße hinunter. Aus der Abkürzung wurde nichts, denn eine Sperrung aufgrund des Seifenkistenrennens war dort aufgebaut worden. Hier ging es nicht mehr weiter.

Robin und sie drehten sich um und erstarrten sofort.

Herr Schnotter spazierte ihnen entgegen, den Gehstock hielt er in beiden Händen. Vielleicht damit das Geräusch ihn nicht wieder verriet. Hatte er etwa in einer der umliegenden Gassen vom Marktplatz gelauert? Robin und Elina rückten zusammen.

»Was machen wir jetzt?«, flüsterte Robin.

»Eine der Absperrungen umwerfen?«, flüsterte Elina zurück. »Er darf den Koffer nicht kriegen.«

»Ihr solltet mir jetzt unbedingt zuhören«, sagte Herr Schnotter und sah die beiden todernst an.

Ihr habt etwas, das mir gehört. Wenn die Botschaft aus der Gasse von ihm war, war der alte Herr gefährlicher, als er aussah. Und er besaß Magie. Elina schauderte es.

Robin und sie wichen zurück, bis sie an die Absperrung stießen. Mit einem Mal bekam Elina Panik.

»Wir müssen drüberklettern«, sagte sie. »Du hast den Koffer, geh zuerst.«

»Ich lass dich doch nicht hier!«, sagte Robin.

Elina behielt Herrn Schnotter weiter im Blick. Er blieb einige Meter entfernt stehen.

»Sie kriegen diesen Koffer nicht!«, entgegnete Elina.

Herrn Schnotters Blick glitt zum Koffer. »Der gehört euch nicht. Ihr solltet nicht mit seiner Magie spielen!«

»Was zur Hölle wollen Sie von uns?!«, rief Robin.

Herr Schnotter begann, den Griff seines Gehstocks abzuschrauben, und zog eine schmale Zuckerstange mit blaugrünen Steifen aus dem Inneren heraus.

»Ihr seid ein paar echt freche Gören! Mir Gehör zu verschaffen, ist nicht leicht.«

»Das kann nicht sein«, entfuhr es Robin fassungslos. »Wo haben Sie die her?«

»Ich bin wie du, mein Junge«, antwortete Herr Schnotter. »Ein Süßigkeitenwerker.«

Elina stellte sich schützend vor Robin und den Koffer. »Lassen Sie uns in Ruhe!«

»Es ist nur zu eurem Besten!« Herr Schnotter wickelte die Zuckerstange aus dem durchsichtigen, knisternden Papier. Elina war vor Schreck wie versteinert und auch Robin ging es ähnlich. Damit hatte keiner gerechnet! Was hatte Herr Schnotter vor?

Doch wie durch ein Wunder kam er nicht mehr dazu, ein Stück der Zuckerstange abzubeißen. Ehe er sie an die Lippen führen konnte, flog sie ihm aus der Hand. Herr Schnotter schrie vor Schmerz auf und taumelte erschrocken zur Seite.

»Was steht ihr da noch rum! Lauft endlich los!« Charlie stand am anderen Ende der Straße, in einem hässlichen, geblümten Kleid, die Locken wild zerzaust, eine Steinschleuder in der Hand. Elina war noch nie so froh gewesen, sie zu sehen! Charlie zielte erneut auf Herrn Schnotter. Er rieb sich die Hand und schien noch immer ganz überrumpelt zu sein. Ihre Chance! Elina und Robin stürmten los.

Elina fiel die Zuckerstange ins Auge. Stehen bleiben? Sie mitnehmen? Das Zögern lähmte ihre Beine. Sie konnte die Zuckerstange nicht Herrn Schnotter überlassen! Mit einem kräftigen Tritt zermalmte sie die Süßigkeit unter ihrem Schuh. Jetzt war sie nutzlos!

Herr Schnotter, der sich wieder gefangen hatte, bekam

den Ärmel ihrer Jeansjacke zu fassen, als sie weiterlaufen wollte. »Ich will euch doch nur helfen!«

Der Blick des alten Mannes bohrte sich in ihren. Elina klopfte das Herz bis zum Hals. Er ließ sie jedoch abrupt los, als Charlie Treffer Nummer zwei landete und sein Handgelenk erwischte.

Elina schloss zu ihren Freunden auf. Charlie, Robin und sie rannten, bis ihnen der Atem ausging und sie die Bushaltestelle von der anderen Seite erreichten. Passgenau hielt ein Bus an und sie sprangen die Stufen hinauf. Erst als die drei in der hintersten Reihe Platz genommen hatten, wagte Elina es, aus dem Fenster zurückzublicken. Herr Schnotter stolperte gerade aus der Seitenstraße.

Ich will euch doch nur helfen, hatte er gesagt. Lüge oder Wahrheit?

Kapitel 23

Das Baumhaus war Elinas Rückzugsort, seit die ganze Magie-Sache angefangen hatte, und sie fühlte sich hier oben vor Herrn Schnotter und anderen Gefahren sicher.

»Da bin ich einmal nicht dabei und ihr habt gleich Ärger«, scherzte Charlie.

»Ohne dich sind wir eben kein richtiges Team«, sagte Elina. »Du hast uns gerettet!«

»Ja, danke«, murmelte Robin.

»Wie war das?«, zog Charlie ihn auf. »Ihr hattet echt Glück! Ich habe mich weggeschlichen und überall auf dem Marktplatz nach euch gesucht. Als ich euch entdeckt habe, seid ihr gerade abgebogen und da kam auch schon Herr Schnotter.«

»Woher hattest du denn die Steinschleuder?«, fragte Elina.

Charlie grinste. »Tante Agathe hatte ihren kleinen Sohn dabei. Schrei-Sven. So nennen Ida, Pauline und ich ihn. Der macht nichts außer schreien, weil er so verzogen ist. Er wollte im Garten Vogelnester abschießen, da habe ich sie ihm weggenommen.«

»Herr Schnotter ist ein Süßigkeitenwerker«, wechselte Robin abrupt das Thema.

»Was?«, kreischte Charlie. »Ach du heilige … ähm, Schokolade!«

Abwechselnd berichteten Elina und Robin ihr, was sie erlebt hatten.

»Ich dachte, die Zuckerhuts sind die einzigen Süßigkeitenwerker in Belony. Wann ist diese Fluch-lösen-Sache nur so kompliziert geworden?«, meinte Charlie.

Darauf sagte niemand etwas – wie auch? Es gab keine Antwort.

»Wir haben die Brosche!«, sagte Elina, bemüht positiv.

Charlie hibbelte jedoch nur unruhig herum, statt sich zu freuen.

»Spürst du eine neue Nebenwirkung?«, fragte Elina besorgt.

»Oh ja! Das ist der Jubeljuckreiz. Wegen der Brosche!«

Robin runzelte die Stirn. »Das Krokant sollte aber noch wirken.«

»Das war ein Witz! Es ist dieses grässliche Kleid. So was ziehe ich doch nicht freiwillig an! Alles wegen meiner Tante. Der Stoff kratzt schrecklich auf der Haut.«

Dass sie sich in all dem Chaos um so was wie ihr Kleid Gedanken machte, war so typisch Charlie! Kurz wurde es still, dann mussten alle darüber lachen. Das tat gut! Das Lachen löste Elinas Sorgen und vertrieb auch den letzten Herr-Schnotter-Schreck.

Sie sah die beiden erwartungsvoll an. »Setzen wir die Brosche ein?«

Robin und Charlie betrachteten diese nacheinander und reichten sie schließlich an Elina zurück. Sie öffnete den Koffer und setzte die Brosche in die erste Vertiefung ein. Ein sanftes, prickelndes Gefühl strich ihr über die Hand bis zum Ellbogen, so als habe Elina den Arm in ein angenehm warm sprudelndes Brausebad getaucht. Der Stein in der Mitte des Schmuckbonbons leuchtete kurz auf.

»Echt unspektakulär«, kommentierte Charlie.

»Uns fehlen auch noch zwei Teile des Schlüssels«, sagte Elina.

Robin sprang abrupt auf, sein Handy in der Hand. »Ich muss nach Hause!«

»Was ist los?« Sofort tanzte Elinas Herz aus dem Takt. Hatten die Zuckerhuts das Fehlen des Koffers bemerkt?

»Mein Bruder wartet. Er hat geschrieben, dass er unten an der Straße ist.«

»Was, Arthur ist hier?«, entfuhr es Elina. »Der weiß, wo ich wohne?«

Charlie warf ihr Haar zurück. »Es wäre nur höflich, wenn du uns deinen superschnuckeligen Bruder mal vorstellst. Wo wir doch deine besten Freunde sind.«

»Bitte was?«, meinte Robin. »Der nervt! Kannst ihn gerne haben! Ich habe total unser heutiges Süßigkeitenwerker-Training vergessen und muss jetzt echt gehen.«

»So was vergisst du einfach?«, fragte Elina verwundert.

Robin druckste herum. »Na ja … ich … ist doch egal. Wir schreiben.« Damit verschwand er durch die Luke und war weg. Charlie und Elina sahen ihm durchs Fenster nach.

»Robin ist ziemlich verschlossen«, meinte Charlie.

»Ich bin trotzdem froh, dass wir ihn haben«, sagte Elina.

»Ja, ich auch. Er könnte nur mehr erklären.«

»Stell dir vor, deine Familie hat ein magisches Geheimnis und du darfst es niemandem anvertrauen«, sagte Elina. »Dieses Concilium sagt bestimmt nicht ›Klasse, Robin. Hast zwei Unwissende zu uns geschleppt. Du kriegst einen Orden‹. Die Zuckermeister wollen nicht, dass Menschen wie wir von der Magie erfahren. Robin will uns beschützen.«

Charlie schlang einen Arm um Elina. »Du hast sicher recht und irgendwann rückt er schon damit raus, wieso er zum Museum der Zuckerkünste möchte. Wir können ja schon mal ohne ihn mit dem Lösen vom zweiten Rätsel anfangen.«

Elina seufzte. »Ich muss dir vorher noch was über Altheas Münze erzählen.«

Nachdem Charlie nun endgültig auf dem neusten Stand war, grübelten die beiden zunächst über ein neues Versteck für den Koffer nach. Bei Elina war er dank Altheas Münze nicht mehr sicher.

»Ich hab's!«, sagte Charlie. »Unser Dachboden. Da stehen Dutzende Koffer herum. Manche sehen dem hier sogar richtig ähnlich. Mein Zimmer ist direkt neben der Klapptreppe, wird sicher keinem auffallen, wenn ich dort hochgehe. Perfekt!«

»Finde ich auch!«, sagte Elina.

Von draußen hörte sie ihre Mutter rufen. »Elina, Opa ist da!«

»Ach, Mist«, murmelte sie. »Hab ganz vergessen, dass er kommt!«

»Ich bringe den Koffer einfach ins Versteck, und wenn dein

Opa weg ist, machen wir weiter«, schlug Charlie vor. »Heute ist echt ›Tag der unpassendsten Besuche‹ überhaupt!«

Es dauerte eine Ewigkeit, bis Elina von Kaffee und Kuchen loskam. Wie abgemacht, kletterte sie wieder hoch zum Baumhaus. Dort, wo zuvor ihre Zeichnungen gehangen hatten, befand sich nun eine richtige Ermittlungswand, wie die Polizei sie oft in Filmen benutzte. Charlie hatte Skizzen vom Koffer und der Brosche, jede Menge Post-its mit Teilen des Rätsels und offenen Fragen dort angepinnt. Elina betrachtete eine Weile verblüfft die Zettel.

»Dachte, ich lege schon mal los«, meinte Charlie.

»Sieht auf jeden Fall sehr professionell aus«, sagte Elina anerkennend.

Charlie lächelte. »Ich habe ein bisschen was aus der zweiten Strophe ausgeknobelt. Da heißt es: ›Das zweite Stück ist etwas schwieriger zu finden, musst du es dafür von der Dunkelheit entbinden.‹ Dunkelheit könnte bedeuten, dass die Brosche im Dunkeln zu finden ist. Oder auch im Dunklen verborgen, also einem geschlossenen Versteck.« Charlie sagte weiter auf: »›Im Herzen Belonys, hinter dem silbernen Tor, schlummert es zwischen alten Träumen, ragt dabei zum Himmel empor.‹ Das war anfangs etwas widersprüchlich, denn wenn etwas zum Himmel emporragt, wäre es eher draußen.«

Elina deutete auf einen der Zettel. »Das ist eine Liste möglicher Orte, oder?«

»Ja! Zum Beispiel der alte Eisenbahntunnel am Stadtrand oder der Kirchturm, mit dem Wetterhahn auf dem Dach. Aber nirgends gibt es ein silbernes Tor.«

»Das mit dem Herzen Belonys muss auch wichtig sein«,

meinte Elina. Sie dachte über die erste Brosche nach. »Wenn der Bürgermeister der Kopf von Belony ist, dann müsste das Herz der Stadt auch etwas von Bedeutung für Belony sein. Das mit dem ›zwischen Träumen schlummern‹ führt auch echt in die Irre. Was das wohl heißt?«

Charlie seufzte. »Ich glaube, nicht jedes einzelne Wort ist ein Hinweis, eher der ganze Reim zusammen. Das Schwierige daran ist ja, ihn zu entschlüsseln.«

Elina nickte nachdenklich, während Charlie ein dickes Buch heranzog, das unter Papieren begraben gewesen war. »Ich habe wegen Belonys Herz im Internet nachgeschaut, aber da kommen zig Ergebnisse, die kaum was mit Belony zu tun haben. Daher habe ich oldschool im Geschichtsbuch die Stadtgeschichte nachgeschlagen.«

»Lass mich raten, da steht nichts weiter dazu?«, fragte Elina.

»Nichts! Von der Sache mit dem silbernen Tor fange ich gar nicht erst an.«

»Dann machst du jetzt Pause und ich suche!«, sagte Elina motiviert.

Charlie verschwand kurz, um sich was zu trinken zu holen, und nach ihrer Pause gingen die beiden alle Möglichkeiten durch. Bis Elina zum Abendessen zurück ins Haus musste, hatten die zwei zig weitere Internetforen und Bücher, Karten über die Stadt und deren Sehenswürdigkeiten durch und schauten irgendwann sogar Videos über Verschwörungstheorien rund um die Picotlegende, die sich als Unsinn entpuppten.

Später saß Elina frustriert mit ihren Eltern und Piet am Tisch und starrte ihre Gemüsesuppe nieder. Als ihr Vater wissen wollte, was sie beschäftigte, erzählte sie sogar von ihrer Suche und tarnte es als Schulprojekt. »Herz Belonys, mh? Also mein Herz hat ja deine Mutter!«, hatte er nur gesagt. Magische Rätsel waren doch nicht romantisch! Nachdem alle gegessen hatten, wollte Elina sich nur noch in ihr Zimmer verziehen. Piet kam ihr hinterher und versperrte ihr mit verschränkten Armen den Weg zur Treppe.

»Du machst nur noch was mit Charlie! Ihr habt Spaß und esst im Baumhaus die ganze Zeit leckere Süßigkeiten ohne mich!« Piet schob beleidigt die Unterlippe vor. Er zog eine zerknitterte durchsichtige Folie aus seiner Tasche. »Ich liebe Zuckerstangen! Wieso gebt ihr mir nichts ab?! «

Elina erstarrte. Zuckerstangen? Oh nein! In der Folie war noch ein klitzekleines Stück von einer blau-grün gestreiften zu sehen. Herr Schnotter hatte direkt unter ihrer Nase gezaubert! Panisch fasste sie Piet an den Schultern. »Wo genau hast du das gefunden?!«

»Wenn du mich anschreist, sage ich gar nichts mehr!«

»Es tut mir leid«, sagte Elina schnell. »Bitte, das ist wichtig.«

»Das Papier lag unter dem Baumhaus.«

»Piet!«, rief ihre Mutter. »Komm mal bitte!«

Ihr Bruder düste ab, aber Elina blieb wie angewurzelt im Flur stehen.

Herr Schnotter war in ihrem Garten gewesen und hatte eine magische Süßigkeit benutzt! Ein Glück, dass Charlie den Koffer zuvor woanders versteckt hatte!

Wenn sie doch nur wüsste, was der Zauber des alten Mannes bewirkte, damit sie vielleicht eine Süßigkeit des Koffers benutzen konnte, um seine Magie abzuwenden.

Hoffentlich gab es diese Nacht keine bösen Überraschungen …

Kapitel 24

»Irgendwann hab ich Augenringe bis zum Mond!«, sagte Charlie. »Aber hey, besser als wieder grün zu sein.«

»Ich konnte auch nicht gut schlafen«, erwiderte Elina. »Heute Morgen habe ich kaum meine Cornflakes herunterbekommen wegen dieser Herr-Schnotter-Sache.«

Sie schluckte schwer. Charlie wusste ja nur die Hälfte … ihre Entscheidung fühlte sich trotzdem richtig an. Sie hatte ihre Freundin beschützt, ihr etwas Sorge erspart, zumindest für den Moment, und Elina würde es ihr ja bald noch sagen, wenn sich die passende Gelegenheit bot.

»Meine Mutter hat mich auch ganz komisch angeschaut, als ich nichts essen wollte. Aber wie soll man bei der Aufregung auch fröhlich frühstücken?«

Elina nickte. Die beiden bogen in die Waldstraße ein und sofort wurde ihr das Herz ganz schwer. Was, wenn Herr Schnotter sie jeden Moment noch mal angriff? Sie lugte beim Vorbeigehen in jeden Garten und jedes Fenster, aber sie entdeckte weder den alten Herrn noch seinen Hund. Charlie schien Elinas Nervosität nicht aufzufallen.

»Dafür habe ich gestern Abend was echt Cooles gezeichnet, als ich nicht einschlafen konnte!«, plapperte Charlie weiter. »Ich lege mir jetzt eine Mappe an und irgendwann möchte ich sie Frau Weber zeigen. Vielleicht darf ich dann ja vom Hockey in die Kunst-AG wechseln. Mir egal, was meine Mutter dazu sagt!«

»Das ist eine tolle Idee«, ermutigte Elina sie. »Darf ich sie dann auch sehen?«

»Gerne!«, freute Charlie sich. »Und was gibt's bei dir Neues?«

»Nicht viel«, murmelte Elina. Ihre Gedanken drifteten wieder zu Herrn Schnotter ab. Beim Zähneputzen hatte sie extralange in den Spiegel geblickt, aber von einer Verzauberung keine Spur. Was würde die magische Zuckerstange mit ihr anstellen? War Charlie sicher, weil sie das Kukulus-Kontra-Krokant gegessen hatte?

»Alles okay?«, fragte Charlie.

»Bin nur etwas traurig, weil meine Eltern, Piet und Opa heute Nachmittag ohne mich ins Kino gehen«, antwortete sie. »Magischer Schlamassel geht eben vor.«

»Wir können ja mal zusammen gehen!«, sagte Charlie.

Elina lächelte. »Echt? Das wäre cool!«

Die beiden stoppten vorm Zuckerhut-Haus. Auf der Wendeltreppe des Turms saßen mehrere Krähen und aus der Werkstatt auf der rechten Seite drang lautes Hämmern.

Elina und Charlie gingen durch das Gartentor über die kunterbunt schillernden Steine. Der süße Duft nach Popcorn und Zimt stieg Elina in die Nase.

Charlie klammerte sich plötzlich an ihr fest. »Sieh nur!«

Elina folgte ihrem Fingerzeig. Da huschte was durchs hohe Gras!

Ohne Vorwarnung streifte etwas Kaltes, Schuppiges Elinas Knöchel und sie zuckte erschrocken zusammen. Charlie musste das Gleiche gespürt haben, denn sie begann, schrill wie ein Meerschweinchen zu quieken. Dann gab es irgendwo einen Knall. Elina sah eine Frau aus der Werkstatt auf sie beide zustampfen, die wirkte, als wäre sie unterwegs zu einem Kostümtreff. Über der dunklen Hose und dem weiten Leinenhemd trug sie einen Gürtel, aus dessen unzähligen Taschen allerhand seltsames Zeug herausragte. Köpfe bunter Fläschchen, spitze Instrumente, ein Pfannenwender, Handschuhe und Tücher. Sie hatte ein Gerät mit einem Schlauch auf den Rücken geschnallt, das an einen Staubsauger erinnerte. Ihr Gesicht war voller Ruß und ihre schwarzen Haare hatte sie mit goldenen Bändern zu einer skurrilen Frisur aufgetürmt.

Grüne Augen funkelten Elina und Charlie an. »Ihr kleinen Unruhestifter!«

»Wir sind keine …«, setzte Elina an.

Die Frau zückte den Schlauch wie eine Waffe und richtete die Öffnung auf Elina und Charlie. Mit einem Zischen schoss ein breiter Wasserstrahl auf die beiden und durchnässte ihre Klamotten in wenigen Sekunden. Das Zeug roch nach Lavendel und Honig und war ziemlich klebrig. Elina fühlte sich wie ein begossener Pudel.

»Unruhestifter!«, beendete Charlie ihren Satz.

»Natürlich nicht! Ich meinte die kleinen Kniebeißer!«, sagte die Frau hastig. »Die hassen Lavendelhonigwasser.

Damit lassen sie sich in null Komma nichts aus dem Garten vertreiben. Lästige Biester sind das!«

»Kniebeißer?«, fragte Elina entgeistert.

Sie steckte den Schlauch wieder in ihre Gerätschaft und lächelte fröhlich. »Gestatten, Abigail Lenora Rubio Zuckerhut. Seid ihr Freunde von Penelope?«

»Penelope? Wir sind wegen Robin hier«, maulte Charlie. »Was ist das für ein verrücktes Ding auf Ihrem Rücken und wieso mussten Sie *uns* mit dem Zeug bespritzen?!«

Frau Zuckerhut strahlte. »Robin hat Freunde! Wie aufregend!« Sie schob Elina und Charlie zum Haus wie eine Glucke ihre Küken. »Verzeiht mir! Wir besorgen euch ein paar Handtücher und trockene Sachen – oh, und Limonade! Die macht alles besser!«

Mensch, war die stürmisch! Elina war völlig überrumpelt.

Frau Zuckerhut schob sie ins Bad, reichte ihnen Handtücher und kam Sekunden später mit trockenen Klamotten wieder, die, der Größe nach zu urteilen, Juna gehören mussten. »Ich lass euch mal allein, zieht euch in Ruhe um!«, sagte Frau Zuckerhut freundlich. »Eure nassen Sachen stecke ich später in die Waschmaschine.«

Elina murmelte, noch immer überrumpelt, ein »Danke« und schloss die Tür hinter Robins Mutter ab. Nachdem Charlie und sie fertig waren, die Handys und auch die Münze in den neuen Taschen steckten, gingen die beiden zögerlich hinüber ins Wohnzimmer.

Rufus saß auf dem Boden und baute ein Flugzeug zusammen. »Robins Freundin!«, rief er fröhlich, als er sie sah. »Elenaaaaaaaa!«

»Robin hat eine Freundin?« Arthur kam durch die Tür, die

das Wohnzimmer mit der Küche verband. »Ach, das Liebesbriefmädchen! War dein Name nicht *Elina?*«

»Ach herrje! Es ist doch nicht wieder Inspektorin Kathrina am Telefon?« Ein Mann mit kurzem schwarzem Haar und Brille platzte herein. Er trug so langweilige und eintönige Sachen, dass er im Vergleich zu Frau Zuckerhut viel zu normal wirkte.

»Nicht *Kathrina,* Paps«, sagte Arthur. *»Elina.* Robins Freundin.«

»Ähm«, räusperte sich Charlie. »Elina *und* Charlie. Hallo! Bin ich Luft?!«

»Robin soll gleich *zwei* Freunde haben?« Schon spazierte das dunkelhaarige Mädchen herein, das sie bereits von Fotos kannten. Sie hielt ein Buch in den Händen und blickte erst auf, als sie fast gegen Elina gerannt wäre. »Hi, ich bin Penelope.«

Penelope, Arthur, Rufus und Herr Zuckerhut starrten Charlie und Elina an. Und als wäre das nicht schon komisch genug, gesellte sich plötzlich auch noch Juna dazu.

»Ahh, euch passen die Sachen«, bemerkte sie fröhlich.

»Ja, danke«, brachte Elina hervor.

»Wir sind umzingelt«, flüsterte Charlie.

Sie hatte recht! Das fühlte sich wie ein Überfall an!

Unter den vielen neugierigen Blicken wurde Elina ganz anders. Zuerst fühlte sie sich unwohl, doch alle hatten so nette, offene Gesichter und ihr wurde schnell klar, dass Robins Familie zwar groß und chaotisch war, aber auf der Skala der schrägen Dinge waren sie neben allem Erlebten in diesem Moment nicht sehr weit oben. Was die wohl alle für Talente hatten? Plötzlich stieg Aufregung in ihr hoch.

Das war eine magische Familie und sie stand in ihrem Haus, das sicher voller magischer Geheimnisse war!

»Warum haben sie überhaupt deine Klamotten an?«, fragte Penelope.

»Na, Mama!« Juna ließ sich aufs Sofa plumpsen. »Und ihr Schnickomat.«

»Wir sollten lieber Fallen aufstellen«, bemerkte Arthur. »Lavendelhonigwasser hält Eidechsen nicht auf Dauer fern. Immer dieses Unsinnige-Erfindungen-Austesten!«

»Tu den Eidechsen nichts!«, rief Rufus dazwischen.

»Niemand tut denen was«, versicherte Juna ihm. »Mama sollte auch endlich aufhören, unseren wenigen Gästen eine Gratisdusche zu verpassen. Tut mir echt leid, ihr zwei.«

»Leid?« Frau Zuckerhut kam mit zwei Gläsern ins Wohnzimmer. »Ich habe diese armen Mädchen davor bewahrt, gebissen zu werden! Ich bin eine Lebensretterin!«

Die versammelten Zuckerhuts begannen zu lachen, als wäre dies ein Witz, den man nur verstand, wenn man zur Familie gehörte. Elina und Charlie bekamen von Frau Zuckerhut je ein Glas in die Hand gedrückt und Elina nippte höflich daran. Igitt!

»Selbst gemachte Minze-Rhabarber-Grünkohl-Schorle!« Frau Zuckerhut sah sie erwartungsvoll an.

»Willst du sie vergiften?!«, kam es empört von Robin, der sich auch endlich mal blicken ließ. Mit hochroten Wangen schob er sich an seiner Mutter vorbei.

»Willst du uns denn überhaupt nicht vorstellen?«, feixte Penelope.

»Das sind Elina und Charlie«, sagte Robin schnaufend. »Das ist der bekloppte Haufen, der sich meine Familie nennt. Kommt mit, ehe sie euch an den Füßen aufhängen und Strohhalme in die Nase stecken, damit ihr denen mehr über euch erzählt.«

»Das stimmt doch gar nicht«, sagte Herr Zuckerhut todernst. »Wir hängen unsere Gäste nicht kopfüber auf, sondern kitzeln sie, bis sie sich ergeben.«

Robin nahm Charlie und Elina die Gläser ab und knallte sie auf den Tisch.

»Ihr hättet schreiben sollen«, flüsterte er ihnen zu.

»Ähm, war sehr nett, alle kennenzulernen«, murmelte Elina noch, bevor sie Robin und Charlie hinterherflitzte. Während sie die Treppe hinaufstieg, konnte sie nicht anders, als zu grinsen. Okay, auf der Skala der schrägen Dinge waren die Zuckerhuts doch ziemlich weit oben! Absolut schräg – und absolut liebenswert!

Robins Zimmer war das Letzte auf der linken Seite.

»Puh«, stöhnte er und schob die Tür hinter ihnen zu.

»Du hättest uns ruhig mal warnen können«, schimpfte Charlie.

»Und was soll die Sache mit den Eidechsen?«, fragte Elina.

Robin setzte sich seufzend auf sein Bett. »Meine Familie hat vor einer Weile eine neue Süßigkeit hergestellt, und als wir sie im Garten getestet haben, ist Rufus etwas von dem Zeug runtergefallen und die Eidechsen haben es gefuttert.«

»Ihr habt Eidechsen in menschenfressende Monster verwandelt?« Charlie ließ sich auf Robins Schreibtischstuhl plumpsen. »Das ist doch supergefährlich!«

»Sie fressen keine Menschen«, sagte Robin genervt. »Die beißen nur gerne. Besonders ins Knie. Außerdem lässt die Wirkung irgendwann nach.«

»Welche Süßigkeit bewirkt denn so was?«, wollte Elina wissen.

»Na ja, wir wollten Klammheimlich-Konfekt machen.« Robin kratzte sich betreten am Ohr. »Die Idee war, sich damit klammheimlich aus dem Staub, vielleicht sogar unsichtbar machen zu können. Hat nicht funktioniert.«

»Jetzt ist es Kniebeißer-Konfekt?« Charlie lachte. »Stell dir mal vor, wir würden das Nerv-Jonas unterjubeln, Elina!«

»Das ist *nicht* witzig!« Robin warf ein Kissen nach Charlie, aber die duckte sich weg.

»Tja, bist wohl nicht der beste Süßigkeitenwerker«, zog sie ihn auf.

»Ich will auch gar keiner sein!«, schrie Robin.

Elina, die sich im Zimmer neugierig nach etwas Magischem umgesehen hatte, wandte sich den beiden zu. Mensch, er klang ganz schön wütend! Charlie blickte betreten auf ihre Füße. Elina ging zu Robin, um sich neben ihn zu setzen. Sie stupste ihn an. »Charlie hat einen wunden Punkt getroffen, was? Willst du drüber reden?«

Robin ließ die Schultern heruntersacken. »Ich … will gar kein Süßigkeitenwerker sein. Deshalb muss ich auch zum Museum der Zuckerkünste. Meine Familie hat keine Lizenz.«

»Eine Lizenz für Süßigkeitenwerker?«, hakte Elina nach.

Er nickte. »Mit dieser Lizenz darf man offiziell magische Süßigkeiten herstellen, was die größte Ehre ist, denn die Lizenz bedeutet, dass man seine Magie für das Gute benutzt, ganz wie Madame Picot es wollte. Doch um diese zu bekommen, muss man einige Prüfungen ablegen und über meine Familie wurde ein Verbot dafür verhängt.«

»Aber ihr stellt doch Süßigkeiten her?«, fragte Charlie vorsichtig.

»Das ist wahr«, sagte Robin. »Heimlich, ohne Lizenz. In Belony gibt es viele Menschen, die Hilfe brauchen, und wir riskieren echt viel, indem wir das machen. Meine Eltern wünschen sich seit Ewigkeiten eine Lizenz der Zuckermeister. Das ist ihr Traum.«

»Wieso wurden deiner Familie die Prüfungen verboten?«, fragte Elina.

»Das ist kompliziert. Meine Eltern reden nicht gerne drüber. Mein Paps hat mal zu mir gesagt, dass er und meine Mutter in ihrer Jugend einen Fehler gemacht haben, der sie die Chance auf die Lizenz gekostet hat. Sie haben ein paar der Prüfungen abgelegt, denn man fängt mit dreizehn an, aber Jahre später ist irgendwas passiert, dass sie noch bis heute bereuen. Sie bringen uns ganz viel bei, weil sie hoffen, dass wir vielleicht mal die Chance bekommen, die Prüfungen doch machen zu dürfen. Ich dachte, wenn ich euch helfe, beweise ich den Zuckermeistern, dass wir nicht nur im Kleinen Gutes bewirken können, sondern auch schweren Aufgaben gewachsen sind, und sie heben unser Verbot auf, weil sie sehen, dass meine Familie eine Bereicherung für die Süßigkeitenwerker ist. Mein Plan kommt mir inzwischen ziemlich dumm vor.«

Charlie setzte sich auf Robins andere Seite. »Der ist nicht doof.«

»Der Plan klingt sogar richtig clever«, sagte Elina verständnisvoll.

Robin sah nachdenklich zu Boden. »Von klein auf wurde mir gesagt, dass ich stolz darauf sein kann, von Madame

Picot abzustammen, und dass es meine Pflicht wäre, Menschen mit meiner Magie zu helfen. Das verstehe ich auch, aber ich wäre gerne normal. Ohne magisches Talent.« Er holte tief Luft. »Ein Süßigkeitenwerker zu sein, bestimmt mein ganzes Leben. Ich kann nie tun, was mich glücklich macht. Mit Lizenz dürften meine Eltern ihre geliebten Süßigkeiten herstellen, ohne Ärger zu befürchten. Dann wären sie nicht mehr so versessen darauf, sich auf Juna, Penelope, Rufus und mich zu konzentrieren, weil sie glauben, die Zuckermeister haben irgendwann mal Nachsicht mit uns Kindern. Meine Geschwister und ich würden selbst entscheiden dürfen, ob wir dabei sein wollen oder nicht. Und ich wäre … frei.«

»Und Arthur?«, fragte Charlie.

Robin zögerte. »Arthur hat keine Magie. Ich habe euch doch von dem süßen und bitteren Talent erzählt und dass es etwas mit dem Monat der Geburt zu tun hat. Was ihr noch nicht wisst, ist, wer in einem Schaltjahr geboren wird, verfügt über keine Magie.«

»Woah«, entfuhr es Charlie. »Das ist ja krass.«

»*Krass normal* ist er«, murmelte Robin.

»Arthur ist eher *krass eingebildet«,* scherzte Elina.

Der Kommentar entlockte Robin ein Schmunzeln. Charlie und Elina tauschten einen zufriedenen Blick: Robin aufheitern? Geglückt!

Verrückt, wie oft man sich das wünschte, was man nicht hatte. Es gab sicher einige, die gerne eine magische Gabe hätten. Doch Elina verstand Robin, denn solch ein Geheimnis machte einem bestimmt vieles schwer. Aber es gab auch vieles, was man nicht mit Magie bekam, zum Beispiel Freunde.

»Wir werden die Rätsel lösen und dann wird alles gut!« Elina streckte ihre Hand aus. »Wenn wir zusammenhalten, kriegen wir das hin. Einer für alle und alle für einen. So wie die drei Musketiere. Wir sind das furchtlose Trio!«

Charlie legte ihre Hand auf Elinas. »Oder das Süßigkeiten-Squad.«

»Wisst ihr, ihr seid zwar keine Süßigkeitenwerker …«, Robin legte seine Hand auf Charlies, sodass alle drei Hände vereint waren, »… aber euer Talent ist Freundschaft.«

Elina musste an die Worte ihres Opas denken. Daran, dass Erinnerungen auch Magie waren, weil man ein Leben lang etwas von ihnen hatte. Sie war sich sicher, dass dieser Moment zu genau so einer Erinnerung wurde. Eine besondere, aus eigener Magie.

Kapitel 25

Nach etlichen Stunden, in denen sie sich die Finger bei der wiederholten Suche im Internet wund getippt und die Augen in Büchern müde gelesen hatten, waren sie kein Stück weiter. Wie konnte eine Sache, die einen so simplen Namen wie das Herz Belonys trug, so ein Geheimnis sein? Da lag sicher auch das Problem: Durch den einfacheren Namen gab es zu viele Treffer und die Suche war wie die nach der Nadel im Heuhaufen. Nur dass ihr Heuhaufen aus Blogs, Webseiten und Suchmaschinen bestand.

Irgendwann rauchten ihnen die Köpfe und Robin holte ungefährlich normale Schokomuffins, die Juna gebacken hatte, zur Stärkung. Sie schmeckten super!

»Ich geh mal aufs Klo«, sagte Elina wenig später.

»Am Ende des Flurs ist auch ein Bad, dann musst du nicht runter.«

»Zu deiner verrückten Familie, was?«, zog Charlie ihn auf.

»Meine Familie ist noch lange nicht so verrückt wie dein Fluch!«

Rasch verließ Elina das Zimmer. Ob die zwei jemals zu zanken aufhörten?

Beim Händewaschen grübelte sie über den zweiten Vers nach. »›Im Herzen Belonys, hinter dem silbernen Tor …‹«, murmelte sie, als sie das Badezimmer verließ, »›… schlummert es zwischen alten Träumen, ragt dabei zum Himmel empor …‹«

»Ist das ein Gedicht?«

Sie erschrak fast zu Tode, als Juna und Penelope plötzlich im Flur standen. Da könnte man meinen, sie hätten das Klammheimlich-Konfekt doch perfektioniert! Elina fühlte sich augenblicklich ertappt, dabei hatte sie nichts getan.

»Ach, das ist nur ein … ähm, Kinderreim!«

»Für mich klang es wie ein Gedicht«, sagte Juna. »Oder ein Rätsel.«

»Dann ist das kein schweres Rätsel«, meinte Penelope.

Nicht schwer? Hatte Penelope sofort die Lösung gefunden?

»Sei nicht so abwertend«, rügte Juna sie. »Hilf ihr lieber.«

»Wolltet ihr auch aufs Klo?«, fragte Elina. Sie wusste, dass sie vorsichtig bei dem sein musste, was sie sagte. Sonst würde sie noch etwas über die magische Suche verraten und vielleicht waren Robins Schwestern ja auch nur hier, um sie auszuhorchen.

»Ach, passiert öfter, dass wir uns in der Mitte treffen, wenn die eine auf dem Weg zur anderen ist«, erklärte Juna. »Mein Zimmer ist unten und Penelopes ganz oben.«

»Was macht ihr eigentlich die ganze Zeit bei Robin?«, fragte Penelope.

Aha, die beiden schnüffelten tatsächlich rum!

»Wir …« Elina zögerte. Möglichst wenig preisgeben! »Wir versuchen, diesen Reim zu entschlüsseln. Nur wollen andere ihn auch knacken.«

»Wie bei einem Wettbewerb?«, hakte Juna nach.

»So in etwa. Kennst du echt die Antwort, Penelope?«

Penelope schaute zu Juna, als bräuchte sie die Erlaubnis ihrer älteren Schwester, und bei ihrem Blickwechsel wurde Elina ganz anders. Sie konnten unmöglich wissen, woher das Rätsel stammte, schließlich hatten sie den Koffer nie geöffnet und ihn benutzt. Elina musste vorsichtig sein, was sie als Nächstes sagte, um sich nicht zu verraten!

»Zum Herz der Stadt gibt es eine alte Geschichte«, antwortete Juna.

»Man findet sie auch nur in *speziellen* Büchern«, ergänzte Penelope.

Süßigkeitenwerker-Büchern? Elina wurde ganz aufgeregt.

»Hat das Herz Belonys etwas mit Madame Picot zu tun?«, fragte sie. »In der Legende heißt es doch, sie habe den Menschen mit dem *Bittersüß* neue Hoffnung geschenkt.«

Juna strahlte. »Ja, das stimmt! Penelope liest unheimlich viel und hat das alles sicher noch etwas besser als ich im Kopf. Es gibt so viele Details, die nur … ähm, also in diesen speziellen Büchern stehen. Die … die haben sozusagen nur besondere Liebhaber der Picot-Geschichte und daher wissen viele solche Einzelheiten gar nicht.«

»Da hat sie recht und ich habe sie alle gelesen«, sagte Penelope. »Hast du dich mal gefragt, *wo* Madame Picot die Ideen für all ihre wundervollen Naschereien kamen?«

Elina schüttelte den Kopf. »Nein.«

»Es soll angeblich einen geheimen Teil des Parks geben, in

dem Madame Picot ihre Träume zu Ideen und Rezepten hat werden lassen«, meinte Penelope.

»Einen geheimen Teil?«, fragte Elina ehrfürchtig.

»In den Büchern nennt man den Ort das Herz Belonys«, schloss Penelope.

Wow! Dieser Ort war für Madame Picot so etwas wie das Baumhaus für Charlie, Robin und sie! Ein Platz für Geheimnisse und Wünsche, wo man sich sicher fühlte. Oder auch ein Platz der Träume! Im Rätsel hieß es, der Schlüsselteil schlummere zwischen alten Träumen. Die Brosche musste dort sein!

»Du merkst dir auch alles«, neckte Juna liebevoll ihre Schwester. »Da wäre ich gar nicht so schnell drauf gekommen, wenn ich auch viel aus diesen Büchern weiß.«

Penelope grinste frech. »Kinderleicht für mich!«

»Das hat sehr geholfen. Vielen Dank!«, sagte Elina.

Juna hob verschwörerisch einen Finger an die Lippen. »Sag Robin besser nicht, dass wir geholfen haben. Er will alles allein schaffen. Das bleibt *unser* Geheimnis, ja?«

Elina nickte. Sie spürte, dass sie den Zuckerhut-Schwestern vertrauen konnte.

Aufgeregt eilte sie zurück zu den anderen. Charlie und Robin hatten den Laptop zugeklappt und saßen frustriert nebeneinander auf dem Boden.

»Ich habe die Lösung!«, platzte Elina sofort heraus.

»Kriegst du oft Geistesblitze auf dem Klo?«, fragte Robin.

»Besser auf dem Klo als gar nicht!«, sagte Elina und erzählte, was sie eben erfahren hatte.

»Wir können prüfen, ob Elina mit ihrer Vermutung recht hat«, sagte Charlie. »Mit dem Koffer.«

»Ja, die Karte gibt uns dann sicher einen Tipp«, sagte Elina.

Gesagt, getan! Fünf Minuten später befanden sich die drei auf dem Weg zum Haus der Sommerfelds. Elina konnte es kaum erwarten, Junas und Penelopes Theorie zu testen. Hoffentlich klappte auch alles! Was würde die Karte dieses Mal zeigen?

Charlie war genauso aufgeregt wie sie. »Ich habe Stunden daran geknobelt, wie kamst du auf den Park? Das klingt jetzt einfach total logisch!«

Robin trottete schweigend hinter ihnen her und hörte nur zu. Was ihm wohl gerade durch den Kopf ging?

»Och«, machte Elina. »Ich habe mich an was erinnert, dass Frau Schneider mal in Geschichte gesagt hat.« Sie wollte das Versprechen, das sie Juna gegeben hatte, nicht brechen, aber auch nicht die Lorbeeren einheimsen. »Ich hatte sozusagen Hilfe.«

Charlie sah Elina fragend an und dann schien ihr ein Licht aufzugehen. Elina, die lange auf dem Klo verschwunden war, die Bemerkung gerade … Charlie öffnete den Mund, aber Elina legte einen Finger an ihre Lippen und Charlie nickte verstehend.

Wenig später saßen die drei mit dem Koffer im Baumhaus, wo Robin Charlies Detektivwand bestaunte. »Die ist wirklich toll, Charlie! Aber ich glaube, wir sollten die Sachen lieber abnehmen und verstecken, sonst bekommt sie noch die falsche Person in die Hände.« Er sah sie entschuldigend an. »Okay?«

Charlie wurde wegen seines Kompliments etwas rot, nickte aber. »Du hast recht.«

Gemeinsam nahmen sie die Skizzen und Post-its ab.

»Wir können sie ja in den Koffer tun«, schlug Elina vor.

»Gute Idee«, erwiderte Charlie und verstaute alles im Deckelfach des Koffers.

»Und wenn du schon dabei bist, wieso versuchst du es nicht mit der Karte?«, sagte Robin. Wie lieb von ihm! Das munterte Charlie sicher auf.

Charlies Miene hellte sich tatsächlich sofort auf. »Echt?«

»Klar!«, stimmte Elina zu.

Die drei setzten sich so vor den Koffer, dass sie alle die glorreiche Karte im Blick hatten – Charlie in der Mitte, Elina links und Robin rechts. Elina beobachtete, wie ihre Freundin tief Luft holte und ihre Hand gegen die Karte drückte.

»Der zweite Teil des Schlüssels befindet sich im Park. Bitte hilf uns.«

Charlie zog die Hand zurück. »Wow, das hat ordentlich gekribbelt!«

Wie auch beim ersten Mal sah es aus, als würde die Karte sich ausbreiten und die blassen Zeichnungen erneut in Tinte und Farbe malen. Der zweite Teil schloss wie erwartet den Park mit ein. Dann begann der spannende Part: Wieder flackerten Szenen wie bei einem Film über die Karte: eine verwilderte Mauer voller Efeu und dorniger Ranken. Ein Schleichpfad, der an ihr entlangführte und hinter dicken Ästen und Blättern zu einem versteckten silbernen Tor führte.

»Schaut! Da leuchten wieder Süßigkeiten!«, sagte Elina, nachdem die Vision vorbei war.

»Dieses Mal sind es sogar drei«, wunderte sich Robin.

»Vielleicht ist es einfach schwerer, diese Brosche zu finden, und deshalb will der Koffer, dass wir mehr als eine nehmen?«, rätselte Charlie. »Mich überrascht nichts mehr.«

»Der Koffer ist echt durch und durch magisch«, sagte Elina ehrfürchtig.

»Das finde sogar ich etwas verrückt«, meinte Robin.

Charlie griff nach einer bunt gestreiften Zuckerstange, an deren Schleife ein Schildchen mit dem Namen *Zack-und-weg-Zuckerstange* hing, und drückte es Robin in die Hand. Dann nahm sie die Lichtmacher-Lollipops und gab den durchsichtigen Beutel Elina. »Und als Letztes das Klebefinger-Karamell.« Sie ließ die durchsichtige Tüte voller Karamellwürfel in ihrer Jackentasche verschwinden. »Vielleicht kann man damit Wände hochkrabbeln wie Spiderman! Das wäre cool!«

»Dann hat jeder jetzt eine Süßigkeit«, meinte Elina. »Auch wenn nicht ganz klar ist, was wir mit denen anfangen sollen. Hast du eine Ahnung, was die können, Robin?«

»Ich denke, ein bisschen erklären die Namen schon«, erwiderte er. »Mit der Zuckerstange kommen wir sicher schnell von A nach B oder eben weg. Die Lutscher machen Licht und das Karamell … mhm, schwierig. Manchmal sind Süßigkeiten nicht das, was sie zunächst scheinen. Magie kann echt sehr unberechenbar sein.«

»Wie bei dem Bitterling«, murmelte Charlie.

»Magie, die außer Kontrolle gerät, sowieso«, sagte Robin.

»Was böse Magie angeht«, setzte Elina an. »Da muss ich euch was sagen.«

Sie erzählte Charlie und Robin von Piets Entdeckung der Zuckerstange.

»Herr Schnotter lässt echt nicht locker«, meinte Charlie. »Trotzdem passt da was nicht zusammen. Es hätte doch längst was wegen seiner Zuckerstange passiert sein müssen, oder? Hoffen wir mal, dass die gar nicht magisch war und er einfach nur verrückt!«

»Das ist alles schon echt komisch«, sagte Elina. »Althea ist seit dem Auftauchen auf dem Marktplatz auch nicht mehr aktiv gewesen. Was haben die beiden nur vor?«

»Vielleicht arbeiten sie doch zusammen«, sagte Robin.

»Ich bringe den Koffer lieber wieder ins Versteck«, meinte Charlie.

Elina und Robin nickten. Kurz darauf machten sie sich zum Park auf.

Kapitel 26

Im Park war eine Menge los. Am Rand des Springbrunnens saßen Leute, lasen Bücher, aßen Eis oder unterhielten sich. Andere Besucher hatten es sich auf den Bänken gemütlich gemacht und auf den Rasenflächen spielten Kinder. Charlie, Robin und Elina trennten sich, um an verschiedenen Stellen nach dem Ort, den die Karte ihnen gezeigt hatte, zu suchen. In einer halben Stunde würden sich alle am Kiosk treffen. Elina entschied sich zuerst, ganz klassisch einen der offiziellen Wege abzulaufen. Sie drehte eine Runde um den kleinen Teich und die Rosenbeete, die Mauer, die den Park säumte, stets im Blick. Danach stampfte sie einen Trampelpfad entlang und kämpfte sich durchs Gestrüpp, bis sie bei einer kleinen Ruine herauskam, von deren Mauer kaum noch etwas zu erkennen war. Nirgends eine Spur!

Frustriert schleppte sie sich zurück, bis am Wegrand ein Holzkasten auftauchte, in dem sich eine Karte der Gegend befand. Elina betrachtete das

Gebiet. Der Park musste zu Madame Picots Lebzeiten anders ausgesehen haben. Doch wo konnte der Lieblingsplatz von Madame Picot nur sein? Elina hatte das Gefühl, ihre Gedanken in eine Sackgasse zu fahren. Gäbe es doch etwas, das ihre Gedanken ordnete …

Sie tastete nach einem der Lichtmacher-Lollipops in ihrer Tasche. Robin hatte gesagt, Magie wirkte manchmal anders, als man glaubte. Konnten die ihr vielleicht ein Licht aufgehen lassen? Was hatte sie schon zu verlieren, wenn sie es ausprobierte?

Elina zog einen der Lollipops aus der Verpackung und schleckte kurz daran. Sofort explodierte der köstliche Geschmack von Zitrone auf ihrer Zunge. Dumpf begann er zu leuchten. Tja, nur eine Taschenlampe! Da der Lutscher fast sofort wieder aufhörte zu leuchten, behielt sie ihn in der Hand und ging zum vereinbarten Treffpunkt.

Auf halber Strecke entdeckte sie Charlie und Robin, die lautstark stritten. Einige der Parkbesucher starrten neugierig zu den beiden rüber. Na, prima! Ging es noch auffälliger?

»Du kannst mir nicht verbieten, das Karamell zu benutzen!«

»Oh, doch! Nicht vor all den Leuten!«, zischte Robin.

»Wenn's uns aber hilft! Ich habe da so ein Gefühl!«, beharrte Charlie.

»Es dreht sich nicht alles um deinen Fluch und dich!«, sagte Robin wütend.

Das saß! Charlie traten Tränen in die Augen, doch sie

wischte sie hastig fort und versetzte Robin einen Stoß. »Von dir lasse ich mir nichts sagen!« Schon riss Charlie die Tüte Klebefinger-Karamell auf und schob sich einen der Würfel in den Mund.

Elina eilte zu ihren Freunden. »Was macht ihr denn da?!«

»Miss Ich-weiß-alles dauert die Suche zu lang«, giftete Robin. »Da dachte sie sich, eine magische Süßigkeit vor den Augen aller Menschen zu benutzen, wäre eine gute Idee.«

Durch das klebrige Karamell bekam Charlie die Lippen kaum auseinander, also kaute sie weiter und funkelte Robin nur bitterböse an. Elina bekam ein schlechtes Gewissen. Im Grunde hatte sie gerade genau dasselbe getan, weil sie frustriert gewesen war.

»Ich habe auch ...«

Robin stieß ihr leicht den Ellbogen in die Seite. »Was passiert da?!«

Vor Charlies Schuhen lag plötzlich ein rotes Portemonnaie. Schwups – kullerte ein Ring über den Boden und blieb daneben liegen. Es folgte ein Fußball, dann ein Filzhut und ein Medaillon. Elina blinzelte und ein Spielzeugtruck und ein zerlesenes Buch hatten sich der Sammlung angeschlossen. Als würden unsichtbare Hände Charlie Geschenke zu Füßen legen. Wo kamen die Sachen her?

Charlie riss panisch die Augen auf. »Was ist das für ein blöder Trick?«

»Hey! Diese Bande dort hat mein Portemonnaie gestohlen!«

Elina blickte über ihre Schulter. Eine Frau im blauen Kleid deutete auf sie drei.

Klebefinger-Karamell … oh, nein! Die magische Süßigkeit machte ihrem Namen alle Ehre. Das war ja richtiges Diebesgut-Karamell!

»Das ist ein Missverständnis!«, sagte Charlie zittrig. »Wirklich!«

»Missverständnis?«, rief nun ein älterer Junge. »Meinen Fußball haben die auch!«

»Mein Ring ist verschwunden!«, rief jemand schrill.

Wie ein wütender, kleiner Mob näherten sich die Leute.

Elina fasste Charlie und Robin am Arm. »Weg hier!«

Dieses ständige Weglaufen war echt ätzend! Zumindest lief es sich ohne Koffer viel besser um das eigene Leben, so viel stand fest. Elina versicherte sich, dass Charlie und Robin noch hinter ihr waren. Sie brauchten ein Versteck, aber schnell!

»Elina, deine Hand leuchtet!«, rief Robin plötzlich.

Das stimmte nicht ganz, es war der Lichtmacher-Lollipop! Er strahlte!

»Nicht stehen bleiben!«, kam es von Charlie. »Da ist ein Polizist!«

Auch das noch! Der Mann sprach in ein Funkgerät, dann richtete sich sein Blick auf die drei und er rief: »Hey, ihr da! Stehen bleiben!« Er heftete sich an ihre Fersen.

Im Laufen bemerkte Elina, dass der Lichtkegel des Lollipops regelrecht eine leuchtende Spur bildete, die ihr eine Richtung wies. »Da lang!«

Elina legte einen Zahn zu und lief auf einen Waldweg zu. Sie bedeutete den anderen, ihr durch eine schmale Lücke zwischen mehreren Sträuchern zu folgen. Sie war gerade groß genug, dass Elina durchpasste. Ihr Magen schlug einen Salto, als ihre Füße mit einem Mal den Halt verloren und sie unsanft einen kleinen Hügel hinabpurzelte.

Stöhnend landeten Charlie und Robin neben ihr.

Über ihnen knackte es im Geäst und Kies knirschte unter schweren Stiefeln. Das war sicher der Polizist!

Endlose Herzschläge rührte sich keiner.

»Ich glaube, er ist weg«, sagte Elina.

Die drei halfen einander wieder auf die Beine.

»Es tut mir leid, dass ich das Karamell benutzt habe«, sagte Charlie geknickt. »Ich hätte besser nachdenken sollen. Ist blöd gelaufen. Meint ihr, wir kriegen Ärger?«

»Die haben sich unsere Gesichter bestimmt nicht gemerkt«, antwortete Robin versöhnlich. »Mir tut es auch leid, dass ich dich so angepampt habe, Charlie.«

»Und mir tut es leid, dass ich einen der Lutscher benutzt habe«, murmelte Elina.

»Jetzt reichts aber mit Entschuldigen«, entschied Robin. »Vielleicht musste ja alles auch so kommen. Und bis wir die zweite Brosche haben, lässt die Wirkung vom Karamell sicher nach. Du hast mir übrigens meine Uhr abgezogen.«

Charlie hob betreten die Uhr vom Waldboden auf und gab sie Robin zurück.

»Wo sind wir hier eigentlich?«, fragte sie.

»Der Lollipop hat uns hergeführt«, sagte Elina und deutete auf den Lutscher am Boden. »Ich dachte, er könnte mir ein Licht aufgehen lassen. Hat ja geklappt. Ich habe noch die anderen, am besten benutzen wir die.«

Gesagt, getan. Elina zog einen weiteren Lutscher aus der

Folie und leckte ihn kurz ab, ehe sie ihn zurück hineinschob. Es dauerte nicht lange, da deutete sein Lichtstrahl zwischen einige Zweige in einem hohen Busch. Hier war nicht mehr viel vom gepflegten Park auszumachen. Alles wuchs wild durcheinander. Elina brauchte eine Weile, bis sie ein rostiges Schild, verdeckt von Blättern, frei gemacht hatte. Die Schrift darauf war ziemlich verblasst.

»›Himmelspavillon!‹«, las sie vor. »Das klingt magisch!«

Charlie, Robin und Elina setzten sich in Bewegung. Es gab keinen richtigen Weg, vielmehr eine Stolperfalle nach der anderen aus Wurzeln und Steinen und wucherndem Gebüsch. Irgendwann erschien eine verwilderte Mauer voller Efeu vor ihnen und in unmittelbarer Nähe ein silbernes Tor, dessen Stäbe im Licht der Sonne glänzten.

»Wir haben es gefunden!«, jubelte Robin.

»Wie eine Feenpforte«, flüsterte Charlie.

Elina wagte sich vor und versuchte, das rostige, verzogene Tor aufzuschieben. Gemeinsam mit Charlie und Robin schaffte sie es schließlich. Dahinter lag der wildeste Garten, den Elina je gesehen hatte. Das Gras schien endlos hoch, Wildblumen wuchsen Seite an Seite mit Unkraut und der Himmelspavillon wirkte wie von der Natur zugedeckt. Der Pavillon selbst war früher sicher sehr schön gewesen. Elina verstand, wieso Madame Picot diesen Ort geliebt hatte. Man hatte freie Sicht zum Himmel – in Sternennächten sicher ein unvergesslicher Ausblick! Der ehemals weiße Anstrich war ausgeblichen und schmutzig, Moos wucherte über die Innenwände und Risse zogen sich durch freie Flächen im Stein. Nur ein einziges Fenster des Glasdachs war noch heil.

»Ähm, Leute«, sagte Charlie aufgeregt. »Da ist dasselbe

Symbol wie am Schloss des Koffers! Ein Kochlöffel mit Ranken! Bei der dritten Säule von links!«

Sie stellten sich um die Säule herum auf.

Zögernd berührte Robin das Symbol. »Ich glaube, man kann es schieben.«

Elina und Charlie beobachteten gebannt, wie er den steinernen Kochlöffel einmal im Kreis herumdrehte, bis er wieder einrastete. Augenblicklich öffnete sich genau darunter eine kleine Nische, kaum eine Handbreit groß. Die zweite Bonbonbrosche! Robin nahm sie heraus und alle betrachteten sie ehrfurchtsvoll. Sie war der ersten sehr ähnlich, mit den Bonbonflügelchen und dem Edelstein in der Mitte – nur dass dieser hier von Perlen eingerahmt wurde. Elina war so überwältigt von ihrem Erfolg als Team, dass sie in einer Siegergeste die Faust zum Himmel streckte.

»Das Süßigkeiten-Squad hat es geschafft!«, jubelte sie.

Und bald, ganz bald hatten sie alle Broschen zusammen!

Kapitel 27

Es dämmerte bereits, als sie auf den Ausgang des Parks zusteuerten. Sie hatten eine Weile im Himmelspavillon gesessen und darüber gesprochen, was es wohl mit der Zuckerstange von Herrn Schnotter auf sich hatte und warum ihre Gegner in dem Kampf um den Koffer derzeit so ruhig blieben. Nach einer Weile machten die drei sich auf, um zurück zum Zuckerhut-Haus zu gehen, denn weitergrübeln brachte heute niemanden mehr etwas. Elinas und Charlies Klamotten waren inzwischen bestimmt auch gewaschen und trocken.

Der Park hatte sich bis auf einige Jugendliche und Jogger geleert, keine Spur mehr von einer wütenden Meute oder dem Polizisten. Gemeinsam schlenderten sie die Straße hinunter. Elina schob die Hände in die Taschen von Junas Pullover und tastete nach der Münze. Ob sie die jemals wieder loswurde? Beim Herausziehen fiel einer der Lichtmacher-Lollipops samt Münze auf den Bürgersteig.

Die anderen bemerkten ihr Missgeschick und blieben mit ihr stehen.

Elina bückte sich, doch als ihre Finger die Münze berührten, wich sie hastig zurück, ohne sie oder den Lichtmacher-Lollipop aufzuheben. »Sie ist wieder heiß!«

Ein Angriff! Ausgerechnet jetzt!

Zeit für viele Worte blieb nicht. Wie bei einem Zaubertrick stand auf einmal Althea vor ihnen auf der Straße. Als wäre sie einfach hinter einem unsichtbaren Vorhang hervorgetreten. Ihr Anblick war Elina inzwischen seltsam vertraut: schulterlange blonde Haare, ein kantiges Gesicht und dieser schwarze Mantel, den sie wie ein Markenzeichen trug.

Elina blickte in ein eiskaltes Paar grauer Augen.

»Hallo, Elina«, sagte Althea. Elina wollte ihre Stimme nicht mögen, aber sie klang warm wie ein Sommertag und passte nicht zu ihrem kühlen Blick. »Schön, dass wir uns wiedersehen.«

»Schön? Sie spionieren mir mit Ihrer Münze nach!«, schrie Elina.

»Von Spionieren kann keine Rede sein. Ich dachte, du könntest mich zum Koffer bringen, schließlich warst du klug genug, mein Rätsel zu lösen, und damit lag ich goldrichtig, nicht wahr?«

»Sie haben mich ausgetrickst!«

»Ausgetrickst? Dabei bist du doch so ein cleveres Mädchen.«

»Nehmen Sie die Münze zurück!«, mischte sich Robin ein.

»Oh, ich werde sie zurücknehmen. Wenn ihr mir gebt, was

mir gehört.« Althea fuhr mit der Hand in ihre Manteltasche. »Freiwillig oder eben auf anderem Wege.«

»Wir haben nichts, das Ihnen gehört!«, sagte Charlie energisch.

Elina konnte sehen, dass Charlies Finger zitterten, und auch Robin gab sich alle Mühe, seine Angst zu verbergen. Ihr selbst ging es nicht anders. Doch ihre Freunde und sie waren gemeinsam stark!

»Ich will selbstverständlich den Koffer und alle Broschen, die ihr bisher gefunden habt. Das ist *meine* Fahrkarte zum Museum der Zuckerkünste«, sagte Althea.

Elina wurde unter ihrem harten Blick ganz schwindelig.

Setzte sie etwa gerade einen Zauber gegen sie ein? Oder war das die Aufregung?

»Wir haben keinen Koffer!«, zischte Charlie.

»Wer zum Kuckuck sind Sie überhaupt?«, fragte Elina. »Herrn Rauchs Tochter jedenfalls nicht! Den haben Sie auch reingelegt und verzaubert! Und wozu? Um Bitterlinge unter die Menschen zu bringen? All der Aufwand, um an den Koffer heranzukommen?«

»Wenn Sie von den Broschen wissen, dann müssen Sie auch eine Süßigkeitenwerkerin sein!«, fügte Robin hinzu. »Wieso benutzen Sie nicht Ihren eigenen Koffer?«

»Es wäre besser für euch, keine Fragen zu stellen und mir den Koffer widerstandlos zu überlassen«, erwiderte sie. »Nicht zu vergessen, die Brosche, die deine Freundin bei sich trägt. Her damit!«

Elinas Herz hämmerte wie verrückt. Dieser berechnende Glanz in Altheas Augen war wie eine Warnung. Charlie rückte ängstlich näher zu Elina und griff nach ihrer Hand.

Woher wusste sie überhaupt, dass Charlie es war, welche die Brosche hatte? Und wieso war niemand in der Nähe, der zu ihnen stoßen und helfen konnte?

»Wir geben Ihnen gar nichts!«, sagte Elina mutig. »Sie spielen schon viel zu lange dieses komische Spiel mit uns!« Elina wollte Erklärungen! Woher wusste Althea bloß all diese Dinge? Wieso hatte sie ausgerechnet ihr die Feindesmünze gegeben?

Robin trat vor. »Wir melden Sie den Zuckermeistern!«

»Mich? Melden?« Althea lachte, als habe Robin einen Witz gerissen. »Mein lieber Junge, was, glaubst du, stellen die Zuckermeister mit deinen Freundinnen an, denen du alle Geheimnisse verraten hast? Das hat nicht nur Konsequenzen für sie, sondern auch für dich und deine Familie! Dem Concilium ist nämlich jedes Mittel recht, um seine Macht zu sichern. Du musst noch viel lernen.«

Elina sah, wie Altheas Worte Zweifel in Robin säten. Er wirkte plötzlich verunsichert.

»Meine Freunde mögen das Geheimnis der Magie kennen, aber sie würden die Süßigkeitenwerker niemals verraten! Nicht so wie Sie!«, presste er hervor.

Robin schien einen Nerv bei Althea getroffen zu haben. Es war nur ein kleiner Moment, in dem sich Wut in ihrer Miene spiegelte, aber Elina entging die Reaktion nicht. Genauso wenig wie Robins Hand, die schleichend langsam in seine Tasche glitt. Wollte er etwa …? Die Zack-und-weg-Zuckerstange!

Sie musste Althea ablenken!

»Wir haben magische Süßigkeiten und werden sie auch benutzen, wenn Sie nicht auf der Stelle verschwinden!«

Die Augen der Frau huschten über den Boden. »Du meinst, diesen wertlosen Lutscher? Ihr versteht mich nicht. Ich will euch nichts Böses. Ich möchte einzig und allein, was mir zusteht. Überlasst mir den Koffer und die Broschen und ich verspreche, euch wird nichts geschehen.«

Die Wut in Elinas Bauch flaute etwas ab und sie wusste gar nicht, warum.

»Ihr seid noch so jung und versteht das große Ganze nicht«, sagte Althea.

Elina spürte plötzlich Zweifel in sich heranwachsen. Hatte Althea recht? Sie war eine Erwachsene und wollte nur, was ihr gehörte … es war doch niemandem etwas passiert. Sie schüttelte sich, aber die eindringlichen Gedanken wurden lauter und lauter.

»Ich bin eure Freundin. Vertrau mir, *Elina.*«

Der Klang ihres Namens war wie ein Magnet, der Elina noch mehr anzog. Althea *musste* bekommen, was ihr zustand!

Charlie machte einen Schritt nach vorne. »Ich gebe Ihnen die Brosche!«

»Nicht hinhören, Elina!«, kam es von Robin. »Charlie, wehr dich dagegen!«

Robins Stimme half Elina, gegen den Bann von Althea anzukämpfen. Wie mit Schraubstockfingern umklammerte sie Charlies Hand, damit sie nicht loslief.

»Lass mich!«, schrie Charlie. »Die Brosche gehört ihr! Ich *muss* sie ihr geben!«

»Halt Charlie weiter fest«, flüsterte Robin. »Ich habe einen Plan.«

Durchhalten! Robin würde sie gleich hier wegbringen!

Altheas graue kalte Augen bohrten sich in Elinas. »Ich weiß, wo du lebst. Ich weiß immer, wo du dich befindest. Du willst doch nicht, dass deinem kleinen Bruder etwas zustößt? Ein schrecklicher Unfall oder …«

Plötzlich fasste sich Althea erschrocken an die Kehle.

War das Robin? Nein! Der sah genauso ratlos aus, wie Elina sich fühlte.

»Wie können Sie es wagen, Ihre Magie gegen diese Kinder zu richten!« Hart und unnachgiebig wie ein Winterwind kamen die Worte aus Herrn Schnotters Mund. Der alte Herr kam aus einer Seitenstraße von rechts auf sie zu. »Verschwindet, Kinder!«

Elina war fassungslos. »Herr Schnotter? Was tun Sie hier?«

»Ich dachte, Sie …«, setzte Robin an.

»Keine Zeit für Erklärungen. Verschwindet!«

Ich will euch doch nur helfen, hatte er beim Jubiläums-Fest gesagt. War Herr Schnotter von Anfang an auf ihrer Seite gewesen?

Er stellte sich Althea in den Weg. Als diese auf ihn zustürzte, hörte Elina ein Knacken.

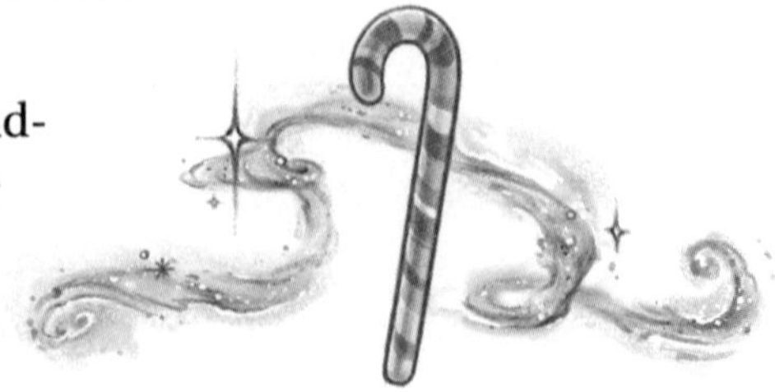

Robin hatte in die Zack-und-weg-Zuckerstange gebissen. Er griff nach ihrer Hand.

Nein, das war nicht richtig! Sie konnten nicht ohne Herrn Schnotter abhauen! Doch die Zack-und-weg-Zuckerstange entfaltete ihre Wirkung und brachte Charlie, Robin und Elina im nächsten Moment fort.

Kapitel 28

Ein Blinzeln genügte und Elina stürzte auf den Holzboden des Baumhauses, gefolgt von Charlie und Robin. Benommen richtete sie sich auf. »Wir müssen zurück!«

»Um was zu tun?«, fragte Robin energisch. »Herrn Schnotter zu helfen? Wir wissen doch gar nicht, ob wir ihm trauen können, nur weil er da aufgetaucht ist!«

»Er hat uns geholfen!«, feuerte Elina zurück. »Und da steckt mehr dahinter! Das weiß ich einfach!«

»Hört auf, euch anzubrüllen!«, ging Charlie dazwischen. »Das war eine verdammt üble Situation und wir sollten alle mal tief durchatmen. Und was meinst du damit, Elina?«

Elina holte tief Luft. »Althea hat da was gesagt. Dass ich ihr helfen sollte zu finden, was ihr gehört. *Zu finden, was ihr gehört.* Klingelt's da nicht bei euch?«

»Die Botschaft aus der Gasse«, sagte Robin. »Die war gar nicht von Herrn Schnotter.«

»Nein, war sie nicht! Er hat beim Jubiläumsfest zu mir gesagt, er wolle uns helfen.«

Robin warf Elina einen entschuldigenden Blick zu.

»Oh«, machte Charlie leise.

Die drei setzten sich hin, um kurz zu verschnaufen.

»Meint ihr, sie tut Herrn Schnotter was?«, fragte Elina.

»Er hat bestimmt Süßigkeiten, um sich zu wehren«, erwiderte Robin.

»Wie sind wir eigentlich hier gelandet?«, fragte Charlie.

»Die Zack-und-weg-Zuckerstange«, erklärte Robin. »Althea findet uns zwar überall mit dieser Münze, aber wir mussten einfach da weg.«

»Das mit ihrer Stimme war echt heftig. Wie Hypnose.« Charlie senkte beschämt den Kopf. »Wieso bin ich als Einzige eingeknickt? Ich wollte ihr die Brosche geben!«

Elina nahm sie kurz in den Arm. »Ich habe es auch gefühlt. Wie einen Zwang.«

Robins Miene wurde bitter. »Fragt mich mal. Ich soll ein Süßigkeitenwerker sein? Meine Eltern haben mir so viel beigebracht und nichts davon hilft uns! Ich war auch kurz davor, Althea alles zu geben, was sie wollte. Von wegen irgendein Talent.«

Die Stimmung war total im Keller. Elina tat es weh, Charlie so hoffnungslos und Robin so niedergeschlagen zu sehen. Eine tolle Freundin war sie! Und Herr Schnotter war wegen ihnen allen in Gefahr. Was hatte es nur mit seinen Zuckerstangen auf sich? Hatte er sie damit beschützen wollen? Geschadet hatten sie ihnen bislang jedenfalls nicht.

»Wenn Herr Schnotter wirklich auf unserer Seite steht, hätte er ruhig mal was sagen können! Schließlich lungert er fast jeden Tag vor unserem Haus herum und führt sich echt durchgeknallt auf. Er *hasst* meine Familie«, nahm Robin den Faden wieder auf.

»Ist das nicht die beste Tarnung?«, sagte Elina. »Ihr habt ihn nie ernst genommen und so konnte er euch schön ausspionieren. Und ich denke, er arbeitet nicht allein. Damals im Wald klang es, als würde er jemandem Bericht erstatten, und wie wir jetzt wissen, war das nicht Althea. Vielleicht gibt es in Belony doch noch mehr Süßigkeitenwerker!«

Elina dachte kurz nach. »Althea ist erst nach und nach in den Vordergrund getreten. Vor Herrn Rauchs Laden hat sie Charlie und mich in Ruhe gelassen, sie war wie auf der Flucht und auf dem Marktplatz hat sie uns vielleicht nur beobachtet. Sie hängt schon länger an uns dran, wieso sollte sie jetzt den Koffer und die Broschen verlangen? Ist ihr jemand auf der Spur und ihr läuft die Zeit davon?«

Charlie und Robin machten grübelnde Gesichter.

Beim Anblick ihrer Freunde breitete sich ein bedrückendes Gefühl in Elina aus.

»Ich bin eine Gefahr für euch. Althea klebt an mir wie ein Schatten«, wisperte sie. »Sie wird uns wieder finden und wer weiß, was dann passiert. Macht ohne mich weiter.«

»Nein, Elina!«, schimpfte Robin. »Du hast gesagt, wir sind ein Team. *Freunde.* Wegen dir sind wir so weit gekommen! Wir brauchen dich, du darfst nicht aufgeben!«

»Wir lassen dich nicht im Stich«, stimmte Charlie zu. »Du machst das alles doch nur wegen uns! Wenn Althea dir oder deinem Bruder oder unseren Familien mit Magie droht, dann benutzen wir unsere eigene!«

Bei Charlies Worten musste sie sofort an Piet denken. Ein Unfall, hatte Althea gesagt. Was, wenn ihre Familie bereits in Gefahr war?

Elina stand abrupt auf. »Ich muss nach Piet sehen!«

»Warte!«, rief Robin ihr nach, doch sie hörte nicht auf ihn.

Im Haus war es still und Elina bekam es mächtig mit der Angst zu tun. Doch dann fiel ihr ein, dass ihre Eltern, Opa und Piet bestimmt noch im Kino waren.

Charlie und Robin tauchten hinter ihr im Flur auf.

»Kurzschlussreaktion«, murmelte Elina entschuldigend.

Charlie nahm Elinas Hand. »Alles wird gut. Gehen wir erst mal zu mir.«

Gemeinsam gingen sie rüber. Alles im Nachbarhaus war modern, schick und ein bisschen glamourös – genau wie jeder der Sommerfelds. Im Obergeschoss zog Charlie die Klappleiter zum Dachboden herunter und alle kletterten hintereinander hinauf. Charlie hatte nicht übertrieben – überall standen Koffer in verschiedenen Größen.

»Hier findet man unseren Koffer echt nicht so leicht«, sagte Elina.

»Da«, sagte Charlie und holte ihn aus einer Ecke heraus. Sie starrte wütend darauf. »Wenn du ach so schlau bist, hilf uns! Wir versuchen alles, um die Broschen zu finden, und jetzt ist diese Althea hinter uns her. Sie ist skrupellos! Wir haben Angst!«

»Du redest mit einem Koffer, das ist dir schon klar?«, fragte Robin.

»Einem magischen Koffer«, erwiderte Charlie. »Schaff uns Althea vom Hals!«

Elina betrachtete den Koffer. Mit Geschimpfe kamen sie hier nicht weiter. Ganz wohl war ihr bei Charlies Worten auch nicht. »Wir sind nicht wie Althea«, sagte sie. »Wir wollen niemanden verletzen, um uns selbst zu schützen. Das ist alles andere als ehrenhaft. Und auch, wenn wir keine

Süßigkeitenwerker sind, wir halten uns an den Picot-Pakt, richtig?«

Mit einem Mal rappelte der Koffer über den Boden und der Deckel sprang auf, als habe er Elinas Antwort an Charlie aufgesogen und für richtig befunden.

Charlie, Robin und Elina wichen erschrocken zurück. Im Inneren leuchtete eine Süßigkeit auf: ein lila Säckchen mit Sternchen. Auf dem Schild stand …

»Beschützende Brausedrops!«, entfuhr es Charlie. »Das ist es! Damit können wir uns und unsere Familien beschützen! Der Koffer will uns wirklich helfen! Hurra!«

Sie schnappte sich das Säckchen und strahlte Robin und Elina an.

»Danke?«, murmelte Elina nun unsicher in Richtung des Koffers.

Robin sah geschockt aus. »Nehmt ihr das ruhig. Wir Zuckerhuts passen auf uns auf, keine Sorge, und meine Eltern fänden es nur verdächtig, wenn ich damit ankomme.«

»Und was unternehmen wir wegen Herrn Schnotter?«, fragte Elina.

»Ich stelle mich krank, damit ich morgen zu Hause bleiben kann, und behalte sein Haus im Auge«, entschied Robin. »Von unserem Turm aus kann man mit einem Fernglas die ganze Straße überblicken. Wenn er nicht wiederkommt oder irgendetwas seltsam ist, dann sage ich meinen Eltern alles.« Er machte ein ernstes Gesicht. »Herrn Schnotter zu helfen, ist dann wichtiger als all unsere Wünsche und Geheimnisse.«

Kapitel 29

»Bin ich froh, dass die Schule endlich vorbei ist!«, sagte Elina. »Der Tag kam mir ewig lang vor.«

Nach diesem Nervenkitzelwochenende hatte es sich nämlich absolut falsch angefühlt, einfach normal weiterzumachen. Ohne Charlie an ihrer Seite wäre sie heute durchgedreht. Robin hatte schon vor ein paar Stunden geschrieben, dass Herr Schnotter zurückgekehrt sei, und Elina wäre am liebsten sofort aus dem Unterricht gelaufen.

Die beiden blieben bei ihren Fahrrädern stehen.

»Glaubst du, die Beschützenden Brausedrops halten, bis wir die letzte Brosche haben?«, fragte Elina, nachdem sie ihr Fahrrad losgekettet hatte.

Charlie machte dasselbe mit ihrem und sah dann zu Elina. »Darüber haben wir doch heute Morgen schon gesprochen«, sagte sie sanft. »Du machst dir wirklich große Sorgen, was?«

Elina nickte stumm. Sie hatte sogar eine Heidenangst! Es könnte so viel schiefgehen …

Im Kopf ging sie die Sache noch einmal ruhig

durch. Die Sommerfelds hatten von Charlie die Brausedrops in die Frühstückssmoothies gemischt bekommen. Piet und ihre Eltern hatten gestern Abend welche davon genascht und bei ihrem Opa waren sie noch vor der ersten Stunde vorbei, um ihm welche anzudrehen … die Wirkung musste einfach halten! Und der Koffer war auch sicher verwahrt in seinem Versteck.

»Es wird nichts passieren«, murmelte Elina.

»Genau! Genug gegrübelt«, neckte Charlie sie.

Die beiden stiegen auf ihre Räder und fuhren los. Bis zur Waldstraße war es nicht so weit und sie bremsten direkt vor Nummer zehn ab. Robin hatte ihnen gesagt, dass Herr Schnotter dort lebte. Sein Haus war trist und unauffällig. Elina und Charlie lehnten die Räder gegen den Gartenzaun. Nachdem Robin aufgetaucht war, klingelten sie gemeinsam. Gebell eines Hundes ertönte, gefolgt vom *Klonk! Klonk!* des vertrauten Holzstocks, dann schwang die Haustür auf.

Elina war erleichtert, dass Herr Schnotter geöffnet hatte und es ihm auf den ersten Blick so weit gut zu gehen schien. »Hallo!«, sagte sie.

Herr Schnotter betrachtete Elina für einige Sekunden, sodass ihr ein Schauer den Rücken hinablief. Er brummte und humpelte durch den Flur zurück.

»Das war wohl eine Einladung von Brummbart senior«, meinte Charlie.

»Brummbart senior?«, fragte Robin.

»Jup, der könnte mit dir verwandt sein, so viel, wie er grummelt und brummt.«

»Ich erzähle Arthur, dass du unausstehlich bist«, zischte Robin.

Elina ignorierte das übliche Gezanke der beiden und begrüßte Tinka, die schwanzwedelnd in der offenen Tür stand und die Szene neugierig betrachtet hatte. Sie strich ihr übers Fell. Der Hund sauste voraus in ein kleines, gemütliches Wohnzimmer mit dunklen Holzmöbeln. Charlie, die Robin als Schutzschild benutzt hatte, damit Tinka ihr nicht zu nahe kam, atmete erleichtert auf, als diese sich brav in ein Körbchen legte.

Herr Schnotter saß in einem Sessel und goss sich Tee aus einer Kanne ein.

»Keine falsche Scheu. Ihr seid doch sonst nicht auf den Mund gefallen.«

Elina setzte sich entschlossen auf das freie Sofa. Robin und Charlie wagten sich hinterher.

»Wussten Sie, dass wir kommen würden?«, fragte Elina.

»Es war nur eine Frage der Zeit, bis ihr euch hertraut«, antwortete er.

Elina betrachtete ihn. Er sah unheimlich erschöpft aus. »Vielen Dank, dass Sie uns neulich gerettet haben. Auch fürs Reinlassen und dass Sie mit uns reden.« Sie zögerte. »Ich bin Elina und das sind meine Freunde Charlie und Robin.«

»Emil Schnotter«, brummte er, dann entstand eine kleine Pause.

»Wie geht es Ihnen?«, fragte Elina einfühlsam. »Wie sind Sie Althea entkommen?«

»Es geht mir den Umständen entsprechend. Ich habe zwar so meine Tricks, aber diese Frau, die du Althea nennst, war zu mächtig für mich. Sie hat mich nur gehen lassen, weil sie mit einer Süßigkeit meine Erinnerungen ausgelöscht hat.«

»Aber, Sie erinnern sich noch?«, fragte Charlie vorsichtig.

Herr Schnotter zögerte. »An das meiste. Ich habe eine beschützende Süßigkeit gegessen, als ich gesehen habe, dass es Ärger gibt. Leider hat sie Altheas Magie nicht vollständig abgewendet. Ich konnte spüren, dass etwas mit mir passiert. Mir Erinnerungen verloren gehen. Welche das jedoch sind … vielleicht erfahre ich es nie.«

»Erinnern Sie sich noch, wie Sie uns gefunden haben?«, fragte Elina.

»Vorausschauende Zuckerstangen«, erklärte Herr Schnotter. »Wenn man sie in der Nähe einer Person isst und sich auf diese konzentriert, erhascht man einen Blick nach vorne. Man schnappt etwas auf, was diese Person noch denken oder tun wird, manchmal sieht man auch etwas, das dieser Person noch passiert. Die Zuckerstangen sind jedoch nicht immer verlässlich, es ist riskant, sie einzusetzen, denn man weiß nie, was dabei herumkommt.«

»Das klingt fast so, als hätten Sie in die Zukunft gesehen«, sagte Charlie ungläubig.

»Nein, Süßigkeitenwerker-Magie hat ihre Grenzen. Der Blick nach vorne ist wie ein winziger Schnipsel, schwer zu deuten. Ich habe gesehen, wie Elina beim Lösen des Rätsels auf den Park kommt. Da wusste ich, dass ihr bald dort aufschlagen würdet, also bin ich in der Nähe geblieben, um euch abzufangen, doch dann wurdet ihr angegriffen.«

»Für Ihre Hilfe sind wir auch sehr dankbar«, sagte Elina.

»Ich verstehe nur nicht, wieso es Ihnen so wichtig war, die Zuckerstangen zu benutzen, um herauszufinden, was wir vorhatten. Wir kennen Sie ja kaum und … da muss etwas dahinterstecken.«

Herr Schnotters Miene war schwer zu deuten. »Du hast recht. Als es mir beim Jubiläumsfest nicht gelang, die Zuckerstange zu benutzen, bin ich zu eurem Baumhaus. Ich habe euch tatsächlich schon länger im Auge – und ja, das hat seine Gründe. Ihr habt sicher viele Fragen.«

Elina zögerte, dann fragte sie: »Herr Schnotter, wer sind Sie eigentlich?«

»Ein Süßigkeitenwerker.«

Robin schnaubte. »Das sagten Sie schon! Wieso weiß niemand davon? Wieso beobachten Sie meine Familie? Wieso verfolgen Sie uns im einen und helfen uns im anderen Moment? Und ganz oben auf der Liste: Können wir Ihnen vertrauen?«

Herr Schnotter nahm einen Schluck aus seiner Teetasse und setzte sie wieder ab. »Das mit dem Vertrauen ist so eine Sache«, begann er. »Man muss es den Menschen freiwillig geben. Ich kann eures nicht erzwingen.«

Elina schluckte schwer. »Wir möchten Ihnen gerne vertrauen.«

»Fangen wir vorne an«, sagte er leise. »Ich lebe im Exil.«

Robin wurde ganz bleich. »Was? Im Exil? Das ist ja noch viel schlimmer, als keine Lizenz zu haben!«

Elina wurde ganz bange. Das klang furchtbar …

Charlie runzelte verwirrt die Stirn. »Was bedeutet das?«

Herr Schnotter starrte die drei grimmig an. »Ich wurde verbannt, bin nicht mehr offiziell als Süßigkeitenwerker registriert und ich darf seit vielen, vielen Jahren auch keine Süßigkeiten mehr herstellen. Ich werde euch nicht alles erzählen, aber ich ... ich möchte, dass ihr mich versteht, denn ich habe etwas entdeckt, das für uns alle wichtig ist.«

Elina schwieg und wartete darauf, dass Herr Schnotter fortfuhr.

»Damals habe ich mich mit meiner Lage abgefunden, habe die Bestrafung akzeptiert. Doch nach und nach wurde der Wunsch nach meinem alten Leben größer. Ich fing an, nach einem Weg zu suchen, den Zuckermeistern einen Handel anzubieten. Doch ich hatte nichts von Interesse für sie, schon gar nichts, das mein Exil aufheben würde.« Er atmete tief durch. »Jahrelang habe ich alles im Blick behalten, Belony, andere Städte, ich habe verzweifelt versucht, etwas zu finden, das die Aufmerksamkeit der Zuckermeister wert wäre. Einmal dachte ich, etwas gefunden zu haben ... doch zu dem Zeitpunkt machte nicht vieles davon einen Sinn. Deshalb fing ich an, mich auf die Zuckerhuts zu konzentrieren.«

Elina kam bei Herrn Schnotters Geschichte kaum hinterher. Sie hatte Mitleid mit ihm wegen dem Exil, aber da war auch gleichzeitig Empörung in ihr. »Sie haben Robins Familie ausspioniert, um ...«

Robin unterbrach sie aufgebracht. »Sie wollten Ihr Leben zurückbekommen, indem Sie meine Familie an die Zuckermeister verraten!«

Herr Schnotter sah Robin ernst an. »Ich war verzweifelt. Sag bloß, du warst noch nie so verzweifelt, dass du alles getan hättest, um aus einer Lage herauszukommen.«

Elina sah, wie Robins wütende Miene weicher wurde.

Oh, ja, dieses Gefühl kannten sie alle sehr gut.

»Wir haben alle Fehler gemacht«, fuhr Herr Schnotter fort. »Manche sind größer als andere. Am Ende zählt aber nur, was wir aus ihnen lernen, mein Junge. Mein Verhalten macht mich nicht besser als Althea, doch als ich erkannt habe, dass ihr mit dem Koffer keinen Unsinn treibt – und sogar in Gefahr schwebt, habe ich meinen Fehler eingesehen. Und ich habe ihn wiedergutgemacht, indem ich euch geholfen habe, oder nicht?«

»Das haben Sie«, sagte Elina kurz entschlossen. »Und wir haben den Koffer vor allem gebraucht, weil Charlie mit einem Bitterling verzaubert wurde.«

»Etwas in der Art habe ich mir inzwischen zusammenreimen können«, erwiderte Herr Schnotter. »Denn nach dem Zusammentreffen mit Althea wurde mir etwas bewusst.«

Er stand auf, ging zu einer Kommode und holte einen schwarzen Hefter heraus. Zurück in seinem Sessel, begann er, dessen Inhalte – lauter alte Zeitungsartikel – auf dem Tisch auszubreiten.

Elina rutschte an die Kante des Sofas und nahm einen der Artikel in die Hand.

Frau verursacht Gewitter! Eine kuriose Gabe!, lautete eine der Schlagzeilen. Elina überflog den Text. »Eine Frau, die beim Luftanhalten Gewitterstürme auslöst?«

»Es fing vor einigen Jahren an. Hin und wieder tauchten solche Meldungen in Zeitungen auf. Ich habe damals alles gesammelt, was mir außergewöhnlich und magisch erschien, doch mir nie einen Reim darauf machen können«, sagte Herr Schnotter. »Ich war mir sicher, dass es sich bei den Meldungen um Menschen handelt, die mit Bitterlingen verflucht worden sind, doch niemand konnte sich später an etwas erinnern. Und als Althea mich selbst vergessen lassen wollte, da habe ich die Verbindung geknüpft. Althea muss in unregelmäßigem Abstand von Stadt zu Stadt gezogen sein, um ihre Bitterlinge zu verteilen. Wie es scheint, mit nur einem Zweck.«

»Die Süßigkeitenwerker aus ihrem Versteck zu locken«, murmelte Elina. Eine ähnliche Theorie hatten sie bereits aufgestellt.

»Der arme Herr Rauch«, flüsterte Charlie, sodass nur Elina es hörte. »Sie hat ihn benutzt, um ihre Bitterlinge zu verteilen, und ihm dann eiskalt das Gedächtnis gelöscht.«

»Althea will ins Museum der Zuckerkünste«, sagte Robin.

»Ganz genau«, sagte Herr Schnotter. »Versteht ihr nun? Es ist egal, wer von uns gegen welche Regeln des Picot-Pakts verstoßen hat oder was wir wollen. Es geht um etwas Größeres als unsere eigenen Probleme. Althea muss aufgehalten werden.«

»Wieso tun Sie das nicht?«, fragte Robin schnippisch. »Mit ihren Süßigkeiten!« Er schien Herrn Schnotter die Spionage noch nicht ganz verziehen zu haben.

Elina blickte zu dem alten Mann. »Woher haben Sie die überhaupt?«

»Eine …« Herr Schnotter zögerte. »Eine Vertraute von mir hat mir einige Süßigkeiten für den Notfall überlassen, als wir uns darauf einigten, dass ich die Zuckerhuts für sie überwache. Sie arbeitet im Museum der Zuckerkünste. Es waren nicht sehr viele und ich habe sie inzwischen alle verbraucht. Die letzte, um euch zu retten.«

»Dann kontaktieren wir diese Vertraute!«, sagte Elina aufgeregt. »Sie kann helfen!«

»Ich … das habe ich bereits versucht.« Herr Schnotter kniff die Augen zusammen und begann, sich die Schläfen zu massieren. »Ich weiß, dass es sie gibt … und sie im Museum der Zuckerkünste arbeitet. Doch wenn ich versuche, mich auf sie zu konzentrieren, entgleitet mir alles. Der Vergessenszauber ist schuld daran.«

Er wandte den Blick zum Fenster.

»Ich bin nur noch ein alter Mann, dessen Kräfte verbraucht sind … so vieles, was ich in meinem Leben getan habe, war falsch. Die Zuckerhuts mögen gegen den Pakt verstoßen, aber sie setzen ihre Magie für Gutes ein. Das konnte ich vorher in meiner Verbitterung nicht erkennen«, sagte Herr Schnotter und klang unendlich traurig. »Ich habe gesehen, wie Süßigkeitenwerker ihre Kräfte missbrauchen, und so was endet nie gut. Ihr müsst Althea aufhalten, für uns alle.«

Bestürzt blickte Elina ihn an. »Wir? Wir sind nur Kinder.«

»Na, vielen Dank auch«, meinte Robin sarkastisch.

»Sehr mutig von Ihnen, uns alleinzulassen!«, sagte Charlie wütend.

Herr Schnotter erhob sich und schaute auf die drei hinunter. Seine Miene war undeutbar, aber er sagte mit einer Stimme so weich, als habe er das Schmeichelnde Schokowunder probiert: »Ihr Kinder seid ehrenhafter als viele Süßigkeitenwerker, die ich kenne. Ihr findet einen Weg.«

Elina wollte ihm unbedingt glauben. Nicht wegen irgendeiner Magie, sondern weil Herr Schnotter so hoffnungsvoll klang.

»Ich glaube, wir sollten jetzt gehen«, sagte Robin und stand auf.

Ihm war deutlich anzusehen, wie enttäuscht er war – genau wie Charlie.

Herr Schnotter brachte sie zu Tür. Charlie und Robin waren schon die Treppen hinunter, doch Elina blieb zurück. »Ich bin froh, dass sie uns das alles erzählt haben.«

Er sah sie besorgt an und streckte ihr etwas entgegen. »Die hast du verloren.«

Die Münze! Er musste sie im Park aufgehoben haben! »Danke«, sagte Elina. So hatte sie zumindest eine Chance, den Feindeszauber irgendwann loszuwerden.

»Eines noch«, sagte Herr Schnotter. »Wenn du das nächste Mal Angst hast, erinnere dich daran, dass du nicht allein bist. Nicht so wie Althea. Das ist wichtig.«

Elina blickte zu ihren Freunden. »Ich werde es nicht vergessen.«

Herr Schnotter lächelte schwach. »Das hoffe ich.«

Kapitel 30

Elina öffnete Charlie am nächsten Morgen um kurz nach sechs die Tür und sie schlichen auf leisen Sohlen in ihr Zimmer, damit der Rest ihrer Familie nichts mitbekam. Charlie legte den mitgebrachten Koffer auf Elinas Bett ab. Die beiden hatten gestern ausgemacht, vor der Schule den Bestand der Süßigkeiten durchzusehen. Vielleicht konnten sie etwas davon im Notfall noch einmal verwenden.

Was Herr Schnotter ihnen gestern erzählt hatte, hatten sie alle erst mal sacken lassen müssen. Einen Fluch lösen? Schwer! Gegen eine Frau kämpfen, die mehr Wissen und Magie hatte als sie alle zusammen? Eine, gegen die nicht mal ein erfahrener Süßigkeitenwerker wie Herr Schnotter ankam? Unmöglich! Da brauchten sie jede Süßigkeit, die sie kriegen konnten!

»Es waren insgesamt acht Süßigkeiten«, sagte Elina. »Das Schmeichelnde Schokowunder, die Laber-Lakritze, die Lichtmacher-Lollis, das Klebefinger-Karamell, die Beschützenden Brausedrops und die Zack-und-weg-Zuckerstange haben wir schon benutzt. Von einigen ist noch was da. Ob wir die gebrauchen können?«

»Wir sollten den Koffer heute einfach mit zur Schule nehmen«, schlug Charlie vor.

»Der fällt doch total auf«, meinte Elina.

»Kann trotzdem sein, dass wir ihn brauchen«, erwiderte Charlie. »Wir sagen einfach allen, der gehöre deinem Opa und wir müssten ihm den nach der Schule bringen.«

»Und dann hüten wir ihn wie einen Schatz?«, fragte Elina belustigt.

»Jup! Jeder, der ihm zu nahe kommt wird … mh, na ja, da das Kukulus-Kontra-Krokant so unfassbar gut funktioniert, kann ich niemanden mit einem Fluchsymptom drohen.«

»Wir passen einfach gut drauf auf. Also zwei Süßigkeiten haben wir noch nicht gebraucht«, meinte Elina.

»Die Gedankenanstoß-Gummischlangen und Schlossknacker-Kekse müssen für Brosche drei bestimmt sein«, sagte Charlie.

Elina nickte. Beim Anblick der Pergamentrolle dachte sie an Robins Mutter. Die wüsste sicher, was zu tun war. Wegen Althea und einfach allem! Ob sie den Zuckerhut-Eltern nicht doch alles erzählen sollten? Die Vorstellung, es ihnen zu sagen, fühlte sich allerdings auch nicht ganz richtig an, wo die Mission noch nicht beendet war.

»Hätte der Koffer nur einen Rat für uns«, murmelte Elina. »Wir müssen nach der Schule irgendwie die dritte Brosche finden.«

»Deine Gebete wurden aber schnell erhört«, entfuhr es Charlie überrascht.

Die kleine eckige Pappschachtel mit dem hübschen Scherenschnittmuster leuchtete auf. Es waren die Gedankenanstoß-Gummischlangen! Elina konnte sich jedoch nicht über den hilfreichen Hinweis freuen, denn aus dem Augenwinkel sah sie, wie an der Tapete über ihrem Bett immer mehr Wörter erschienen. Eingebrannt wie Feuer, genau wie in der Gasse damals!

»Charlie!«, keuchte Elina erschrocken. »Eine Nachricht!«

Ihr habt noch immer, was mir gehört. Bringt
mir den Koffer und alle drei Broschen
bis morgen Abend um Mitternacht zum
Wunschbaum, oder niemand ist mehr sicher.
Dies ist meine letzte Warnung.

Elina überkam eine solch heftige Welle der Furcht, dass es sich anfühlte, als würde sie inmitten ihres Zimmers ertrinken. Sie bekam kaum Luft. Charlie klammerte sich ängstlich an ihr fest und beide wagten es kaum, sich zu bewegen.

Erst als Elina Piet nebenan im Zimmer herumpoltern hörte, kam sie wieder zu sich. Doch da löste sich die Botschaft bereits wieder in nichts auf. Wer weiß, was ohne die Beschützenden Brausedrops noch passiert wäre. Letzte Warnung … jetzt machte Althea ernst!

»Althea wird niemals aufgeben«, wisperte Charlie.

Elina fiel die Pappschachtel im Koffer wieder ein.

»Wir auch nicht!«, sagte sie entschlossen. Elina stopfte

die Gedankenanstoß-Gummischlangen in ihren Rucksack. »Schnell, geh deine Sachen holen. Ich schreibe Robin. Wir fahren jetzt zur Schule und dann lassen wir uns was einfallen.«

Charlie nickte benommen, folgte Elina aber die Treppe hinunter und ging zurück nach nebenan. Elina sagte ihren Eltern Bescheid, die gerade in der Küche Kaffee kochten, dass sie heute etwas früher losmusste und sie Piet nicht mitnehmen konnte. Charlie wartete vorm Gartenzaun der Sommerfelds, als Elina mit Rucksack und Koffer bepackt rauskam. Gemeinsam gingen sie zum Bus.

Die Fahrt zur Schule verstrich quälend langsam.

Robin war ausnahmsweise pünktlich und die drei begannen, Altheas Forderung noch auf dem Pausenhof zu diskutieren, denn außer ihnen war bisher niemand hier.

»Egal, ob Herr Schnotter uns nun hilft oder nicht, er hatte in einem recht: Wir müssen sie aufhalten!«, sagte Robin. »Wenn wir die dritte Brosche vor Mitternacht finden, finden wir auch die Zuckermeister und sie kann uns gar nichts mehr tun.«

»Was ist, wenn Althea weiß, was wir vorhaben?«, fragte Elina. »Wieso sollte sie alle drei Broschen verlangen, wenn ihr doch klar ist, dass wir genau das tun könnten?«

Charlie und Robin sahen sie nachdenklich an.

»Deshalb die Warnung«, fuhr Elina fort. »Sie muss wissen, dass wir einen beschützenden Zauber haben, der nicht ewig hält, und wenn wir ihr nicht geben, was sie will, dann wird sie unseren Familien was tun. Uns. Einfach allen.«

»Aber, die Zuckermeister …«, setzte Robin an.

»Was, wenn wir denen doch nicht trauen können?«, warf

Charlie ein. »Althea hat gesagt, die würden alles tun, um ihre Macht zu bewahren …«

»Wir reden hier von den Zuckermeistern!«, sagte Robin. »Sie spielt weiter ihr Spiel mit uns und versucht, in unsere Köpfe zu kommen, um uns zu verunsichern.«

»Kannst du denn zu hundert Prozent sagen, dass Althea unrecht hat?«, fragte Elina.

Die Hoffnungslosigkeit zwischen ihnen allen war fast greifbar.

»Wir entschlüsseln jetzt den letzten Hinweis«, sagte Robin entschlossen. »Und wenn wir alle Broschen haben, treffen wir gemeinsam eine Entscheidung. Einverstanden?«

Elina fischte die Pappschachtel mit den Gedankenanstoß-Gummischlangen aus ihrem Rucksack. »Die anderen Süßigkeiten haben uns stets zur richtigen Zeit geholfen – manchmal erst auf den zweiten Blick. Deshalb sollten wir sie essen und, wie Robin sagt, erst mal weitermachen. Am besten gehen wir vorher das Rätsel durch.«

»Ich kenne die Zeilen noch! Bereit?«, fragte Charlie. Sie holte tief Luft. »›Das dritte Stück ist ein Freund alter Geschichten, wo niemand es vermag, die Seele Belonys zu vernichten. Es liegt verborgen unter starken Schwingen, für deinen letzten Sieg muss das richtige Lied erklingen.‹«

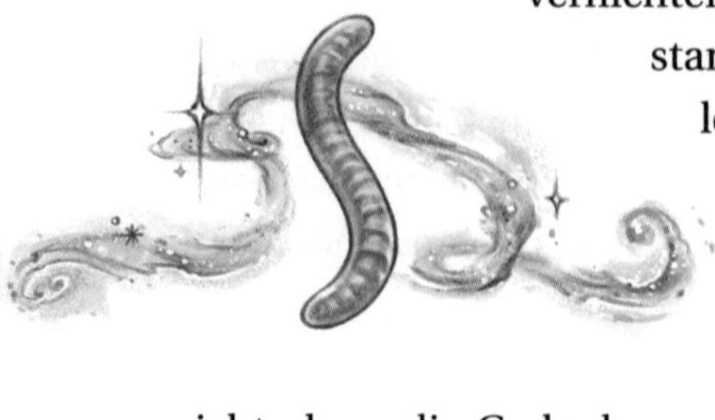

Jeder nahm sich jeweils eine der Gummischlangen. Elina verzog kurz das Gesicht, denn die Gedankenanstoß-Gummischlange war supersauer! Doch nach dem ersten Geschmacksschock prickelte es angenehm auf ihrer Zunge. Das war fast, wie ein Stück Sommer zu schmecken! Erdbeere, Orange, Mango und Ananas mischten sich mit der klebrigen Süße puren Zuckers, die auf einmal in ihrem Mund explodierte.

Plötzlich stand Elina wie unter Strom. Überall kribbelte es!

Dann begannen ihre Gedanken zu rasen. »Freund alter Geschichten?« War ein Lehrer gesucht? Ein Schriftsteller? Was war nur die »Seele Belonys«? Und diese Sache mit den Schwingen? Es konnten die Schwingen eines Vogels oder einer Engelsstatue sein! »Das richtige Lied«? Hatte der Ort etwas mit Stimmen zu tun? Vielleicht der Proberaum des Chorvereins in der Kirche?

»Mein Hirn verknotet sich gleich!«, stöhnte Elina.

Charlie kniff die Augen zusammen. »Meins auch!«

Robin starrte ins Leere und machte leise: »Woah!«

So ging das eine Weile. Sie standen da und warfen wild Gedanken durcheinander, bis sich der Pausenhof füllte und sie alle zum Unterricht mussten. Die drei trennten sich, doch die Gummischlangen sorgten weiter dafür, dass Elinas Hirn auf Hochtouren lief.

Matheformeln auf eine schwierige Rechnung anwenden? In zwei Minuten geschafft! Einen Abschnitt in Englisch übersetzen? Schwups, war die Seite voll! Zwischen Charlie und Elina entbrannte während des Unterrichts ein regelrechter Wettstreit ums Aufgabenlösen. Den Lehrern klappte echt die Kinnlade herunter, so sehr legten sich die Mädchen ins Zeug, weil sie sich selbst kaum bremsen konnten. Doch irgendwann wurde die ganze Sache unsagbar anstrengend und für den letzten Reim blieb zwischen ihren vielen Gedanken kein Platz. So waren sie am Ende des Schultags trotz der Magie der Süßigkeiten kein Stück weitergekommen.

»Die Gummischlangen waren bestimmt nicht dazu da, um so lange über etwas nachzugrübeln«, murmelte Charlie. Sie und Elina saßen auf den Stufen vor dem Haupteingang und warteten auf Robin, der noch im Unterricht festhing.

»Kurzzeitantworten für Kurzzeitaufgaben«, stimmte Elina zu.

»Mein Kopf brummt«, beschwerte sich Charlie.

»Meiner auch«, sagte Elina. »Aber wir müssen trotzdem weitermachen. Es hieß doch irgendwas mit ›Freund alter Geschichten‹, wo niemand die Seele vernichten kann oder so. Was wäre ein Ort oder Mensch ohne Geschichte? Niemand hätte eine Vergangenheit und niemand würde die Zukunft festhalten.«

»Gleich wächst dir ein Bart, weil du so weise bist«, scherzte Charlie.

Elina kniff angestrengt die Augen zusammen. »Ein Freund alter Geschichten …«

»Die Bibliothek!« Robin war hinter ihnen aufgetaucht. »Die Bibliothek von Belony ist die Seele der Stadt.« Er grinste stolz. »Ich musste eben an die Tafel und unser Lehrer hatte ein Buch offen auf seinem Pult liegen, da habe ich im Vorbeigehen etwas gelesen, von wegen ›Literatur ist die Seele unserer Geschichte‹, und es machte klick!«

»Krasser Zufall«, meinte Charlie.

»Oder Gedankenanstoß-Gummischlangen-Magie!«, sagte Robin.

»Das heißt, wir können die letzte Brosche finden!«, entfuhr es Elina.

»Dann befragen wir mal die helfende Hand, oder?«, fragte Charlie.

Elina runzelte die Stirn. »Im Grunde befindet sich im Koffer nur noch eine Süßigkeit, die wir bisher nicht benutzt haben. Aber wir brauchen natürlich die Hinweise.«

»Kommt, wir suchen uns ein leeres Klassenzimmer«, meinte Robin.

Sie mussten nicht lange suchen, um einen verlassenen Raum zu finden. Elina stellte den Koffer auf einem Tisch ab und öffnete ihn.

»Wir brauchen ein letztes Mal eine helfende Hand«, sagte Robin und legte seine Hand an die Karte. »Die dritte Brosche befindet sich in der Bibliothek von Belony. Zeig uns, wie wir sie finden können.«

Alle drei traten ein Stück zurück und nun vervollständigte die Karte auch den Rest der Linien und Umrisse, die bislang kaum mehr als blasse Schatten gewesen war. Schon flackerten Bilder darüber wie bei einem eingeschalteten Fernseher. Ein Raum, der halb im Dunkel lag. Keine Fenster, die Licht spendeten, nur irgendein Schimmer, der von oben leuchtete wie eine Sternendecke – dann war es vorbei.

Elina seufzte schwer. »Von allen Visionen sagt die am wenigsten aus.«

»Wir können uns auf dem Weg Gedanken machen«, sagte Robin.

Charlie nickte. »Da bin ich ausnahmsweise seiner Meinung. Uns läuft die Zeit davon.«

Robin schloss den Koffer, alle schnappten sich ihre Rucksäcke und dann hasteten sie aus der Schule, mit nur einem Ziel vor Augen: die Bibliothek von Belony.

Kapitel 31

Die Bibliothek war ein großes Gebäude, das mit den hohen Fenstern und Steinfiguren auf dem Dach an eine Kathedrale erinnerte. Elina fragte sich, wie sie schnellstmöglich Brosche Nummer drei finden konnten. Sie war schon einige Male hier gewesen, kannte sich aber nicht sehr gut aus – es gab sicherlich Dutzende Türen. Wenn sie das Infoschild am Eingang ansah, wurde ihr ganz flau im Magen. Verschiedene Abteilungen, Lernbereiche, Computerecken und ein kleiner Ausstellungssaal? Wo sollten sie nur anfangen? Robin schien genau denselben Gedanken gehabt zu haben.

»Am besten teilen wir uns auf«, sagte er und holte die Schlossknacker-Kekse aus dem Koffer. Ihre Verpackung war ein schwarzer Schmuckbeutel, auf den mit silbernem Garn ein Schloss gestickt war. »Die ›starken Schwingen‹ müssen hinter einer verschlossenen Tür liegen, wenn wir nur noch die Kekse haben.«

»Na toll! Die Sache mit

dem Diebeskaramell hat mir eigentlich schon gereicht«, sagte Charlie mürrisch und verschränkte die Arme vor der Brust.

»Wir müssen Althea aufhalten«, sagte Elina. »Es ist ja für … eine gute Sache!«

Robin klappte den Koffer zu und teilte die Kekse unter ihnen auf. »Wir suchen erst mal eine verschlossene Tür und vertrauen auf die Magie. Elina, du fängst unten an, Charlie du gehst hoch. Ich suche hier.« Er sah sie entschlossen an. »Zögert nicht, die Kekse zu benutzen! Wer was findet, schreibt in unseren Chat. Viel Glück!«

Im Kellergeschoss durchstöberte Elina das Archiv. Zügig ging sie die Reihen ab, aber viele Türen gab es nicht. Nur eine, und die führte in einen Heizungsraum, wo es zischte und dampfte, sonst nichts. Als sie neugierig einen Gang hinablief, kam ihr ein Mann entgegen und ermahnte sie, die Mitarbeiterbereiche nicht zu betreten.

Der Mann brachte sie schimpfend zurück in die Eingangshalle. Elina hörte ihm nicht länger zu, als auf einmal ihr Handy vibrierte.

Habe was gefunden! Treppe hoch und dann links!

Die Nachricht war von Charlie. Elina stürmte sofort los. Atemlos kam sie oben an. Der Raum links enthielt die Sachbücher, die in breiten Wandfächern aufbewahrt wurden.

Charlie stand neben einem gigantischen Globus in der Raummitte. Sie winkte Elina heran und deutete auf eine kunstvoll verzierte Doppeltür mit goldenen Klinken. »Da ist eben eine Mitarbeiterin rein und ich habe gesehen, dass ein Flügel drinsteht!«

»Ein Flügel? Du meinst, ein Klavier?«

Charlie nickte kräftig. »Ein Flügel ist doch wie eine Schwinge. Damit kann man auch für den letzten Sieg das richtige Lied erklingen lassen.«

Die beiden warteten, bis die Mitarbeiterin wieder aus dem Raum kam und in einen Gang abbog. Nachdem sie sich noch einmal umgesehen hatten, huschten sie schnell zur Tür. Gemeinsam nahmen Elina und Charlie die Schlossknacker-Kekse aus ihren Taschen. Ein paar Fussel abzupfen und ab in den Mund damit! Elina war einen Moment vom Geschmack der Kekse ganz überwältigt. Beim Draufbeißen knusperte und knackte es und im Inneren befand sich irgendein Gelee, das samtweich-brombeerig schmeckte.

Sie starrte das Schloss der Tür zusammen mit Charlie nieder. Plötzlich fiel die komplette Türklinke einfach ab. Geistesgegenwärtig fing Charlie sie auf und nur ein paar Schrauben kullerten auf den dunklen Steinboden. Das war knapp gewesen!

»Das war wohl ein Keks zu viel«, kommentierte Charlie. »Jetzt sind wir nicht nur Diebe, sondern auch noch Zerstörer von Stadteigentum. Prima!«

»Erstens, wir haben die Sachen aus dem Park gar nicht mitgenommen, und zweitens, das war keine Absicht«, erwiderte Elina. »Wir retten immerhin die Stadt vor Althea.«

Die beiden huschten in den Raum und schoben die Tür hinter sich zu.

Charlie drückte den Lichtschalter. »Oh, wie sieht's denn hier aus!«

Elina teilte ihre Verwunderung. Unter die Decke hatte man einen Sternenhimmel gemalt, der wunderschön funkelte. Doch der Rest des Raums wirkte eher wie ein Lager. Es gab aufeinandergestapelte Stühle, Regale voller Dekorationsartikel und Bücher, aber auch sperrige Dinge wie eine Harfe – und natürlich den Flügel. ***Fortepiano Silberschwinge des Rupert G. Listmann von 1753,*** stand auf einem Schild am Flügel, darunter etwas über den historischem Wert des Instruments.

»Der war wohl mal Teil einer Ausstellung«, bemerkte Elina.

»Jetzt habe ich noch weniger Bock, erwischt zu werden«, nuschelte Charlie.

»Du kannst Schmiere stehen und ich suche die Brosche.«

Charlie nickte und Elina begann akribisch, jeden Zentimeter des Klaviers zu prüfen. Von Nahem sah man ihm sein Alter deutlich an. Das dunkle Holz war an vielen Stellen kaputt und hatte Kratzer. Schließlich fand sie etwas auf der Unterseite.

»Hier ist dasselbe Symbol wie im Himmelspavillon. Es lässt sich aber nicht drehen!«

»Versuch's doch mit einer Taste. ›Für den letzten Sieg muss das richtige Lied erklingen!‹ So ähnlich hieß es doch im Reim.«

»Charlie, du bist genial!«

Elina ließ die Finger auf die Tasten sinken und drückte eine nach der anderen. Helle und dunkle Töne wechselten sich ab und sie hoffte, dass die Musik nicht zu laut war und die Mitarbeiterin auf den Plan rief. Doch wirklich etwas in Gang setzte sie damit nicht. Bei einer der weißen Tasten glaubte sie, einen leichten Widerstand zu spüren, aber sie hatte nur kurz gehakt. Ob sie eine bestimmte Note spielen musste oder gar ein ganzes Lied? Elina probierte verschiedene Tastenkombinationen, aber nichts tat sich.

Frustriert stieß sie den Atem aus.

»Alles okay?«, fragte Charlie.

»Ja, einen Moment noch.«

Irgendetwas musste sie übersehen! Elina ging in die Hocke und betrachtete aufmerksam eine Klaviertaste nach der anderen. Sie kniff die Augen zusammen. War das auf der weißen Taste links außen ein Symbol? Nicht ganz! Es war kaum auf dem hellen Untergrund auszumachen, aber Elina erkannte die Form und die kleinen Flügel der Einprägung: eine Bonbonbrosche. Wenn sie mit dem Daumen darüberfuhr, spürte sie die feinen Linien, die sich von der Klaviertaste abhoben. Elina drückte sie, aber nichts geschah. Sie suchte die anderen Tasten ab und fand noch zwei weitere dieser kleinen Einprägungen. Insgesamt drei Stück, genau wie die echten Broschen!

Wie sollte sie das richtige Lied erklingen lassen? Von zwei Broschen wusste Elina, wie diese aussahen, nur eine war ihr fremd. Der Bürgermeister, der Himmelspavillon … sie hatten die Broschen in einer bestimmten Reihenfolge gefunden – das musste es sein!

Zunächst drückte sie die Taste mit dem Abbild der ersten Brosche. Danach die Taste mit der Abbildung der zweiten Brosche. Und zuletzt die Taste mit der Brosche, die Elina nicht kannte. Es klickte sachte, und als sie unter den Flügel blickte, hatte sich das Geheimfach dort aufgeschoben. Elina nahm die Brosche an sich und bewunderte sie. Sie war aus einem silbernen Metall, mit einem kleineren Stein in der Mitte als bei den anderen. Dafür waren in diese zusätzlich weitere, winzige Kristalle eingearbeitet.

»Hab sie!«, rief sie Charlie zu. Sie war jedoch viel zu angespannt, um sich zu freuen. Die ganze Hektik bei der Suche und die Befürchtung, Althea könnte ihnen vor Mitternacht unerwartet irgendwo auflauern, unterdrückte jedes positive Gefühl.

In der Eingangshalle blieben sie stehen und hielten nach Robin Ausschau. Elina überlegte, ob sie ihm einfach texten sollte, da fasste Charlie sie am Ärmel.

»Guck mal! Robin steht draußen. Was macht er da?«

Die zwei verließen die Bibliothek und gingen auf ihn zu.

»Robin, wir haben …«, begann Elina.

Er drehte sich zu ihnen um. »… ein dickes Problem.«

Da sah Elina sie auch. Arthur und Juna. Robins Geschwister standen nur eine Handbreit von ihm entfernt. Und ihren Gesichtern nach zu urteilen, waren sie stinkwütend.

»Es tut mir leid«, nuschelte Robin. »Ich habe ihnen alles erzählt.«

Kapitel 32

»Ihr könnt von Glück reden, dass *wir* euch erwischt haben«, sagte Arthur. »Unsere Eltern würden Robin sofort enterben und euch zwei in unser Turmverlies sperren.«

»Hör auf, ihnen solche Angst zu machen«, ging Juna dazwischen. »Wir müssen einen kühlen Kopf bewahren.«

Die kleine Gruppe war bis zu ein paar leeren Bänken nahe eines Kanals gegangen, um ungestört zu reden. Charlie, Robin und Elina saßen nebeneinander und warteten auf das Urteil der älteren Zuckerhut-Geschwister. Sie hatten das Fehlen des Koffers bemerkt und diesen mit einer Suchzauber-Süßigkeit bis zur Bibliothek verfolgt. Elina verstand, dass Robin ihnen nicht ins Gesicht hatte lügen wollen – vor allem, da er besagten Koffer in der Hand gehalten hatte. Ihr wäre es nicht anders gegangen.

Junas Blick huschte immer wieder zu Elina, als würde ihr eine Frage auf der Zunge liegen. Ahnte sie, dass Penelope und sie Elina durch das Lösen des Reims geholfen hatte? Juna seufzte. »Du bist wenigstens ehrlich zu uns gewesen, Robin.«

»Ja, nachdem er erwischt

wurde!«, sagte Arthur aufgebracht. »Robin hat mehr Regeln gebrochen als wir alle in den letzten Jahren zusammen.«

Elina fühlte sich unwohl, dabei zuzusehen, wie Juna und Arthur über Robin sprachen, als befände er sich nicht direkt vor ihnen. Das ging schon einige Minuten so. Arthur war wütend und Juna zeigte sich nachsichtig. Ob Elina sich einmischen sollte?

»Leute!«, ging Robin dazwischen. »Kann ich auch was sagen?«

»Nein!«, riefen Juna und Arthur synchron.

Elina presste die Lippen zusammen. Lieber erst mal raushalten!

Für einige Herzschläge wurde es still.

»Wir finden jetzt eine Lösung«, sagte Juna. »Unsere Eltern sind bis heute Abend unterwegs und müssen nicht mal von dem fehlenden Koffer erfahren.«

»Und was ist mit Elina und Charlie? Die wissen alles. Nicht zu vergessen, dass irgendwo da draußen eine Irre herumspaziert, die hinter dem Koffer her ist!«, sagte Arthur ernst. »Außerdem wurde der Koffer benutzt. Wie soll man das erklären? Hey, Zuckermeister, unser Bruder hält seine eigenen Wünsche für Notfälle!«

Robin schoss hoch. »Jetzt komm mal runter! Du warst doch mit mir bei Herrn Rauch, weil du dachtest, etwas wäre faul. Und du hattest recht! Menschen wurden verzaubert! Du hättest an meiner Stelle bestimmt auch den Koffer genommen! Das weiß ich!«

Elina fühlte sich unheimlich hilflos, als alle so wild durcheinanderredeten. Als Charlie sich einmischte, wünschte sie sich, sie hätte genauso viel Selbstbewusstsein.

»Und überhaupt!«, rief Charlie. »Robin hat das für euch alle getan!«

Arthur sah seinen Bruder entgeistert an. »Das ist ja das Problem«, sagte er, nun deutlich ruhiger. »Die Süßigkeitenwerker dürfen Magie nicht für sich selbst benutzen. Und so gut Robins Absichten waren, sie sind im Grunde sehr egoistisch. Wir haben uns alle geschworen, stets vorsichtig zu sein, damit die Zuckermeister nicht noch einen Grund haben, uns auszugrenzen. Du hast den Geheimhaltungspakt gebrochen.«

»Den hat unsere ganze Familie gebrochen«, sagte Juna.

Elina war erleichtert zu beobachten, wie Arthurs Miene sich veränderte – aus Frust wurde Erkenntnis und es schien, als hätten Robin und Juna ihn überzeugt, dass es hier nicht nur Schwarz und Weiß gab.

Nun, da sich die Gemüter etwas beruhigten, traute Elina sich, etwas zu sagen. »Althea hat auch noch an ein paar andere Bitterlinge verteilt. Die Zuckermeister müssen doch merken, dass etwas schiefläuft. Wieso helfen sie nicht?«

Juna sah Elina mit einem seltsamen Ausdruck im Gesicht an. »Das ist schwierig. Im Picot-Pakt steht, dass die Zuckermeister ihre Magie nur in Ausnahmefällen einsetzen dürfen. Sie sind schließlich sehr mächtig und greifen ein, wenn unser Geheimnis bedroht wird.« Juna fuhr sich nachdenklich durchs Haar. »Genau das ist jetzt passiert, also ist es nur eine Frage der Zeit, bis sie handeln. Aber dann werden sie im Zusammenhang mit dieser Althea-Sache auch herausfinden, was unsere Familie die ganze Zeit getan hat – und von euch erfahren sie dann auch.«

Elina, die Juna bisher als fröhliche und ausgelassene Person erlebt hatte, machte der besorgte Ausdruck in ihren Augen richtig Angst. Wusste sie etwas, dass sie nicht sagen wollte? Waren die Zuckermeister vielleicht wirklich so skrupellos, wie Althea behauptet hatte? Bei der Vorstellung, wie die Zuckerhuts, Charlie und sie in einem magischen Gefängnis landeten, verknotete sich Elina der Magen.

»Die haben es im Museum der Zuckerkünste schön gemütlich und sicher«, sagte Arthur spöttisch. »Hocken auf all diesen Rezepturen und behalten die für sich … wer weiß, was da überhaupt vor sich geht! Der Koffer ist doch der beste Beweis: Man muss sich ihre Hilfe mühsam verdienen und zu ihnen kommen – nicht umgekehrt.«

»Aber wir haben ihr Rätsel gelöst, wir … wieso setzen wir die letzte Brosche nicht ein? Riskieren es? Althea jagt mir echt Angst ein.«

Juna trat vor und legte Elina sanft eine Hand auf die Schulter. »Was Arthur sagen möchte, ist, dass wir uns gut überlegen sollten, ob wir die Zuckermeister einweihen. Wir wissen noch nicht, welche Konsequenzen das für uns alle haben könnte …«

Die ganze Zeit hatte Elina geglaubt, die Lösung sei zum Greifen nah, und nun wurden aus allen guten Absichten nagende Zweifel. Sie stieß einen schweren Seufzer aus.

Kopfschüttelnd sah Arthur seinen Bruder an. »Was für ein Schlamassel, Robin!«

Robin ließ die Schultern sacken. »Es tut mir leid, dass ich euch enttäuscht habe. Ich wollte nie jemanden in Gefahr bringen. Ich wollte unserer Familie und Charlie helfen und dafür schäme ich mich nicht!« Er reckte stur das Kinn. »Wenn all das nicht passiert wäre, wären Elina, Charlie und ich nie Freunde geworden. Sie waren mehr für mich da als jeder Süßigkeitenwerker! Durch sie habe ich gelernt, was Zusammenhalt, Vertrauen und Freundschaft bedeuten, und zum ersten Mal hatte ich das Gefühl gehabt, dass ein Süßigkeitenwerker zu sein gute Seiten hat, wenn er ehrenhaft anderen helfen kann.«

»Robin hat diese Standpauke nicht allein verdient«, sagte Elina und stellte sich an seine Seite. »Wenn man ihn bestraft, muss man Charlie und mich mitbestrafen.«

Nun erhob sich auch Charlie. »Wir sind ein Team und niemand ändert das!«

Arthur wirkte überrascht. »Wer hätte gedacht, dass so viel Mut in euch steckt.«

Juna sah die drei lange an. »Wir sind auf eurer Seite. Du bist unser kleiner Bruder und wir sind für dich da, Robin. Und auch für Elina und Charlie, wenn sie dir so viel bedeuten, dass du alles für die zwei riskierst. Wir werden euch helfen.«

Charlie, Robin und Elina tauschten einen erleichterten Blick.

»Althea wäre über alle Berge, sobald wir die dritte Brosche einsetzen und die Zuckermeister aufsuchen«, meinte Arthur. »Wer weiß, wie sie es angestellt hat, dass die Bitterlinge bisher nicht aufgeflogen sind. Wir brauchen einen guten Plan.«

»Nein, das stimmt nicht ganz«, widersprach Elina. »Althea denkt, dass wir dumme Kinder sind. Sie hat uns diese Botschaft geschickt und muss davon überzeugt sein, dass wir zu viel Angst vor ihr haben, um dieser Warnung nicht nachzukommen. Sie rechnet ganz bestimmt nicht damit, dass wir jemandem die Wahrheit anvertrauen.«

Juna ging nachdenklich hin und her. »Nach allem, was ich über die Zuckermeister weiß … wir dürfen nicht riskieren, dass man uns für immer eine Lizenz verweigert«, murmelte sie. Ihre Schritte wurden schneller und sie lief nun im Kreis.

»Keine Sorge, das macht sie immer, wenn sie grübelt«, meinte Arthur.

Elina beobachtete Juna gespannt. Hoffentlich fiel ihr etwas ein …

Robins Schwester zog ein grünes Bonbon aus ihrer Jackentasche und wickelte es aus. »Wenn alles vorbei ist, wirst du Mama und Papa jedes kleine Detail beichten, Robin. Und dann entscheiden sie, was das Beste für alle ist und wie wir weitermachen. Verstanden?«, fragte sie energisch. »Elina und Charlie, schwört ihr mir, alles zu tun, was ich sage, und nichts mehr im Alleingang zu machen?«

Alle drei nickten heftig.

»Gut.« Juna schob sich das Bonbon in den Mund und wurde ganz still.

Arthur sagte mit gesenkter Stimme: »Limette ist ein wahrer Ideenzünder.«

Elina beobachtete, wie Junas Miene sich entspannte und ein besonderer Glanz in ihre Augen trat, der nur eines bedeuten konnte: Juna hatte wirklich eine zündende Idee!

Kapitel 33

Von den Zweigen des Wunschbaums tropften letzte Regentropfen. Ihr Opa hatte Elina an einem verregneten Abend von diesem Ort erzählt, und wenn er wüsste, dass sie heute Nacht hier ein gefährliches Abenteuer erlebte, statt, wie mit ihren Eltern abgesprochen, gemeinsam mit Charlie bei Robin zu übernachten, würde er vielleicht sogar darüber schmunzeln. Elina glaubte inzwischen an so vieles … Und heute wünschte sie sich ein Wunder für ihre Freunde und sich. Der Plan musste einfach funktionieren.

Als die Kirchturmuhr in der Nähe Mitternacht schlug, war die Anspannung groß. Charlie, Robin und Elina, mit dem Koffer in der Hand, warteten auf Altheas Ankunft. Die Anspannung stieg mit jeder Sekunde.

»Ihr seid pünktlich.«

Elina hatte nur blinzeln müssen und plötzlich stand Althea vor ihnen. Wie machte sie das nur immer? Was war das für eine Magie?

»Habt ihr ein Geschenk für mich?«, fragte sie zuckersüß und blickte dabei zu Elina.

»Wenn ich Ihnen etwas schenken würde, dann eine Fahrkarte in die Arktis«, erwiderte Elina. »Dann wären wir Sie endlich los und Sie würden uns in Ruhe lassen!«

Althea streckte eine behandschuhte Hand aus. »Ich wiederhole mich ein letztes Mal: Händigt mir den Koffer aus und ihr werdet mich nie wiedersehen. Niemandem muss etwas geschehen und vielleicht lasse ich euch sogar alles vergessen.«

»Vergessen? Sie haben Charlie durch einen Bitterling verflucht!«, sagte Elina.

»Wieso tun Sie all das? Was wollen Sie im Museum der Zuckerkünste?«, fragte Robin.

»Sehe ich aus wie eine Lehrerin, die euch all eure Fragen beantwortet?«, zischte Althea. »Ihr könnt euch eure kleinen Köpfe zermartern, so viel ihr wollt, aber eine wahre Meisterin bewahrt ihre Geheimnisse.«

Elina wurde ganz mulmig zumute. Meisterin? Sie war doch nicht etwa eine …

»Her mit dem Koffer, Elina«, verlangte Althea.

»Schwören Sie, dass keiner verletzt wird, wenn wir Ihnen den Koffer überlassen!«

»Ein kleiner Rat: Wenn man keine Wahl hat, stellt man keine Forderungen.« Althea lächelte spöttisch. »Die Zuckermeister stehen euch jedenfalls nicht bei, sonst wärt ihr nicht hier. Ihr habt wohl begriffen, dass sie euch bestrafen würden, wenn sie von eurem kleinen Abenteuer wüssten, und ihre Strafen fallen niemals milde aus.«

Sie blickte zu Robin und für eine flüchtige Sekunde schien sie eine tiefe Traurigkeit zu überkommen. »Deine Eltern wissen das am besten«, sagte sie leise.

»Was soll das bedeuten?«, fragte Robin irritiert.

»Irgendwann findest du es selbst heraus«, antwortete sie und dabei glitt ein verächtlicher Ausdruck über ihre Züge, ehe wieder etwas Bestimmtes darin lag. Althea streckte drohend ihre Hand aus. »Überlasst mir endlich den Koffer!«

Wiederwillig trat Elina vor und reichte ihn Althea.

Althea schob den Deckel des Koffers nach oben. »Die letzte Brosche fehlt.«

»Sie ist im Koffer«, beteuerte Charlie. »Sehen Sie doch genau hin.«

»Ihr macht es mir wirklich nicht leicht.« Althea legte den Koffer auf dem Boden ab. Sie griff in die Innentasche ihres Mantels und zog einen mechanischen Apparat heraus. Er hatte eine breite Öffnung, ähnlich eines Föhns, lauter Zahnräder und den Griff einer Pistole. Eine Waffe! Althea richtete sie auf Elina. »Du bist doch die Anführerin eurer kleinen Truppe, was denkst du? Willst du es drauf ankommen lassen? Die Brosche!«

Hinter sich hörte Elina Charlie und Robin scharf die Luft einsaugen.

Fieberhaft überlegte sie, was sie tun sollte. Ihr schlug das Herz bis zum Hals und sie wünschte sich, etwas zu besitzen, was sie Althea entgegensetzen konnte. Doch Junas Plan hatte vorgesehen, dass die anderen und sie nur den Köder spielten.

»Ich gebe Ihnen die Brosche.« Elina musste sich nicht verstellen, damit ihre Stimme zitterte. Ihre Hand war schwitzig vor Angst, als sie in ihre Jackentasche griff. Althea hielt Elina mit ihrem kaltgrauen Blick gefangen. Kurz glaubte Elina, sie würde es nicht schaffen, sich unter diesen wachsamen Augen überhaupt zu bewegen. Sie zwang sich voran, die Finger fest um die Münze geschlossen, die bereits heftig glühte und auf ihrer Haut brannte. Erwartungsvoll hielt Althea ihr die offene Hand hin und ließ ihre Waffe sinken. »Geht doch.«

Elina ließ die Münze in Altheas Hand fallen und stieß innerlich einen Jubelschrei aus. Sie hatte sich von dem Aufspürzauber befreit! Sie war frei!

In der nächsten Sekunde zuckte Althea vor Schreck zurück. »Wie kannst du es wagen!«, zischte sie wutentbrannt und warf die Feindesmünze ins Gras. Sie hob die Waffe an, den Finger am Abzug, doch Charlie stellte sich vor Elina, ihre Steinschleuder auf Althea gerichtet, und schoss ihr den Apparat aus der Hand.

Nun kam Junas Plan in Gang! Elina hielt vor lauter Erwartung kurz den Atem an.

Denn ehe Althea sich fangen konnte, lösten sich Juna und Arthur aus dem Geäst des Wunschbaums. Arthur landete zuerst auf seinen Füßen.

»Einmal Schauder-zauder-Zuckerwürfel gefällig?«, fragte er, schob sich einen davon in den Mund und kaute noch beim Sprechen. »Dann spüren Sie mal am eigenen Leib, wie es ist, wenn Magie sich gegen einen wendet!«

Diese Süßigkeit hatte er Elina und den anderen als seine Geheimwaffe vorgestellt: Sie bewirkte, dass man anfing zu zittern wie ein klackerndes Halloween-Skelett und sich nicht mehr unter Kontrolle hatte. Angespannt beobachtete Elina, wie Juna mit einem Seil über der Schulter auf Althea zuging. Doch sie sah auch, wie Altheas Miene sich veränderte und sie ihren Schreck offenbar überwand.

»Passt auf!«, kreischte Elina.

Althea rollte sich über den Boden und griff dabei nach ihrem Apparat. Sie war flink, stemmte sich hoch und nahm als Erstes Juna damit ins Visier. Ehe Elina eine weitere Warnung ausstoßen konnte, drehte Althea ein Rädchen daran und drückte ab. Neben Elina stießen Robin und Charlie zeitgleich einen Schrei aus. Ihr selbst blieb fast das Herz stehen, so sehr fürchtete sie um Junas Leben. Aus der Öffnung der Waffe schoss jedoch keine Kugel, sondern feiner blauer Puderzuckernebel. Juna, die eine volle Ladung abbekam, stürzte nach hinten ins Gras und bewegte sich nicht mehr.

Arthur versuchte es erneut mit seiner magischen Süßigkeit, doch sie zeigte keine Wirkung bei Althea. Er war Althea schutzlos ausgeliefert, als sie herumwirbelte und ihm dieselbe Dosis wie Juna verpasste. Ehe er ohnmächtig wurde, schaffte er es noch, Robin den Rest der Schauder-Zauder-Zuckerwürfel zuzuwerfen. Elina hoffte, dass der Puderzuckernebel die älteren Zuckerhut-Geschwister nur betäubt hatte.

»Sie werden es noch bereuen, auf meine Geschwister geschossen zu haben!«, schrie Robin. »Dieses Mal haben wir mehr als nur harmlose Lutscher dabei!«

Robin warf Elina einen kurzen Blick zu und sie verstand sofort.

Die beiden zogen jeweils ein kleines Tütchen aus ihren Taschen, in denen sich Behagliche Butterkekse befanden. Die waren ihnen von Juna für den Notfall zugesteckt worden. Eigentlich bewirkten sie nur, dass sich jemand entspannte und Sorgen losließ, aber mehrere davon auf einmal brachten eine andere Person dazu, wie ein Faultier alles außer

Entspannung zu vergessen. Die sollten Althea ein wenig einschläfern.

Charlie, die als Back-up der beiden eine weitere Süßigkeit hatte, hielt sich noch zurück und überließ ihnen das Feld. Althea hatte sich, nun da Juna und Arthur aus dem Spiel waren, längst ihnen zugewandt, und obwohl Robin und Elina schon eine Handvoll Kekse gegessen hatten, geschah einfach nichts!

Althea stieß beim Anblick der beiden nur ein verächtliches Schnauben aus.

»Ich hatte euch gewarnt und ihr habt mich wirklich wütend gemacht«, sagte sie mit einer Stimme kalt wie Eis. »Glaubt ihr, ich wäre unvorbereitet gekommen? Im Gegensatz zu euch bin ich keine Anfängerin.« Althea öffnete ihren Mantel und Elina erhaschte einen Blick auf Dutzende Fächer und Taschen, die voller Gerätschaften und Süßigkeiten waren. Althea griff sich ein kleines Döschen und führte es an den Mund.

»Charlie, versuch du es!«, sagte Elina panisch.

In einem heillosen Gefühlschaos probierte Elina es weiter mit den Keksen, Robin war zu den Zuckerwürfeln übergegangen und Charlie biss in eine Entwaffnende Erdnussbutterbrezel – doch absolut nichts stoppte Althea.

Elina ließ die Kekse fallen und holte die Brosche aus ihrer Tasche. Sie hielt sie nach oben, damit Althea sie sehen konnte. »Ich schlucke sie herunter, wenn Sie nicht sofort aufhören!«, drohte sie. Elina kam sich erbärmlich dabei vor, aber Verzweiflung hatte von ihr Besitz ergriffen. Wie konnte Althea ihre magischen Süßigkeiten nur komplett abblocken? Damit hatte selbst die clevere Juna nicht gerechnet.

Aber das konnte es doch nicht gewesen sein! Wie sollten sie sich nun verteidigen?

Etwas Magisches lag in der Luft, das bemerkte Elina sofort. Die Temperaturen schienen mit jedem ihrer Atemzüge zu sinken. Ihr wurde so kalt, dass sie ihre Beine kaum noch spürte.

»Es wird nur ein bisschen wehtun«, säuselte Althea. »So schlimm wie ein Bitterling ist es nicht … wobei den ja deine Freundin gegessen hat und nicht du. Gemeinsam habt ihr mich viel schneller zum Koffer geführt, als ich geglaubt habe.«

Ihre Stimme war verzerrt, als wäre sie weit weg. Sämtliche von Elinas Sinnen waren wie betäubt. Nicht wie damals im Puderzuckernebel, das hier tat weh – ein Stechen in der Lunge, ein pochender Kopf und winzige Nadelstiche in jedem Zentimeter ihres Körpers. Als wäre sie auf einem gefrorenen See eingebrochen und würde in Eiswasser ertrinken. Elina fiel stocksteif wie ein Brett um und stöhnte auf.

Althea trat neben sie. »Eine Schande, dass ein so kluges Mädchen wie du eine Talentlose ist. In dir steckt so viel Potenzial … dank dir bekomme ich endlich, wonach ich schon so lange suche. Wir sehen uns wohl nicht wieder. Süße Albträume, Elina.«

Aus den Augenwinkeln sah Elina, wie sich Althea neben sie kniete und ihr die Brosche aus den tauben Fingern nahm. Nein! Wenn sie die Brosche einsetzte, war alles umsonst gewesen! Elina kämpfte gegen das lähmende Gefühl an, doch es half nichts.

Auf einen Schlag wurde alles pechschwarz um sie herum.

Kapitel 34

Elina schreckte hoch. Sie fasste sich an den Kopf, weil er fürchterlich pochte. War sie eingeschlafen? Sie sah sich um. Das Klassenzimmer. Sie saß auf ihrem Platz und fröstelte leicht.

Warum war sie nur so durcheinander? Wieso tat ihr alles weh?

Bis auf ein paar Mitschüler war der Raum leer. Jonas versuchte sich an einem Witz, brachte aber niemanden zum Lachen. Als er bemerkte, wie Elina zu ihm schaute, streckte er ihr die Zunge heraus. Nervig wie immer! Elina verdrehte die Augen.

Sie suchte ihren Tisch ab. Nanu? Wo waren denn ihre Schulsachen?

Schmerz schoss ihr durch die Schläfen. Irgendwas stimmte nicht.

Elina stand auf. Sie musste unbedingt mit jemandem reden. Aber mit wem? Und worüber? Irgendwo in den Tiefen ihres Gedächtnisses waren zwei Namen. Charlie und Robin. Ihre Freunde!

Elina lief in den Flur und blickte sich um. Wieso war hier keiner?

Die Lichter an der Decke flackerten unheilvoll. Das erinnerte sie an etwas. Nur an was? Ruhelos ging sie weiter und hielt Ausschau nach Charlie und Robin. Das ungute Gefühl in ihrem Magen wurde immer stärker. Und ihr war kalt. Furchtbar kalt! Elina zog ihre Jeansjacke fester um sich. Sie hörte Stimmen und folgte ihnen bis in die Cafeteria.

Charlie saß auf einem der Tische und spielte mit ihren Haaren, Robin neben sich. Die beiden waren umringt von einer Gruppe Bewunderer. Elina drängte sich an den anderen vorbei, was gar nicht leicht war.

»Hey! Charlie! Robin! Geht es euch gut?«

Sie wusste selbst nicht, warum sie das gefragt hatte. Hier war schließlich keine Gefahr.

Charlie gackerte wie ein albernes Huhn. »Redest du etwa mit mir?«

»Hast wohl einen neuen Fan«, sagte Robin herablassend.

Elina starrte Robin an. »Wer hat dir denn das Hirn verknotet?«

»Du bist aber frech«, höhnte Charlie. »Weißt du nicht, mit wem du redest?«

Elina klappte der Mund auf. »Mit wem ich rede? Mit meinen Freunden!«

Charlie konnte sich nun nicht mehr halten vor Lachen und zeigte mit dem Finger auf Elina. »Die denkt, ich wäre ihre Freundin! Ich! Charlotte Sommerfeld! Ihre Freundin!«

Robin stimmte mit ein und plötzlich taten es auch alle anderen.

Dutzende Finger zeigten auf Elina, Gesichter wurden zu

hämischen Fratzen und Gelächter hallte von den Wänden wider wie tausend Echos. Elina fühlte sich mit einem Mal ganz klein. Die vielen Blicke lasteten auf ihr wie Säcke voller schwerer Steine.

»Aufhören!«, schrie sie. »Hört auf damit!«

Robin rutschte vom Tisch und die Schüler machten ihm Platz. »Wieso denn?«

»Weil wir Freunde sind.« Elina schluckte schwer. »Freunde tun so was nicht.«

»Dir ist wohl was auf den Schädel gekracht«, sagte Robin gehässig. Er ließ einen Finger neben seinem Kopf kreisen, als wolle er andeuten, sie sei durchgeknallt.

Diese Worte von Robin zu hören, tat ziemlich weh. In Elinas Kehle bildete sich ein Kloß. »Was habe ich falsch gemacht? Wir gehören doch zusammen! Wir drei!«

Robin gab ihr einen so festen Stoß, dass Elina stürzte.

»Du bist halt 'ne Loserin und wirst niemals Freunde haben«, zischte Charlie.

Nun kamen Elina endgültig die Tränen. Die anderen begannen, sich um sie herum zu versammeln, und starteten einen Singsang wie im Chor: »Du wirst niemals Freunde haben!«

Wieder zeigten Finger auf sie und das Lachen wurde immer boshafter. Elina blickte vom Boden auf, die Knie so zittrig, dass sie von allein nicht mehr hochkam.

»DU WIRST NIEMALS FREUNDE HABEN!«

Schluchzend presste sie sich die Hände auf die Ohren und kniff die Augen zusammen.

Angst, Verzweiflung und Kälte griffen mit eiserner Faust nach ihr.

Bitte, lass alles nur einen schlimmen Traum sein!, dachte sie.

»DU WIRST NIEMALS FREUNDE HABEN!«

Es fühlte sich an, als würde sie Stück für Stück in ein Loch der Verzweiflung fallen.

»Ich habe Freunde«, nuschelte sie. »Ich habe Freunde!«

Was war nur in Charlie und Robin gefahren? Sie hatten so viel gemeinsam durchgestanden! Von Charlies Fluchsymptomen bis hin zu der Konfrontation mit Althea und der Rettung durch Herrn Schnotter. Das konnten sie doch nicht alles vergessen haben?

Plötzlich war da eine vertraute Stimme. Wie das Wispern einer Erinnerung.

Wenn du das nächste Mal Angst hast, erinnere dich daran, dass du nicht allein bist.

Herr Schnotter hatte das gesagt. Als sie bei ihm gewesen war … mit … ihren Freunden. Der Gedanke half Elina, gegen die Furcht und Traurigkeit anzukämpfen.

»Nicht allein«, sagte sie sich selbst. »Ich bin nicht allein.«

Der Singsang ihrer Mitschüler verstummte. Vorsichtig sah Elina auf. Die Szene um sie herum schien wie eingefroren. Wie … verzaubert. Süße Albträume … das … das hatte Althea zu ihr gesagt. Althea! Natürlich! Sie war in einem Zauber gefangen!

Wenn du das nächste Mal Angst hast, erinnere dich daran, dass du nicht allein bist.

Nicht allein. Nicht allein, ich bin nicht allein!

Sie hatte all die Jahre solche Angst gehabt, niemals wahre Freunde zu finden. Doch diese Angst hatte keine Macht mehr über sie!

Elina dachte ganz fest an einen besonderen Moment. Sie und Charlie mit Robin in seinem Zimmer. Er hatte ihnen sein Geheimnis anvertraut und ihnen gesagt, dass es egal war, ob sie Süßigkeitenwerker waren. Denn ihr Talent war … Freundschaft!

Mit voller Wucht wurde Elina aus dem Albtraum geschleudert. Sie roch das Gras unter sich, spürte die kühle Nachtluft und wie kurz darauf die Wärme in ihre Glieder zurückkehrte. Langsam setzte Elina sich auf und sah sich um. Der Albtraum hatte sich wie eine Ewigkeit angefühlt, aber viele Minuten schienen nicht verstrichen zu sein.

»Wieso funktioniert das nicht?!«, fauchte Althea.

Sie schaffte es nicht, die Brosche einzusetzen! Vielleicht konnte sie es nicht, weil sie die Aufgaben nicht gelöst hatte und der Koffer sie nicht als würdig erachtete. Oder … es war das Wunder, das Elina sich gewünscht hatte. Es gab wieder eine Chance, sie aufzuhalten!

Leider waren die anderen noch ausgeknockt. Elina fackelte trotzdem nicht lange. Sie stürmte los und rammte Althea so energisch, dass dieser die Brosche aus der Hand fiel und sie ins Wanken geriet. Elina ignorierte ihre schmerzende Schulter und griff sich den erstbesten Gegenstand, den sie aus einer von Altheas vielen Manteltaschen zu fassen bekam: eine Art Rohr. Althea wollte die Brosche an sich nehmen, aber Elina sprang auf, schob ihren Schuh darüber und hielt ihr das seltsame Gerät direkt vors Gesicht. Die Blicke der beiden trafen sich und Althea wirkte ehrlich überrascht.

»Wie hast du meinen Bann brechen können?«

»Gehen Sie sofort ein paar Schritte zurück«, drohte Elina. »Sonst …«

»Benutzt du die Kristallflöte? Du weißt doch gar nicht, was das ist!«

Das stimmte, aber es war Elina egal. »Wollen Sie es drauf ankommen lassen?«, erwiderte sie entschlossen. Die Kristallflöte war ein langes metallisches Rohr mit Mundstück und jeder Menge Rädchen. Elina drehte an einem Rad und setzte sie an die Lippen.

Althea riss erschrocken die Augen auf, erhob sich und ging einige Schritte rückwärts. Hastig hob Elina die Brosche auf und Althea nutzte diese Sekunde, um die Waffe von vorhin zu ziehen und abzudrücken. Elina hechtete gerade rechtzeitig hinter den Stamm des Wunschbaums. Sie warf die Brosche ein Stück weg ins Gras – keine Sekunde zu spät, denn Althea kam bereits von der anderen Seite auf sie zu.

Elina dachte nicht lange nach. Sie drehte wahllos an mehreren Rädchen, holte kräftig Luft und blies in die Flöte. Dieses Mal schmeckte sie einen feinen Zuckerkristallstaub auf den Lippen. Sie selbst hörte keinen einzigen Ton, aber Althea verzog das Gesicht und taumelte zurück. Da bemerkte Elina die vielen kleinen Zuckerkristalle, die in die Flöte eingearbeitet waren. Kreischender Zuckerkristallstaub? Abgefahren! Sie blies ein zweites Mal hinein. Althea schien damit gerechnet zu haben, denn sie zerrte eine Kette unter ihrer Kleidung hervor, an der eine Phiole mit weißem Inhalt baumelte. Sie entkorkte diese und schluckte den kompletten Inhalt hinunter.

»Geozentrische Marshmallowcreme«, sagte sie triumphierend.

Der Boden begann zu beben. Elina wurde durchgeschüttelt und ein Vibrieren erfasste ihren Körper, das sie festzuhalten schien und sie lähmte. Sie fühlte sich machtlos, als Althea ihr die Flöte aus der Hand schlug und ihr fest in die Haare griff.

»Sag mir sofort, wo die Brosche ist, sonst reiße ich dir jedes Haar einzeln aus.«

Elina wusste nicht, was ihr mehr Angst machte: dass sie erneut Opfer einer magischen Süßigkeit geworden war oder dass Althea völlig die Beherrschung verlor.

»Das würde ich an Ihrer Stelle lassen!«

Frau Zuckerhut! Sie trug eine sonderbare Brille mit bronzenem Gewinde, bei der die Gläser abgedunkelt waren. Über die Hüften ihres bunten Wollkleids hatte sie ihren Gürtel mit den vielen Taschen und Fläschchen geschnallt. Sogleich nahm sie ein besonders kleines und warf es kräftig gegen den Stamm des Wunschbaums. Es zerbarst und Altheas Zauber erstarb.

»Sie werden bereuen, was Sie unseren Kindern und ihren Freunden angetan haben!«, schrie Frau Zuckerhut. Ihr Blick huschte voller Sorge und Entsetzen über Arthur und Juna, hin zu Robin und Charlie. Sie schien mit sich zu ringen, doch statt zu ihren Kindern zu laufen, konzentrierte sie sich auf Althea. »Ich lasse Sie nicht davonkommen!«

Durch die Ablenkung schaffte Elina es, sich loszureißen, und als Althea versuchte, sie wieder zu packen, kam ihr jemand zuvor. Elina spürte eine Hand an ihrem Arm und wurde außerhalb Altheas Reichweite gezogen. Sie schnappte erleichtert nach Luft, als sie erkannte, dass es sich um Herrn Zuckerhut handelte, der dabei war, ihr zu helfen.

»Wir übernehmen jetzt!«, sagte er. Auf seiner Nase thronte ebenfalls statt seiner normalen Brille ein ähnlich schräges Modell wie jenes von Frau Zuckerhut. »Sie hat den ganzen

Mantel voller magischer Süßigkeiten! Wir müssen vorsichtig sein, Abigail!«

»Wenn Sie sich freiwillig ergeben …«, setzte Robins Mutter an, aber da warf Althea bereits einige weiße Kugeln in ihre Richtung, die wie Kokosmakronen aussahen. Sie zerplatzten bei der Berührung mit Frau Zuckerhuts Armen und hinterließen qualmende Rauchschlieren. Frau Zuckerhut keuchte auf, fing sich jedoch rasch wieder.

»Benutz den Perlen-Paraplui!«, rief sie.

»Schon dabei!«, erwiderte ihr Mann.

Zu Elinas Verwunderung zog Herr Zuckerhut einen Regenschirm aus einer Halterung auf seinem Rücken. Er drängte sie weiter zurück, als er ihn aufspannte. Statt aus dem üblichen Material bestand der Schirm aus unsagbar vielen kleinen Zuckerperlen.

Frau Zuckerhut hatte unterdessen ein Röhrchen aus einer Tasche, die an ihrem Bein befestigt war, gezogen. Sie schraubte es auf und schüttete sich etwas von dem Inhalt in den Mund. Kaugummi! Sie machte Kaugummiblasen! Nur dass diese hier begannen, durch die Luft zu schweben. Althea war mit einem Mal umzingelt.

Die erste Blase platzte und nun wusste Elina auch, wieso Herr Zuckerhut den Zuckerperlenschirm aufgespannt hatte. Grelles Licht explodierte vor ihren Augen und ohne den Schutz des Schirms wäre sie bestimmt geblendet, wenn nicht sogar für eine Weile blind geworden. Althea taumelte. Weitere Kaugummiblasen explodierten.

Herr Zuckerhut drückte Elina den Schirm in die Hand. »Gut festhalten.«

Althea versuchte zu fliehen, doch Robins Vater hatte

schon die nächste Süßigkeit am Start: Er hob den Deckel eines Plastiktöpfchens ab, in dem sich schimmernder rosaroter Schleim befand. Mit den Fingern nahm er die klebrige Masse und zielte auf Altheas Stiefel. »Niemand entkommt der Fesselnden Fruchtgummicreme!«, sagte er.

Prompt stoppte Althea, weil Herrn Zuckerhuts Süßigkeit sie im Gras festkleben ließ.

Elina sah noch, wie Althea in ihren Mantel griff, da wurde diese bereits unsichtbar.

»Das muss eine Anderwärts-Süßigkeit sein!«, kam es von Frau Zuckerhut.

Robins Eltern rannten auf die Stelle zu, an der Althea kurz zuvor noch festgehangen hatte. Herr Zuckerhut schien etwas an seinen Gläsern einzustellen, um sie zu finden.

»Kein Mucks«, flüsterte plötzlich eine Stimme hinter ihr. Elina spürte, wie ihr etwas Hartes in den Rücken gedrückt wurde, und ihr Puls begann, ihr panisch in den Ohren zu dröhnen. »Gib mir die Brosche. Sonst landest du dieses Mal nicht in einem Albtraum, sondern in ewigem Schlaf.«

»Ich habe sie nicht mehr«, wisperte Elina.

Sofort fuhr Althea in all ihre Taschen. »Wo ist sie?!«

Elina biss sich fest auf die Unterlippe und sagte kein Wort.

»Dann kommst du eben mit mir«, zischte Althea und packte sie.

»Nein!«, rief Elina. Sie machte sich ganz schwer, wie es Piet manchmal tat, wenn er irgendwohin nicht mitwollte. Althea schaffte es nicht, ihr Gewicht zu halten, und Elina entglitt ihr.

Elina drehte sich auf den Knien um und hob den Zuckerperlenschirm schützend vor sich, da spürte sie mit dem

Daumen einen Knopf und drückte ihn einfach. Mit einem Zischen kamen aus der Schirmspitze Zuckerperlen geschossen. Elina drückte und drückte, bis Althea dem Zuckerperlenhagel nicht mehr standhielt.

Durch den Lärm waren Herr und Frau Zuckerhut anscheinend auf die Situation aufmerksam geworden, denn die beiden hasteten nun auf sie zu. Althea schob ihren linken Ärmel hoch. Ein Armband mit verschiedenfarbigen Einsätzen kam zum Vorschein. Sie löste eine blaue Kugel daraus, und als sie diese mit den Zähnen zerknackte wie eine Nuss, verschwand sie – dieses Mal endgültig, hatte Elina im Gefühl.

Robins Eltern zogen sie hoch.

»Alles okay?«, fragte Herr Zuckerhut.

»Juna hatte recht, du bist ein mutiges Mädchen«, sagte Frau Zuckerhut lächelnd.

Elina zitterte am ganzen Leib. Althea war weg …

»Juna?«, fragte sie durcheinander.

»Sie hat uns in alles eingeweiht«, erklärte Frau Zuckerhut.

War das die ganze Zeit Junas Plan B gewesen? Elina brach vor Erleichterung in Tränen aus. Herr Zuckerhut nahm sie in den Arm. »Keine Sorge. Alles kommt wieder in Ordnung.«

Auch Frau Zuckerhut stieß ein Geräusch aus, das fast nach einem Schluchzer klang. Anscheinend hatte sie das alles mehr mitgenommen, als sie sich hatte anmerken lassen. Elina sah, wie die Zuckerhut-Eltern einen Blick tauschten, und dann ließ Frau Zuckerhut sie in der Obhut ihres Mannes zurück, ehe sie zu Arthur und Juna hinübereilte.

Elinas Sorge um die anderen war so groß, dass sie nicht wusste, wohin sie zuerst sehen sollte, denn Charlie und Robin waren auch noch weggetreten.

Juna kam gerade stöhnend zu sich. »Mama? Ich bin so froh, dich zu sehen!«

Ihre Mutter drückte sie fest an sich. »Geht es dir gut?«

Arthur war der Nächste, der aufwachte. »Mein Kopf!«, brummte er.

Vor Erleichterung flossen die Tränen bei Elina nur noch schneller. Es ging ihnen gut! Doch was war mit Robin und Charlie? Elina löste sich aus der tröstenden Umarmung und gemeinsam mit Herrn Zuckerhut ging sie zu ihren Freunden. Sie kniete sich neben die beiden und schüttelte sie so heftig durch, dass ihr selbst ganz schwindlig wurde.

»Sie brauchen ein Gegenmittel«, sagte Herr Zuckerhut

fachmännisch. »Sieht mir stark nach einem Albtraumzauber aus, da kommt man schwer alleine raus. Elina, du hast wirklich einen sehr starken Willen, dass du das ohne Hilfe geschafft hast.«

Elina nickte nur und blickte besorgt zu ihren Freunden. Sie machte Herrn Zuckerhut Platz und sah zu, wie er den beiden etwas aus einem schmalen Glaskolben einflößte. Dabei zitterten seine Hände und Elina wurde klar, dass Robins Vater das alles auch sehr mitnahm.

Robin schoss abrupt hoch und keuchte auf. »Alle wollten, dass ich ein Zuckermeister werde, aber ich .... Papa?«

»Robin Zuckerhut, du hast eine Menge zu erklären«, sagte sein Vater. Dann zog er Robin an sich. »Das Wichtigste ist aber, dass du unverletzt bist.«

Elina half Charlie hoch, die gerade zu sich kam und ein paar Tränen in den Augen hatte. »Die Zuckermeister haben mir alles genommen. Meine Familie, meine Freunde ...« Sie stockte, als sie Elina ansah. »Das ... das war nur ein Traum, oder? Althea ...«

»Althea ist weg«, sagte Elina. »Ohne den Koffer und die Brosche.«

»Wirklich?«, fragte Charlie mit zittriger Stimme.

»Wirklich«, beteuerte Elina sanft. »Du bist in Sicherheit.«

Sie blickte zu den Zuckerhuts, dieser wilden und verrückten und absolut magischen Familie. Trotz der Gefahr, in der sie sich kurz zuvor noch befunden hatte, musste sie plötzlich lächeln. Denn sie war Teil dieses kleinen magischen Wunders heute Nacht gewesen. Und das fühlte sich verdammt gut an.

Kapitel 35

»Was, glaubst du, machen sie jetzt mit uns?«

Elinas Frage war nur ein leises Wispern. Gemeinsam mit Charlie und Robin saß sie in Robins Zimmer, nachdem Herr und Frau Zuckerhut alle mit dem Rest der Zack-und-weg-Zuckerstange aus dem Koffer hergebracht hatten. Seit einer geschlagenen Stunde warteten sie nun.

Juna hatten ihnen zwischendurch Kakao gebracht. »Sie müssen das ausdiskutieren«, hatte sie gesagt. Elina war müde und erschöpft, genau wie Charlie und Robin. Sie hatte den beiden alles erzählt, was sie verpasst hatten, und seitdem malten sie sich gemeinsam die schaurigsten Szenarien aus. Was würden Robins Eltern entscheiden?

Es war fast zwei Uhr morgens, als Frau Zuckerhut an die Tür klopfte. Sie führte die drei aus dem Haus, außen herum zum Turm.

»Vielleicht haben die doch ein Verlies«, flüsterte Charlie.

Arthur hatte doch nur einen Scherz gemacht. Oder?

Das Turmzimmer war in warmes Licht getaucht, denn an den Wänden hingen mehrere Schirmlampen. Neben dem Fenster stand ein schmaler Schreibtisch, es gab ein Buchregal und einige Fotos hingen an der Wand. Der Notfallkoffer lag in der Mitte auf dem Boden, die dritte Brosche obenauf. Herr Zuckerhut hatte sie mühsam im Gras gesucht, ehe alle gemeinsam den Park verlassen hatten.

»Wir haben lange geredet«, sagte Frau Zuckerhut. »Dein Vater und ich sind der Meinung, dass ihr die letzte Brosche einsetzen und zum Museum der Zuckerkünste reisen solltet. Ihr habt diese Sache begonnen und ihr werdet sie gemeinsam beenden.«

»Wirklich?« Robin starrte seine Mutter an.

»Glaub mir, wir haben noch eine ganze Menge Dinge zu sagen. Aber der Abend war lang, und nach allem, was ich von Juna und Arthur weiß, habt ihr es verdient, eure Mission auch zu Ende zu bringen«, erklärte Frau Zuckerhut.

»Wo ist der Haken?«, fragte Robin.

»Magie hat immer ihren Preis, das weißt du.« Sie bedachte Elina und Charlie mit einem traurigen Lächeln. »Besonders für diejenigen, die nicht mit ihr vertraut sind.« Frau Zuckerhut wies mit einer Hand auf den Koffer und die dritte Brosche. »Ich lasse euch jetzt allein. Und wenn ihr wieder da seid, dann … werden wir weitersehen.«

Sie schloss die Tür hinter sich und Stille kehrte ein.

»Was hat deine Mutter damit gemeint?«, fragte Elina besorgt.

»Ich … ich weiß es nicht genau.«

»Vermutlich, dass es einen gigantischen Haufen Strafen

gibt!«, meinte Charlie. Sie ließ sich auf den Schreibtischstuhl plumpsen und fuhr sich durchs Haar. Von allen dreien hatte sie Altheas Albtraumzauber am meisten mitgenommen.

»Macht ihr mal.«

»Bist du sicher?«, fragte Elina, doch Charlie nickte nur. Elina nahm sich vor, sie später noch einmal genauer nach ihrem Traum zu fragen.

Robin kniete bereits seitlich neben dem Koffer und hatte den Deckel hochgeklappt. Er hielt ihr die Brosche hin. »Du hast sie beschützt und solltest sie auch einsetzen.«

Elina trat zaghaft vor und ging auf die Knie. Robin legte ihr die Brosche in die Hand und sie betrachtete die vielen wunderschönen Details des Schmuckstücks und konnte fast schon fühlen, wie die Magie darin ihr zuflüsterte. Noch einmal mutig sein, ein letztes Mal … ihre Augen schweiften über den Koffer und sie strich sanft mit der freien Hand über die verbleibenden Süßigkeiten und die Karte, um stumm Danke zu sagen.

Ganz sachte schob sie die Bonbonbrosche an ihren Platz.

Elina wurde von einem unheimlich schönen Gefühl erfüllt, das sie an das Glück erinnerte, welches sie dank Junas Karamellbonbons gespürt hatte, ehe alles so richtig losgegangen war. In diesem Koffer steckte das Abenteuer ihres Lebens und nun war es fast vorbei. Und dabei hatten Charlie, Robin und sie gelernt, mit ihrem Kopf, ihrem Herzen und aus vollster Seele Madame Picots Erben zu vertrauen.

Plötzlich war es, als wolle der Koffer ihnen ein letztes Mal wahre Magie schenken. Die Broschen leuchteten und verwandelten sich in kleine, kugelförmige Lichter. Sie zerplatzten wie bei einem Feuerwerk und der Lichterregen stob durch die Luft. Jeder einzelne glimmende Funke verwandelte sich in eine Süßigkeit. Elina hielt den Atem an, als die schimmernden, leicht durchsichtigen Illusionen wie ein Wirbel um sie herumtanzten. Sie lachte auf. So etwas Schönes hatte sie noch nie gesehen und in diesem Moment, umgeben von Abbildern leuchtender Süßigkeiten, wusste sie, dass dieser Zauber vielleicht verfliegen würde, aber niemals diese Erinnerung.

Die Lichter erstarben nach und nach, bis nur noch drei zurückblieben und ganz sachte in ihre Handflächen schwebten. Bei der Berührung wurden sie zu drei echten Bonbons, auf denen *Barmherzige Bittenerfüller-Bonbons* stand.

Elina löste sich aus dem Bann und blickte zu ihren Freunden.

»Die bringen uns zu den Zuckermeistern«, wisperte sie.

»Es sind genau drei«, sagte Robin. »Das ist …«

»… wahre Magie?«, half Charlie ihm aus.

»Wahre Magie«, erwiderte Robin.

Als sie alle drei die Bonbons auswickelten, gemeinsam »Museum der Zuckerkünste!« riefen und sie in den Mund schoben, fühlte sich der Augenblick so endgültig an. Ehe die Bonbons ihre Wirkung entfalteten, überkam Elina ein Gefühl der Sorge: Würde alles gut gehen? War ihre Freundschaft stark genug, um diese letzte Hürde zu überwinden?

Sie holte tief Luft, um sich gegen das zu wappnen, was kam – da verschwand das Turmzimmer um sie herum bereits und die Magie trug sie an einen anderen Ort.

Kapitel 36

Sie standen in einem großen, mit Glas überdachten Innenhof auf einem weißen Mosaik, das ein Wappen zeigte. Ein Kochlöffel, der sich mit einem Schneebesen überkreuzte. In der Mitte waren zwei ineinander verschlungene Buchstaben in eine goldene Münze geprägt, ein *S* und ein *B*, und dahinter lag ein Lorbeerkranz. Die Buchstaben mussten für das süße und bittere Talent stehen, dachte Elina. Ringsherum wuchsen Pflanzen und Palmen, zwischen synchron angeordneten Wegen auf beiden Seiten. Elina fühlte sich wie bei einer Zeitreise, denn der Innenhof wurde von altem Steingemäuer mit unzähligen Fenstern in kunstvollen Metallrahmen eingeschlossen. Geradeaus schlängelte sich eine breite Treppe ins Innere des Gebäudes.

»Das ist das Museum der Zuckerkünste?« Charlie stellte die Frage, die wohl alle beschäftigte.

Elina legte den Kopf in den Nacken und sah zur Glasdecke. Weit oben gaben altmodische Lampen Licht ab.

Schon näherten sich Schritte. Am Eingang der Treppe tauchte eine hagere Frau auf, die ein langes weißes

Kleid trug und mit ihrer Flechtfrisur ein wenig an eine Elfe erinnerte. Eine ziemlich übellaunige Elfe, ihrer Miene nach zu urteilen. Sie rauschte wie eine Dampflok auf die drei zu und begann energisch, mit den Händen herumzufuchteln.

»Was steht ihr denn da rum? Zack, zack! Wir haben nicht die ganze Nacht Zeit.«

Elina räusperte sich. »Entschuldigen Sie, aber wer sind Sie?«

»Magdalena Illmore«, sagte sie. »Eine der acht Reveretti.«

Statt weitere Erklärungen zu geben, rauschte sie wieder ab.

»Hat sie gesagt, sie sei ein Rettich?«, fragte Charlie.

»Eine *Reveretti*«, sagte Robin. »Ich glaube, das bedeutet, sie ist die Vertraute eines Zuckermeisters.«

»Wir sollten ihr wohl nachgehen«, meinte Elina.

Frau Illmore stand oben an der Treppe und wippte ungeduldig mit dem Fuß auf und ab. »Beeilung! Ihr wollt sie doch nicht warten lassen. Die Jugend heutzutage …«

Die Reveretti führte Charlie, Robin und Elina durch etliche Gänge. Elina verlor nach wenigen Minuten vollkommen die Orientierung. Es ging Stufen hoch und runter, durch Flure mit dicken Teppichen und Gemälden und Räume voller Schaukästen und Skulpturen. Elina war nicht oft in einem Museum gewesen, aber dieses hier hatte stark etwas von einem Palast voller Schätze. Sie wünschte sich insgeheim, nur ein paar Mal stehen bleiben zu können, um einen Blick auf die vielen Schmuckstücke, Geräte und Kostbarkeiten zu werfen.

»Ich habe mal gelesen, dass hier lauter geheime Rezepte und uralte Bücher, die angeblich von Madame Picot selbst stammen, aufbewahrt werden«, flüsterte Robin. »Es soll Räume voller magischer Werkzeuge von berühmten Süßigkeitenwerkern geben und lauter Geheimgänge, die zu streng geheimen Süßigkeitenküchen führen.«

Robins Worte versetzten Elina in Staunen. Wenn sogar er aufgeregt wegen solcher Dinge war, mussten die wirklich besonders sein! Dürften sie sich doch nur umsehen!

»Alles Dinge, die ihr nie zu Gesicht bekommen werdet!«, sagte Frau Illmore schnippisch. »Schneller!« Sie öffnete eine schmale Tür zur ihrer Linken. »Rein mit euch!«

»Kommen Sie nicht mit?«, fragte Elina.

»Oh nein. Ich habe andere Verpflichtungen, Kind.«

Elina ging vor, Robin und Charlie dicht hinter sich. Die Tür schlug laut zu.

»Die war vielleicht unfreundlich«, murmelte Charlie.

»Verzeiht Magdalena ihr Verhalten. Sie wurde immerhin aus dem Bett geworfen und es ist spät«, sagte eine neue Stimme. Sie gehörte zu einer schwarzen Frau mit kurzen dunklen Haaren, die hinter einem gewaltigen Holzschreibtisch stand. Die goldenen Nähte ihres Hosenanzugs glänzten im flackernden Licht, das ein Kamin abgab. Elina sah, dass auf der Brusttasche dasselbe Wappen zu sehen war wie auf dem Mosaik im Innenhof.

»Setzt euch, bitte.« Unter ihrem aufmerksamen Blick verteilten sich die drei auf Stühle vor ihrem Schreibtisch und die Fremde ließ sich auf ihrem eigenen Stuhl nieder.

»Mein Name ist Zoe Bonet und ich bin eine Zuckermeisterin des Conciliums.«

Elina fühlte sich von Frau Bonets ruhiger und mächtiger Ausstrahlung eingeschüchtert.

»Wir …«

»Oh, keine Sorge. Ich weiß, wer ihr seid«, sagte Frau Bonet. Sie faltete die Hände ineinander und betrachtete die drei eingehend. »Elina Pfeffer, Charlotte Sommerfeld und Robin Zuckerhut, der Spross aus einer unserer ältesten Süßigkeitenwerker-Familien.« Frau Bonet machte eine lange Pause. »Uns ist nicht gänzlich verborgen geblieben, was sich in Belony zugetragen hat. Die Einmischung der Zuckermeister bedarf jedoch mehr als ein wenig magischen Süßigkeitenwerker-Chaos. Einige aus unseren Reihen waren sogar der Meinung, dass die Zuckerhuts Schuld an den Bitterlingen tragen. Bedenkt man die Geschichte deiner Familie, lieber Robin, keine ganz so abwegige Theorie.«

Elina sah, wie Robin verwirrt die Stirn runzelte. »Die Geschichte meiner Familie?«

»Ah«, machte Frau Bonet nachsichtig. »Deine Eltern haben es euch also nicht gesagt. Nun, es ist so: Sie haben in ihrer Jugend einen schwerwiegenden Fehler begangen, der unser aller Geheimnis gefährdet hat. Es ist nicht an mir, dir alles darüber zu erzählen, jedoch führte dies damals zur Verweigerung einer Lizenz auf unbestimmte Zeit.«

Robin blickte die Zuckermeisterin ein wenig verärgert an.

»Anscheinend liegt es euch Zuckerhuts im Blut, gegen die Regeln zu verstoßen«, fuhr Frau Bonet fort. »Diese zwei Mädchen«, sie zeigte auf Charlie und Elina, »gehören nicht in unsere Welt und dennoch sitzen sie heute vor mir. Wie kann das sein, frage ich mich.«

Frau Bonet ließ Robin gar nicht darauf antworten, sondern sprach weiter.

»Natürlich wird nicht vergessen, was ihr Beachtliches geleistet habt.« Sie zog eine Schublade in ihrem Schreibtisch auf, holte eine Zuckerdose heraus und schraubte sie auf. »Charlotte, bediene dich. Eine Kugel müsste deine Verzauberung aufheben.«

Zaghaft nahm Charlie eine der kristallfarbenen Zuckerkugeln zwischen die Finger.

»Verzeihen Sie die Frage, Frau Bonet«, sagte Elina höflich. »Aber woher wissen Sie all das? Wenn Sie doch die Ereignisse im Blick haben, wieso haben Sie … also, die …«

»Wieso die Zuckermeister nicht geholfen haben?«, führte sie Elinas Frage aus. »Nun, eigentlich ist es mir nicht erlaubt, mit Kindern die Angelegenheiten der Zuckermeister zu debattieren. Ich denke jedoch, in eurem Fall kann ich eine winzige Ausnahme machen.«

Nachdem Charlie auf der Zuckerkugel herumzukauen begann, verschloss und verstaute Frau Bonet die Zuckerdose wieder. Sie war wirklich schwer einzuschätzen! Nicht unfreundlich, aber auch sehr distanziert. Was sollte Elina nur von dieser Frau halten?

»Die Person, die ihr jedoch als Althea kennt, heißt eigentlich Vivien Althea Romina Aldric. Wir waren schon lange auf der Suche nach ihr. Einige Male sind wir auf ihre Spur gestoßen, in Belony hätten wir sie aber nicht vermutet. Sie gilt seit Jahren als vermisst. Unser Zögern hatte jedoch viele Gründe, die ich euch nicht nennen werde.«

Ob Elina jemals erfahren würde, was es wirklich mit Vivien auf sich hatte?

Sie hoffte jedenfalls, diese Frau nie wieder sehen zu müssen.

»Es bringt nichts, weiter in dieser alten Angelegenheiten

herumzustochern, das ist Sache der Zuckermeister«, sagte Frau Bonet bestimmt. »Um die Menschen, die wegen Vivien Aldric mit Bitterlingen in Berührung gekommen sind, wurde sich nun gekümmert. Zudem werde ich Emil Schnotter einen Besuch abstatten, da er meine Kontaktperson war. Diesen letzten Dienst bin ich ihm nach seinem Einsatz wohl schuldig.«

»Sie kennen Herrn Schnotter?«, fragte Elina erstaunt.

Frau Bonet überging Elinas Frage einfach. »Aus Dankbarkeit für eure Unterstützung im Kampf gegen Vivien Aldric möchte das Concilium der Familie Zuckerhut die Möglichkeit geben, die Prüfungen ablegen zu dürfen, und somit die Chance, ihre Lizenz zu erwerben. Was euch Mädchen angeht …« Die Zuckermeisterin hielt inne. »Euer Wunsch hat sich erfüllt, nicht wahr?«

»Das Verbot meiner Familie ist aufgehoben?«, fragte Robin ungläubig. »Für immer?«

Frau Bonet nickte. »Elina, Charlotte, würdet ihr Robin und mich nun entschuldigen?«

»Sie wollen mit ihm allein sprechen?«, fragte Elina unruhig.

»In der Tat. Bitte geduldet euch solange draußen.«

»Aber sie …« Robin verstummte eingeschüchtert unter dem harten Blick von Frau Bonet.

»Ist okay«, flüsterte Elina ihm zu. »Wir warten vor der Tür.«

Im Flur war es kalt und dämmrig. Frau Illmore hatte Elina und Charlie dazu gezwungen, sich auf eine Bank vor einem Fenster zu setzen, damit sie »nichts kaputt machten«.

»Was, glaubst du, besprechen die da so lange?«, wisperte Charlie. »Und wieso dürfen wir es nicht hören?«

»Irgendwas wegen der Lizenz? Oder dem Koffer? Geheime Süßigkeitenwerker-Sachen?«

»Die Frau redet wie ein Wasserfall«, murmelte Charlie. »Die wollte nicht mal irgendwas von uns wissen. Kam dir das nicht auch komisch vor?«

»Ist dir mal aufgefallen, dass sie zwar viel gesagt, dabei aber kaum was verraten hat?«, meinte Elina. »Wenn die Zuckermeister von Vivien Aldric wussten, hätten sie früher etwas unternehmen müssen. Was ist damals bloß passiert?«

»Ich weiß auch nicht.« Charlie sah nervös zur verschlossenen Tür. »Ich habe ein ganz komisches Bauchgefühl.«

»Ich weiß, was du meinst. Irgendwas verbergen die Zuckermeister«, murmelte Elina.

»Die magische Welt scheint voller Geheimnisse zu sein«, sagte Charlie.

Die Tür wurde quietschend geöffnet und Robin kam heraus. In den Händen hielt er eine kleine Schatulle. Elina blickte ihm prüfend ins Gesicht. Er sah blass und besorgt aus.

Was hatte Frau Bonet ihm noch gesagt? Und was war in dieser Kiste? Ein ungutes Gefühl machte sich in ihr breit.

»Gut, dann gehen wir mal zurück in den Innenhof«, drängte Frau Illmore.

Elina hatte die Reveretti fast vergessen, da sie stumm und steif, als wäre sie eine Statue, ein Stück entfernt gestanden und Charlie und sie beaufsichtigt hatte. Auch jetzt führte sie alle in einem richtigen Gefängniswärterinnen-Marsch zurück zum Innenhof.

»Du weißt, was zu tun ist?«, fragte sie Robin.

Er hielt die Schatulle hoch. »Ja.«

Frau Illmore blickte auf eine goldene Armbanduhr. »Ich gebe euch fünf Minuten.«

»Fünf Minuten wofür?«, fragte Elina, doch Frau Illmore war schon außer Hörweite. Elina sah zu Robin, der auf die Schatulle starrte, als enthalte sie ein weiteres Geheimnis.

»Was ist dadrin?«, fragte Charlie.

Robin atmete tief durch und sah sie beide dann an. »Eine Süßigkeit.« Seine Stimme klang zittrig. Er räusperte sich. »Die bringt uns zurück. Aber wenn ihr sie nehmt, dann …« So hatte Elina Robin noch nie gesehen. Er wurde noch blasser und wirkte sehr traurig, als laste ein schweres Gewicht auf seinen Schultern. »Dann werdet ihr alles vergessen.«

»Alles?«, hauchte Elina.

»Alles über die Magie, die Süßigkeitenwerker und … mich.«

Für einige Herzschläge sagte keiner mehr etwas.

»Sie wirkt bei Süßigkeitenwerkern anders«, sagte Robin. »Ich bin gegen die Nebenwirkung immun. So sind die Regeln, meinte Frau Bonet. Sie hat mir gesagt, dass sie meine ganze Familie so wie Herrn Schnotter ins Exil schickt, wenn ich mich nicht daran halte. Denn wir Süßigkeitenwerker müssen unser Geheimnis bewahren.«

»Es ist in Ordnung«, presste Elina hervor. Zuerst hielt sie sich an ihren eigenen Worten fest, versuchte, stark zu bleiben, aber ganz langsam kamen ihr doch die Tränen. Eben noch hatte sie darüber nachgedacht, dass sie durch dieses Abenteuer, das größte ihres Lebens, Freunde – und Magie – gefunden hatte und das wollte man ihr nehmen?

»Wir verstehen das«, sagte Charlie, die so elend aussah, wie Elina sich fühlte.

»Du hast dich für uns eingesetzt, also machen wir das Gleiche auch für dich. Es ist okay, wirklich«, sagte Elina und konnte die Tränen nicht mehr zurückhalten.

»Eure fünf Minuten sind um!«, rief Frau Illmore. Sie klang so gereizt, dass es Elina nicht gewundert hätte, wenn sie gleich rübergekommen und ihnen die Süßigkeiten persönlich in den Rachen gestopft hätte, damit sie alle auf der Stelle abzischten.

Elina zog Charlie und Robin an sich. Sie waren ein Knäul aus Händen und Armen und drückten einander so fest, als wollten sie sich nie wieder loslassen. Und ein Teil von Elina wollte das auch nicht. Wollte für immer mit Robin und Charlie zusammenbleiben.

»Gar nicht okay ist das«, wisperte Robin. »Ich will euch nicht verlieren.«

»Unsere Freundschaft kann uns niemand nehmen«, sagte Charlie.

»Ein Talent wie Freundschaft vergisst man nicht«, fügte Elina hinzu.

Die drei lösten sich voneinander und Robin hob den Deckel der Schatulle. Drei Bonbons, drei Rückfahrscheine. Jeder nahm sich eins, und während die Süßigkeiten ihre Magie entfalteten, dachte Elina daran, dass die Angst, ihre Freunde zu verlieren, nicht nur etwas Schreckliches war. Sie machte Elina auch stark. Der nur, wer Angst hatte, hatte auch etwas, für das es sich immer und überall zu kämpfen lohnte.

Kapitel 37

Die Geburtstagsparty war in vollem Gange. Poppige Musik, leckere Bowle und jede Menge Leute – Elina hätte es sich nicht schöner vorstellen können. Sie konnte noch immer nicht ganz fassen, dass sich ihr größter Wunsch erfüllt hatte, und das noch, bevor sie dazu gekommen war, die Kerzen auf der Torte auszupusten: eine echte Freundin.

»Hey, Elina!« Charlie kam auf sie zu und lächelte breit. »Rate, wer gewonnen hat?«

Bei der ersten Runde ihres Krimidinner-Spiels hatte Elina leider das Los gezogen, als Opfer eine ganze Weile draußen herumzusitzen, während Charlie in der Rolle als Schriftstellerin mit den anderen versuchte, den Übeltäter zu entlarven.

»Du! Hast du herausgefunden, wer mich abgemurkst hat?«

»Stell dir vor: Es war Jonas!«, sagte Charlie.

Elina musste grinsen. Charlie trug noch immer einen Glitzerschal, den Federhut und die dazu passende Glitzerbrille. Sie sah einfach viel zu albern mit dem Zeug aus.

Zwei Mädchen aus ihrem Feldhockeyteam gingen an ihnen vorbei zum Snacktisch.

»Super Manöver gestern!«, lobte Laura. »Dass ihr zwei mal Freundinnen werdet, hätte ich nie gedacht! Einzeln seid ihr super, aber zusammen echt eine Wucht! Dank euch haben wir gewonnen!«

Charlie hielt Elina eine Hand hin und Elina schlug ein.

»Natürlich sind wir das!«, sagte Charlie.

»Das coolste Duo!«, stimmte Elina ein.

Plötzlich verspürte Elina einen Stich im Herzen, als würde etwas nicht stimmen.

Duo? Wieso klang das Wort so … falsch in ihren Ohren?

Elina hatte plötzlich das Gefühl, etwas drücke ganz fest auf ihre Brust, etwas Schweres, das sie traurig stimmte, und sie wusste nicht einmal, warum.

Auch Charlie wirkte auf einmal niedergeschlagen. Sie nahm den Hut vom Kopf und seufzte.

»Die Party ist ja echt mega«, murmelte sie. »Aber …«

»Irgendwas fehlt?«, half Elina aus. »Das fühlt sich jedenfalls so an.«

Charlie nickte. »Als wäre was nicht vollständig.«

»Na, ihr Geburtstagskinder!«, sagte Elinas Mutter fröhlich. Sie trug eine Schale Chips in den Händen und wollte anscheinend Snacks nachfüllen. »Gleich gibt's Kuchen!« Sie blieb stehen und schaute die Mädchen verwundert an. »Alles okay bei euch?«

»Jaja«, sagte Elina hastig.

»Alles super!«, meinte Charlie.

»Na dann!« Elinas Mutter lächelte. »Könnt ihr vielleicht kurz mit anpacken und die anderen Schalen aus der Küche holen? Opa ist gerade im Keller und holt Eis.«

»Klar, Mama!« Elina fasste Charlie an der Hand und zog sie hinter sich her.

In der Küche legte Charlie den Rest ihrer Verkleidung ab und Elina goss sich einen Becher Apfelschorle ein. Eine seltsame Stille breitete sich zwischen ihnen aus, die Elina selbst nicht verstand. Sie war jetzt dreizehn! Endlich erwachsen! Ihre Eltern hatten ihr sogar den wunderschönen Feldhockeystock aus der Kollektion ihrer Lieblingsspielerin geschenkt! Sie sollte glücklich sein, wieso also war sie es nicht?

»Fühlst du dich schon lange so komisch?«, fragte Charlie.

»Immer mal wieder. Ich dachte erst, es wäre wegen der Aufregung, weil das Hockeyspiel nachgeholt wurde, aber dann ging dieses seltsame Gefühl einfach nicht weg. Was ist denn nur los mit uns?«

»Wenn ich das wüsste«, murmelte Charlie.

Es klingelte an der Tür und Elina setzte sich nachdenklich in Bewegung. Draußen stand ein Junge, der ihr irgendwie bekannt vorkam. Er hatte schwarzes Wuschelhaar und helle blaue Augen wie der Himmel an besonders klaren Tagen. Jemand aus der Parallelklasse? Charlie war beim Verteilen der Einladungen etwas übereifrig gewesen und einige der Gäste kannte Elina nur vom Sehen.

Sie sah ihn freundlich an. »Hallo. Kann ich was für dich tun?«

»Ich wollte zu eurer Party, habe auch ein Geschenk für Charlie und dich.«

»Kennen wir uns aus der Schule oder bist du ein Freund von ihr?«

Der Junge lächelte. »Ein guter Freund.«

Elina ließ ihn herein und führte ihn in die Küche.

»Oh, hallo!«, begrüßte Charlie ihn. »Ich liebe Geschenke! Zeig mal!«

Der Junge zog eine Pralinenschachtel aus der Papiertüte, die er festgehalten hatte. »Die sind selbst gemacht. Ihr müsst sie probieren! Die verändern euer Leben.«

Elina fand die Bitte etwas seltsam. »Sind die echt so gut?«

»Versprochen!«, sagte er.

»Wie heißt du überhaupt?«, fragte Elina skeptisch.

»Verrate ich dir, wenn du eine Praline isst!«

Charlie hatte sich bereits eine der Schokokugeln in den Mund geschoben und schmatzte genüsslich. Vergiftet waren sie also nicht! Elina schüttelte sich. Die Krimidinner-Party machte sie noch paranoid!

Sie nahm sich auch eine. »Mhh, lecker!«

Dann geschah etwas Sonderbares.

Elina spürte, wie ihr ganz warm wurde. Zuerst in den Fingerspitzen, dann in den Armen. Die Wärme verteilte sich in ihrem ganzen Körper, und als sie ihr Herz umschloss, vergaß Elina vor Schreck zu atmen. Da waren Erinnerungen. So viele Erinnerungen …

Für einen Augenblick konnte Elina nur dastehen und den Jungen anstarren.

»Robin?«, testete sie vorsichtig den Klang seines Namens aus.

Er lächelte sie sanft an. »Ja, ich bin's.«

Über Elina flutete eine solch heftige Welle von Gefühlen,

dass ihr sofort Tränen in die Augen schossen. Das war Robin! Charlie und sie waren kein Duo! Er gehörte dazu! Ihr entwich ein Schluchzer und sie fiel ihm um den Hals. »Robin! Wie konnten wir dich nur vergessen?! Du gehörst doch zu uns! Wie hast du uns von dem Zauber befreit?«

Robin gab einen erstickten Laut von sich, weil sie ihn zu fest gedrückt hatte. Etwas peinlich berührt von ihrer eigenen stürmischen Reaktion, ließ Elina ihn los und wischte sich rasch die Tränen fort.

Charlie starrte Robin ebenso aufgelöst an. »Der Fluch! Der Koffer! Die Broschen! Du! Die Zuckermeister! Ahhhh!« Sie drückte Robin ebenfalls an sich. »Ich war noch nie so froh, dich zu sehen, Brummbart! Danke!«

Als Charlie zurücktrat, fasste Elina sie an der Hand. Sie hatten Robin wieder!

Robin lächelte breit. »Ihr habt doch nicht etwa geglaubt, dass ich mir nichts einfallen lassen würde. Vergiss-mein-nicht-Pralinen. Meine Eltern haben mir geholfen.«

Elina hätte Robin gleich noch mal drücken können!

»Frau Bonet hatte mit einem recht«, sagte Robin. »Ich bin ein Zuckerhut und mir liegt es im Blut, gegen die Regeln zu verstoßen. Und darauf bin ich echt stolz.«

»Deine Eltern haben das für uns getan?«, fragte Elina gerührt. »Aber dann …«

»Sie waren mit allem einverstanden«, sagte Robin. »Meine ganze Familie war das. Ich muss euch eine Menge erzählen. Es ist so viel passiert, seitdem wir drei …«

»Stopp!«, unterbrach Charlie ihn. »Heute ist unser Geburtstag! Bitte, lasst uns nur diesen einen Tag ohne Magie und Fragen und Sorgen verbringen. Das ist mein Wunsch.«

»Na, wenn es dein Geburtstagswunsch ist … herzlichen Glückwunsch euch beiden übrigens!«, sagte Robin. »Hast du auch einen Wunsch, Elina?«

Elina hatte nicht mehr richtig zugehört. Ihr Blick war am Fenster hängen geblieben. Das war doch …

»Da draußen steht eine Frau mit schwarzem Mantel!«, presste sie erschrocken hervor.

»Was?!«, riefen Robin und Charlie aus.

Doch als Elina ein weiteres Mal hinaussah, war dort niemand … lag das daran, dass sie ihre Erinnerungen wiederhatte? Hatte sich eine davon mit der Realität überschnitten? War das alles nur Einbildung?

»Ich … sie war da«, flüsterte Elina unsicher.

Mit klopfendem Herzen ging sie erneut zur Haustür, die anderen dicht hinter sich, und gemeinsam liefen sie auf die andere Straßenseite. Elina spannte sich an, denn dort an der Stelle, wo sie Vivien Aldric das allererste Mal gesehen hatte, lag ein leeres Süßigkeitenpapier, auf dem *Scharfsinnige Schlemmerschokolade* stand. Diese Schokolade hatte sie ihr als Althea Rauch überreicht … war das Papier eine Drohung?

»Was hat das zu bedeuten?«, fragte Charlie.

»Althea hat Belony vielleicht verlassen«, antwortete Elina. »Aber Vivien Aldric ist noch irgendwo da draußen. Sie wird zurückkehren … und sie wird uns nicht vergessen.«

»Soll sie doch!«, meinte Robin. »Wir werden bereit sein.«

Charlie nickte entschlossen. »Weil wir ein Team sind.«

Elina sah zu ihren Freunden und begann, glücklich zu lächeln. Sie spürte, wie die Angst in ihr von etwas anderem überlagert wurde.

Mut. Denn Charlie und Robin waren alles, was sie zum Mutigsein brauchte.

»Weil unser Talent Freundschaft ist«, sagte Elina.

Danksagung

Ich danke meiner Lektorin Laura Held. Ganz am Anfang, als die Idee zu »Die Zuckermeister« nur ein einzelner Gedanke war, hast du mit deiner herzlichen, positiven und wundervollen Art eine ganze Geschichte aus mir herausgekitzelt! Von der ersten bis zur letzten Seite hast du mich angefeuert, mir geduldig neue Dinge beigebracht und dich immer und überall für unsere Geschichte stark gemacht. Ich könnte auch ohne Laber-Lakritze endlos lange darüber schwafeln, dass dieses Buch ohne dich nicht mal halb so toll geworden wäre!

Vielen Dank an meinen Agenten Niclas Schmoll. Ich werde es niemals leid, allen unter die Nase zu reiben, dass du der beste Agent der Welt bist! Du hast jederzeit ein offenes Ohr, verstehst mich und bringst mich am Telefon so oft zum Lachen. Auf viele weitere, schöne Bücher!

Das ganze Team von Arena hat mich so unglaublich lieb aufgenommen, dass ich mein Glück gar nicht fassen konnte, bei euch ein Buch machen zu dürfen! Der Satz »Ich bin jetzt Autorin bei Arena« ist fast besser als magische Süßigkeiten! Special thanks an die liebe Deborah, die das Projekt von der ersten bis zur letzten Version so lieb begleitet und unterstützt hat.

Ich danke meiner Familie. Meiner Mutter, die mein persönlicher Sonnenschein ist und mit mir durch dick und dünn geht. Meinem Bruder Tim, der zwar genauso grummelig wie Robin ist, aber auch genauso cool. Und meiner Schwester Steffi, denn obwohl wir wie Elina und Charlie ganz unterschiedliche Menschen sind, passen wir gerade deshalb so gut zusammen wie das bittere und süße Talent. Das eine kann ohne das andere nämlich nicht existieren!

Fabian – du warst einer der Ersten, der das Buch gelesen hat und wegen deinem Feedback habe ich Sturzbachtränen der Freude geweint. Danke, dass du mich daran erinnert hast, wieso ich das Schreiben liebe. Wenn jemand Freundschaft als Talent hat, dann du!

Eva – du hast gemeinsam mit mir gelitten und gelacht, wenn es mit dem Projekt auf und ab ging, und trotzdem nie den Glauben an die Geschichte und mich verloren. Dass wir uns gefunden haben, ist einer der schönsten Glücksfälle meines Lebens!

Carina – wir würden die Süßigkeiten aus dem magischen Koffer vermutlich aufessen, ehe sie etwas bewirken könnten, aber mit einer besten Freundin wie dir erfüllt sich sowieso jeder Wunsch von ganz allein!

Liz – ich bin fest davon überzeugt, dass in dir eine Süßigkeitenwerkerin steckt, denn deine Kekse sind magisch! Beim Kampf gegen das Böse will ich dich definitiv in meinem Team haben!

Nicht zu vergessen, Laura K., die mit ihren klugen Worten schon so manch eine Krise abgewehrt hat, mich immer mit den süßesten Katzenfotos versorgt und einfach eine coole Socke ist! Ebenso Bianca, die mir seit so vielen Jahren den Rücken stärkt und einen besonderen Platz in meinem Herzen hat. Genauso wie Lisa R., die immer zum #Team-Awesome gehören wird!

Weitere Herzensmenschen, denen ich danken möchte: Steffi H., weil du klug und lieb und wunderbar bist und dir so viel Zeit genommen hast, mir mit kleinen, aber feinen Details vom Buch noch kurz vor Schluss zu helfen! Ann-Kathrin, weil du mir jederzeit virtuelle Umarmungen schickst, wenn ich sie brauche. Cristina H., weil du sofort Feuer und Flamme für »Die Zuckermeister« warst, als ich das erste Mal davon erzählt habe! Außerdem danke an die liebe Carolin W. (du rockst!), an Alena (für alles!), an Lisa (it's nice to have a friend!), sowie Verena (dein Input war so wertvoll!) und Heffa (für deine Unterstützung!).

Danke auch an die fabulös-fantastische Lucy Astner für den coolen Blurb des Buches! Du bist ein wunderbares Vorbild und ich freue mich zucker-zauber-mäßig darüber! Zudem verdient die liebe Viktoria Gavrilenko den fettesten Applaus von allen. Als Illustratorin hat sie sich so ins Zeug gelegt und einfach alles gegeben, um unseren Wünschen gerecht zu werden. Dieses unfassbar schöne Cover, die ganzen Illustrationen und vielen Details, dafür gibt's keine Worte! Danke! Danke! Danke!

Und dann bist da natürlich noch du, liebe/r Leser/in! Ich freue mich, dass du dich für dieses Buch entschieden hast! Sehen wir uns im nächsten Abenteuer wieder? Ich hoffe es!

Alles Liebe,
eure Tanja

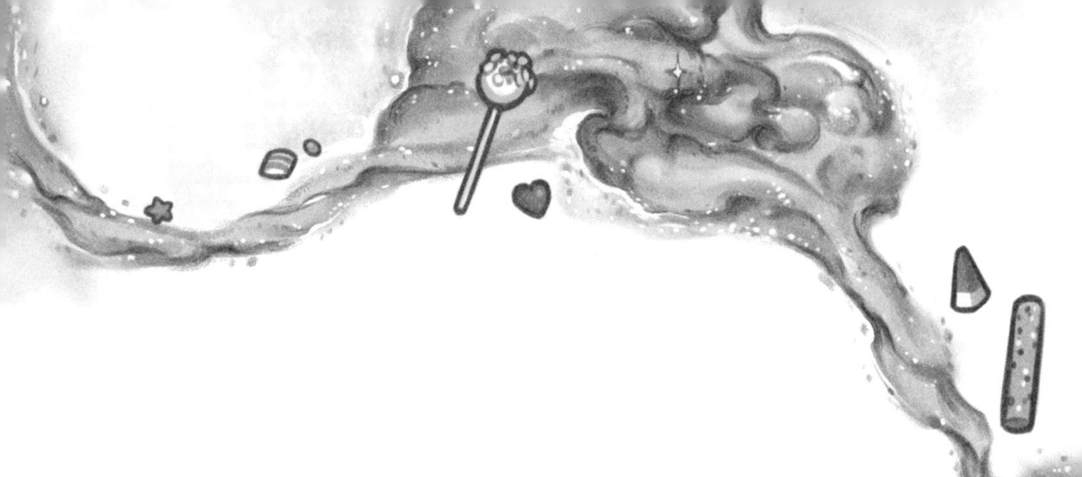

Das Abenteuer von Elina, Charlie
und Robin geht weiter in

»Die Zuckermeister –
Die verlorene Rezeptur«.

ISBN 978-3-401-60534-0

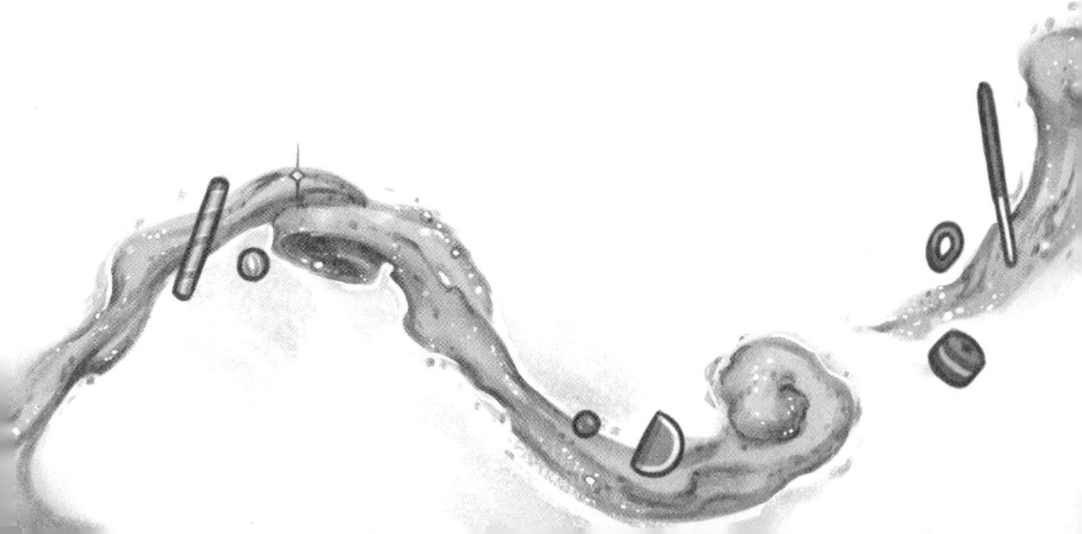

Tanja Voosen

Die Zuckermeister

Die verlorene Rezeptur (2)

Magische Süßigkeiten und echte Wunder? In Belony hat Elina beides erlebt und kann es kaum erwarten, noch tiefer in die Welt der Süßigkeitenwerker abzutauchen. Doch schon tut sich das nächste Problem auf, denn ausgerechnet vor Robins erster Süßigkeitenwerker-Prüfung geht sein magisches Werkzeug kaputt. Der alte Herr Schnotter weiß, wo sie Hilfe finden können, und führt Elina und ihre Freunde in die Bittersüße Allee. Schnell wird jedoch klar, dass hier nicht alle Süßigkeitenwerker den talentlosen Menschen wohlgesonnen sind. Auch raunt man sich dort Gerüchte über die Rückkehr der geheimnisvollen Anderwärts-Gesellschaft zu, die sich schon einmal gegen die mächtigen Zuckermeister gestellt hat. Als Herr Schnotter plötzlich spurlos verschwindet, ist es an Elina, Charlie und Robin, den Hinweisen zu folgen, die er ihnen hinterlassen hat. Schnell wird klar: Sein Verschwinden hat einen Grund …

Arena

Auch als E-Book und als Hörbuch
bei Arena audio erhältlich

272 Seiten • Gebunden
Erscheint am **22.09.2020**
ISBN 978-3-401-60534-0
www.arena-verlag.de

HAPPY
BIRTHDAY